EVA-MARIA BAST

Vergiss*mich*nicht

SCHATTEN DER VERGANGENHEIT Die Journalistin Alexandra Tuleit stößt auf den mysteriösen Todesfall des Carlo Bader, der 1980 in Überlingen ermordet wurde. Der Täter wurde nie gefunden. Elisabeth Meierle, eine alte Dame, reagiert äußerst merkwürdig, als Alexandra sie nach dem Toten fragt und bestellt sie zu einem geheimen Treffen. Doch als die Journalistin am vereinbarten Ort eintrifft, findet sie die alte Dame tot vor – ermordet. Zur gleichen Zeit verschwindet in Südfrankreich eine Frau. Die Spuren führen nach Überlingen und auch nach Konstanz, wo der Oberbürgermeisterkandidat Wolfgang Gruber einen erbitterten Wahlkampf führt. Der norddeutsche Kommissar Ole Strobehn arbeitet gemeinsam mit Alexandra Tuleit an der Aufklärung des Falls und entwirrt nach und nach die Fäden eines tragischen Familiendramas. Und auch sein Privatleben gerät in Aufruhr, denn zwischen ihm und der Journalistin knistert es gewaltig …

Eva-Maria Bast, Jahrgang 1978, ist Journalistin, Autorin und Leiterin des Journalistenbüros »Büro Bast & Thissen«. Ihre Schwerpunkte sind Geschichten über Menschen in besonderen Lebenssituationen, Themen mit historischem Bezug, Politik und Brennpunktberichterstattung. Sie initiierte und schrieb die Buchreihe »Geheimnisse der Heimat«, die 2011 in der edition SÜDKURIER startete und rasch zu einem regionalen Bestseller wurde. Die Reihe wird seither laufend erweitert. Zeitgleich begann sie ihr Studium der Geschichte. Eva-Maria Bast hat drei Kinder und lebt mit ihrer Familie in Überlingen am Bodensee. »Vergissmichnicht« ist ihr erster Krimi.

EVA-MARIA BAST

Vergiss*mich*nicht

Ein Bodensee-Krimi

Original

GMEINER

Besuchen Sie uns im Internet:
www.gmeiner-verlag.de

Im Ehnried 5, 88605 Meßkirch
Telefon 07575/2095-0
info@gmeiner-verlag.de

1. Auflage 2012

Lektorat: Claudia Senghaas, Kirchardt
Herstellung: Julia Franze
Umschlaggestaltung: U.O.R.G. Lutz Eberle, Stuttgart
unter Verwendung eines Fotos von: © Martina Marschall – Fotolia.com und © biloba / photocase.com
Druck: GGP Media GmbH, Pößneck
Printed in Germany
ISBN 978-3-8392-1338-4

*Personen und Handlung sind frei erfunden.
Ähnlichkeiten mit lebenden oder toten Personen
sind rein zufällig und nicht beabsichtigt.*

ERSTES KAPITEL

Überlingen

Alexandra Tuleit beobachtete verblüfft, wie sich der Ausdruck im Gesicht der alten Dame binnen Sekunden komplett veränderte. Die Wangen wirkten mit einem Mal eingefallen, die sorgfältig geschminkten Lippen waren fest aufeinander gepresst und die Augen begannen zu flackern. Dabei war es doch nur eine ganz einfache Frage gewesen, eine, die Alexandra mehr aus Routine als aus echtem Interesse gestellt hatte. Denn eigentlich hatte sie die Hoffnung, Licht ins Dunkel der Geschichte zu bringen, schon längst aufgegeben.

»Und Sie wissen auch nicht, wer Carlo Bader war?«, hatte sie gefragt.

Die Hände der alten Dame, die dünnen, knöchernen Hände mit der Pergamenthaut, den Altersflecken und den dicken, goldenen Ringen, begannen zu zittern. Das Zittern übertrug sich auf die zarte, blau-weiße Teetasse aus Meissener Porzellan, die Elisabeth Meierle in den Händen hielt. Das Zittern wurde zu einem Klappern, lauter und immer lauter. Es klang in der Stille, die sich über das Zimmer gelegt hatte, beinahe bedrohlich und fand sich in einem skurrilen Rhythmus mit der laut tickenden Wanduhr.

Alexandra Tuleit sprang auf, nahm der alten Dame die Tasse aus der Hand und stellte sie vorsichtig auf den runden, auf Hochglanz polierten kleinen Kirschbaumtisch, der vor den geblümten Jugendstil-Sesseln stand, auf denen sie Platz genommen hatten.

»Tut mir leid, wenn ich Sie erschreckt habe«, sagte sie und fühlte Unbeholfenheit in sich aufsteigen. Unbeholfenheit deshalb, weil sie plötzlich vor einem ganz anderen Menschen saß. Verschwunden war die rosige, fröhliche, redselige Frau, die so begeistert gewesen war, die erzählt und alte Fotos herausgezogen hatte. Die es gar nicht hatte fassen können, als sie erfuhr, dass Alexandra Tuleit ausgerechnet *sie* ausgewählt hatte, ihre Lebensgeschichte im Zuge der Serie ›Geheimnisse der Heimat‹, die später auch als Buch erscheinen sollte, in der regionalen Zeitung, dem Südkurier, zu erzählen. So geschmeichelt war die zierliche, elegante alte Dame gewesen, dass sie unzählige Fotoalben und alte Briefe aus ihren schweren, reich mit Schnitzereien verzierten Wohnzimmerschränken hervorgekramt und Alexandra stundenlang von ihrem Leben in Überlingen erzählt hatte. Von ihren Eltern, die, nahe des Münsters in der Altstadt, noch einen Bauernhof gehabt hatten. Von dem köstlichen Vanille- und Himbeereis, das sich Überlingens Kinder im Sommer immer in tropfenden Eistüten auf der Rückseite des Café Hoch abholten. Und auch von den angstvollen Nächten im Luftschutzkeller, wo sie während des Krieges viele Stunden lang ausgeharrt hatte. Gemeinsam mit der Mutter, den Zwillingsmädchen, die vier Jahre jünger waren als sie, und der alten Dame, bei der sie in der Luziengasse zur Miete wohnten und die sie bei Fliegeralarm immer erst aufwecken mussten, weil sie schlecht hörte. Mit großem Eifer hatte Elisabeth Meierle erzählt, war tief in ihre eigene Vergangenheit eingetaucht und hatte Alexandra, eine völlig Fremde, daran teilhaben lassen.

Und nun – die komplette Verwandlung. Wegen einer einzigen Frage.

Elisabeth Meierle atmete tief durch. Ein Ruck ging durch ihren schmalen Körper, sie straffte sich und die Augen, die eben noch so trüb, fast fiebrig, geglänzt hatten, wurden eiskalt. Alexandra wurde zum ersten Mal bewusst, dass sie von einem tiefen Blau waren. Sie fröstelte.

Elisabeth Meierles Stimme war leise und schneidend, als sie antwortete: »Nein, ich weiß nicht, wer Carlo Bader war. Und nun entschuldigen Sie mich bitte. Wie Sie sicher bemerkt haben, ist mir nicht gut. Ich habe Kopfschmerzen.« Als müsse sie ihre Worte unterstreichen, legte sie ihre schmale Hand an die Schläfe. »Die Nachwirkungen einer Grippe, die mich letzte Woche plagte«, fuhr Elisabeth Meierle fort und ihr Ton nahm eine aufgesetzt-leidende Klangfärbung an. »Bitte gehen Sie. Bitte lassen Sie mich alleine.«

Alexandra Tuleit glaubte ihr den plötzlichen Anfall von Kopfschmerzen nicht. Und auch nicht die kürzlich überwundene Grippe. Hatte sie doch in den Tagen vor dem Treffen häufig mit Elisabeth Meierle telefoniert und die alte Dame hatte weder krank geklungen noch von einer Unpässlichkeit erzählt. Es war offensichtlich, dass der Name Carlo Bader der Seniorin einen riesigen Schrecken eingejagt hatte.

Der tragische Tod des Carlo Bader hatte sich 1980 in Überlingen ereignet. Der junge Mann war erschlagen und mit üblen Prellmarken in der Nierengegend im Stadtgarten aufgefunden worden. Der Mörder wurde nie gefasst und merkwürdigerweise hatte Alexandra bisher keinen Überlinger gefunden, der ihr mehr darüber sagen konnte. Und das, wo die Überlinger doch sonst alles wussten. Ihr

Ehrgeiz war nun, die Geschichte für die Zeitung und ihr Buch aufzudecken. Fast hatte sie es schon aufgegeben. Und nun tat sich hier ganz unvermittelt eine Spur auf. Nur: Wohin führte sie? Sie durfte sich nicht abwimmeln, sich nicht hinauswerfen lassen. Es war klar: Würde sie dieses Haus einmal verlassen, würde sie nie wieder Einlass finden. Krampfhaft suchte sie nach einem Ansatz, nach etwas, mit dem sie die alte Dame wieder für sich einnehmen könnte. Sie musste sich ganz unbefangen zeigen. Naivität vorspielen. So tun, als hätte sie Elisabeth Meierles Reaktion nicht als merkwürdig empfunden.

Was sie dann sagte, schien ihr zu plump, zu trivial, als dass es fruchten könnte. Aber sie wagte es trotzdem. »Ach, ich dachte mir schon, dass Sie auch nichts wissen«, sagte sie beiläufig. Es weiß ja keiner was. Ich werde die Suche wohl aufgeben müssen. Schade, ich hätte so gerne etwas darüber in meinem Buch oder in der Zeitung geschrieben. Aber man muss akzeptieren, wenn man verloren hat.« Kam es ihr nur so vor oder entspannte sich Elisabeth Meierle bei ihren Worten etwas? Krampfhaft suchte Alexandra nach einem neuen Anknüpfungspunkt für ein entspanntes Gespräch, einem Mittel, um Elisabeth Meierle vollends aus ihrer Starre zu lösen. Ihr Blick raste durchs Zimmer und blieb an zwei gerahmten Kinderzeichnungen hängen. Das eine Bild zeigte ein Strichmännchen und eine blaue Blume. Das andere ein großes, von Bäumen umstandenes Haus. Sie deutete auf die Bilder. »Die sind aber schön. Haben Sie die von Ihren Enkeln geschenkt bekommen?« Ein Lächeln, ein glückdurchtränktes, sonniges Lächeln, flog über Elisabeth Meierles Gesicht. »Ja. Die blauen Blumen sind Vergissmeinnicht. Meine Lieblingsblumen. Meine Enkelin hat mir das Bild mit einem kleinen Blumensträußchen zum Muttertag geschenkt.« Das Lächeln wurde breiter, wärmer, malte Tiefe und Innigkeit in das Gesicht der alten Dame, ließ die eben noch so fahlen Wangen erröten und brachte wieder jenen liebevollen Glanz in ihre Augen zurück, den Alexandra schon ganz am Anfang wahrgenommen hatte. Bevor sie den Namen gesagt hatte. Bevor das Schillern eingefroren und zu einem harten, kalten Leuchten geworden war. Wie Eiskristalle, die in einer sonnenbeschienenen Schneelandschaft funkelten. Alexandra legte Elisabeth Meierle vorsichtig eine Hand auf den Unterarm. »Sie haben zwei Enkel, sagen Sie?«

»Ja«, strahlte Elisabeth Meierle stolz.

»Und leben Ihre Enkel hier in Überlingen?«

»Leider nein. Meine Tochter wohnt mit ihrer Familie in Villingen-Schwenningen. Aber wir besuchen uns gegenseitig häufig. Es ist ja nur eine Stunde mit dem Auto. Und die Kleinen, Tim und Nina, waren auch schon das eine oder andere Mal hier bei mir zum Übernachten. Besonders im Sommer. Sie lieben es, direkt nach dem Aufwachen in den See hüpfen zu können. In Villingen-Schwenningen gibt es ja keinen See.«

Na also, dachte Alexandra. Habe ich sie wieder eingefangen gekriegt.

»Sehen Sie«, sagte Elisabeth Meierle und deutete auf unzählige Fotos in prunkvollen Goldrahmen, die auf einem scheinbar nie genutzten und ausschließlich als Bilderständer dienenden Flügel standen. Kein Staubkörnchen war auf dem gewaltigen Instrument zu sehen. Alexandra fragte sich flüchtig, ob ein Dienstmädchen für diese fast schon sterile Sauberkeit verantwortlich war. Vermutlich, denn sie konnte sich die sehr wohlhabende alte Dame nicht mit einem Staubtuch in der Hand vorstellen. Außerdem hatte ihr ein Dienstmädchen die Tür geöffnet und ein anderes später Kaffee gebracht. Elisabeth Meierle beschäftigte bestimmt eine ganze Heerschar von Dienstboten.

Die Gesichter auf den Fotos lächelten Alexandra Tuleit entgegen. Es waren die typischen Familienbilder. Aufgenommen beim Fotografen, in Pose geworfen, ein Sonntagslächeln auf den Lippen.

Auch auf den Lippen von Elisabeth Meierle zeigte sich jenes Sonntagslächeln, als sie die perfekten, staubfreien Bilder ihrer Familie betrachtete. Ein glückliches Leben ohne den geringsten Makel, so, wie auch auf dem Flügel kein Staubkörnchen liegt, dachte Alexandra. Aber wahrscheinlich ist der Flügel nur nach außen hin schön und eigentlich grauenhaft verstimmt – wahrscheinlich kann man auf ihm nur disharmonische Melodien spielen. Und vermutlich gibt es auch in dieser Familie viel Disharmonie. Das wirkt alles viel zu glatt und lässt sich so gar nicht mit Frau Meierles Reaktion auf meine Frage in Einklang bringen.

Und während all der Stunden, die sie nun noch beisammensaßen und in denen die alte Dame der jungen Frau von ihrer Familie erzählte, fragte sich Alexandra, ob sich Elisabeth Meierle wirklich so leicht hatte ablenken lassen oder ob sie ihr ihrerseits etwas vormachte. Ob sie dankbar nach dem Strohhalm gegriffen hatte, den Alexandra ihr gereicht hatte. Als einer günstigen Gelegenheit, von ihrem augenscheinlichen Erschrecken abzulenken.

ZWEITES KAPITEL

Konstanz

Gegen 13 Uhr hatte Wolfgang Gruber das Gefühl, das Lächeln sei ihm auf dem Gesicht festgefroren. Wenn jetzt noch einer kommt und saudumme Fragen stellt, dann haue ich ihm eine in die Fresse, dachte er wütend. Wolfgang Gruber kandidierte in Konstanz als Oberbürgermeister. Es war ein sonniger Samstagvormittag, der erste nach drei verregneten Wochenenden, und ganz Konstanz war auf dem Markt unterwegs. Eine hervorragende Gelegenheit, Wahlkampf zu machen. Der Ansicht waren auch die anderen Kandidaten, allesamt Affen, wie Gruber fand. Da schenkte der Kandidat Häberle den Damen doch tatsächlich Rosen. Rot wie die Farbe der Partei, die er vertrat. Gruber schnaubte verächtlich. Der machte sich ja wirklich zum Narren. Wer schenkte Frauen denn schon Blumen! Er hatte seiner Beate noch nie eine einzige Blume geschenkt! Und seine jeweilige Geliebte versorgte er schon gar nicht mit blühenden Geschenken.

Das würde schon so ein Oberbürgermeister sein, der Häberle, der immer versuchen würde, alles schönzureden und mit charmanten Gesten über seine Unfähigkeit hinwegzutäuschen. Er, Gruber, hingegen, würde Konstanz mit eiserner Hand führen. Statt Blumen zu verteilen, würde er sie lieber am Wegesrand pflücken. Was er an Weibern kriegen würde, würde er mitnehmen. Ein schmieriges, gieriges Lächeln spielte um seine Mundwinkel. Die Frauen würden ihm zu Füßen liegen. Mehr noch als jetzt. Mit seiner schlanken, muskulösen Erscheinung, den dunklen, ohrlangen Haaren, die sich an den Schläfen leicht grau färbten, und den grünen Augen, die immer ein wenig sehnsüchtig schimmerten, sah Gruber gut aus und er wusste es. Auch sein Lächeln kam gut an. Es war stets ein bisschen wehmütig, als berge er ein schmerzliches Geheimnis. Was ja auch der Fall war, aber das ging keinen etwas an. Der Blick und das Lächeln waren wohl das einzig Gute, was er aus der Vergangenheit mitgebracht hatte. Denn einen solch sehnsüchtigen Ausdruck konnte man sich nicht antrainieren, den hatte man nur, wenn man sein Leben lang einem Traum hinterherlief. Und die Wehmut seines Lächelns kam tief aus seiner Seele, einer Seele, die jahrelang gequält worden war und der auch die Sehnsucht entsprang, die sich in seinen Augen spiegelte. Es war die Sehnsucht nach Anerkennung.

Auf beides, Blick und Lächeln, fuhren die Weiber voll ab. Sie waren nämlich dumm genug zu denken, dass der sehnsüchtige Blick ihnen gälte, und das wehmütige Lächeln schien ihnen Ausdruck einer großen geistigen Tiefe zu sein.

Gruber ließ sie in dem Glauben. Ihm sollte es recht sein. Und er fand es durchaus gerechtfertigt fremdzugehen. Schließlich besaß Beate, seine Frau, schon seit Jahren keine Fantasie mehr im Bett – außerdem war sie wenig attraktiv und hatte dauernd Migräne. Und sie pflegte sich in Liebestöter-Unterwäsche zu hüllen. Wenn er das Zeug schon auf der Wäscheleine sah, starb jegliche Lust, die er ihr eventuell hätte entgegenbringen können, ab. Hautfarbene Riesenunterhosen. Schmucklose BHs. Nicht der Hauch von Spitze, nichts Verspieltes. Nichts, was seine Fantasie hätte beflügeln können und darüber hinwegtäuschen konnte, dass er sie nicht mehr liebte. Dass er sie nie geliebt hatte.

Das konnte keiner von einem Mann verlangen, dass er unter diesen Umständen treu blieb! Noch dazu neben einem Mauerblümchen wie Beate. Wo die Welt doch so wunderbare Gelegenheiten bot.

Er äugte nach rechts, um einen Blick ins tiefe und üppige Dekolleté seiner Mitbewerberin, Martha Fraunhoff, zu wagen. Verdammt, machte dieses Weib ihn an. Gerade deshalb, weil er sah, dass auch die anderen Männer von ihr regelrecht magisch angezogen wurden. Doch genau das störte ihn freilich wieder. Schließlich war die schwarz gelockte Mittvierzigerin seine Konkurrentin. Die wählen halt mit dem Schwanz statt mit dem Kopf, dachte Gruber böse.

Während er noch in seine erotisch-düsteren Gedanken versunken war, sah er aus dem Augenwinkel, dass sich ein älteres Paar seinem Wahlstand näherte. Wolfgang Gruber brachte seine Mundwinkel flugs in die richtige Position – eine Fratze von einem Lächeln – und sah dem Paar erwartungsvoll entgegen.

»Herr Gruber!«, begrüßte ihn der Mann. »Mir sind Altkonschdanzer. Die wahren Altkonschdanzer.« Und wie es sich für einen wahren Altkonstanzer gehörte, sprach der Mann das *t* von Konstanz als weiches *d* und das *s* als *sch* aus. Auch Gruber sagte stets Konschdanz statt Konstanz. Was ihm freilich die Sympathien zahlreicher Wähler einbrachte. Die Fraunhoff zum Beispiel sagte Konstanz und sprach das *s* auch noch übertrieben scharf aus. Was noch einmal bestätigte, wie dumm das Weib war, dachte Gruber verächtlich. Es war doch nicht schlimm, den Namen der Stadt so auszusprechen, wie es den Wählern gefiel. Tatsächlich aber fand er das ganze Gehabe um Konstanz und Kon*sch*danz ziemlich albern und als das Ehepaar nun vor ihm stand, dachte er: um Gottes willen. Noch solche Spinner. Aber er sagte: »Es ist mir eine Ehre, dass Sie sich die Mühe machen, an meinen Stand zu kommen. Haben Sie mein Wahlprogramm schon gelesen?« Er nahm einen seiner Flyer von dem Bistrotisch, auf dem auch Gummibärchen für die Kinder und Kugelschreiber mit seinem Wahlslogan lagen. ›Für Tradition und Zukunft. Wolfgang Gruber. Ihr Oberbürgermeisterkandidat.‹ Doch der Mann ignorierte den Wahlflyer, den Gruber ihm hinhielt.

»Wa wend Se gegge die viele Tourischde in de Schdad undernämme? Hä? Im Sommer werded mir ja regelrecht überrollt!«, schimpfte er stattdessen, funkelte Gruber vorwurfsvoll an und fuchtelte mit seinem Zeigefinger vor dessen Nase herum.

Gruber fluchte innerlich. Jetzt musste er aufpassen. Den Einzelhändlern hatte er gesagt, dass er den Tourismus in der Stadt noch fördern wolle, um mehr Kapital nach Konstanz zu bringen. Aber er konnte dieses Paar nicht abblitzen lassen. Er brauchte jede Stimme, Teufel noch eins, die Gegenkandidaten hatten viel mehr Gesprächspartner an ihren Ständen.

»Was stört Sie denn am Tourismus in Konstanz?«, fragte er, noch um eine Antwort ringend.

»Des hon i Ihne bereits gseid. Höret Se eigentlich it zue?«, donnerte der Mann, dessen Gesicht inzwischen eine bedenklich rote Färbung angenommen hatte. Und seine Halbglatze war im Begriff, sich der Gesichtsfarbe anzupassen.

»Hans-Ernschd, bidde. Des isch mir etzt peinlich«, flüsterte seine Gattin, eine beleibte Dame mit ordentlich nebeneinanderliegenden blonden Locken, und zupfte ihren Gemahl am Arm.

Aber Hans-Ernschd ließ sich nicht beruhigen und schüttelte die Hand seiner Frau entnervt ab.

»Wenn Se etzt scho it zuhöret, wo Se doch zumindescht so tue müsset, als interessierten Se sich für die Meinung der Leute, wie soll des denn erscht wärre, wenn Se Burgermorschter sind?«, wetterte er.

Gruber spürte, wie die Wut in ihm zu brodeln begann. Es war dieser feuerrote, alles überdeckende Jähzorn, dem er schon so oft hilflos ausgeliefert gewesen war.

Das *durfte* ihm jetzt nicht passieren. Das wäre ein gefundenes Fressen für die Konkurrenten. Und da drüben sprang auch noch diese dumme Ziege vom Südkurier rum, von der er ohnehin den Eindruck hatte, dass sie ihn nicht mochte und über alle anderen Kandidaten viel freundlicher – und vor allem öfter – berichtete, als über ihn.

Gruber holte tief Luft und setzte zu einer glatten Lüge an: »Glauben Sie mir, Ihr Problem liegt mir sehr am Herzen und ich werde alles tun, um eine Lösung zu finden.«

Hans-Ernschd gab sich nicht zufrieden. »Leere Versprechungen send des und nichts weiter«, argwöhnte er. Wahrscheinlich weil es sich leichter ›Du Arschloch‹ als ›Sie Arschloch‹ sagt, ging der bruddelige Konstanzer zum Du über: »Und wenn du gewählt bischt, dann läscht du es dir mit unseren Steuergeldern gut gehen!«, prophezeite der Senior und stieß dabei seinen Zeigefinger energisch in Grubers Richtung.

Genau in dem Moment, als das Feuerrot in Grubers Inneren so heiß wurde dass es ihn zu versengen drohte, und er im Begriff war, Hans-Ernschd und seine Frau mit derben Beschimpfungen von seinem Stand zu jagen, klingelte sein Handy. Eigentlich würde er es sich niemals erlauben, inmitten eines Wählergesprächs abzuheben, aber diesmal bot das Telefon eine willkommene Ablenkung. »Sie entschuldigen? Meiner Frau geht es nicht gut«, griff Gruber zu einer Notlüge, zog sein Mobiltelefon aus seiner Jackettasche und hob ab.

»Ja bitte?«

Die Stimme am anderen Ende der Leitung sagte nur zwei Worte. Doch die genügten, um Grubers kochendes Blut auf der Stelle zum Gefrieren zu bringen.

»Carlo Bader.«

DRITTES KAPITEL

Überlingen

»Also, bei aller Liebe zu deinem Beruf, Alexandra. Aber ich finde es extrem nervig, dass dein Handy ständig irgendwelche Geräusche von sich gibt.« Ralf brachte sein Missfallen deutlich zum Ausdruck, eifersüchtig auf das schneeweiße iPhone seiner Freundin, dem sie seiner Ansicht nach wesentlich mehr Aufmerksamkeit schenkte als ihm.

Alexandra hatte nach dem Sonntagsdienst endlich Feierabend. Die Zeitung für den nächsten Tag war fertig und die Serie über die ›Geheimnisse der Heimat‹ ging auch gut voran. Wenn es sie eigentlich auch drängte, den Abend schreibend zu verbringen, so war ihr doch klar, dass sie sich endlich wieder einmal ihrem Freund widmen musste. Sie hatte ihn in der letzten Zeit sträflich vernachlässigt. Ralf war sauer, das war deutlich.

Sie strich sich eine rote Haarlocke aus dem milchweißen Gesicht und stellte das Essen auf den Tisch. Sie hatte sich extra die Mühe gemacht und gekocht, um ihn zu versöhnen. Ralf liebte es, wenn sie den Kochlöffel schwang.

Es gab grünen Salat mit rohen Pilzen, Walnüssen und Knoblauch-Joghurt-Soße. Ein gut durchgebratenes Steak, dazu gedünstetes Gemüse und selbst gemachte Pommes. Und zum Nachtisch Mousse au Chocolat in zwei Sorten: weiße und schwarze Schokolade. Sie hatte

Kerzen angezündet, Wein auf den Tisch gestellt und sogar das Silberbesteck ihrer Großmutter poliert. Es war eine Heidenarbeit gewesen, die sie nicht wirklich gern gemacht hatte, wie sie sich mit dem Anflug eines schlechten Gewissens eingestand. Aber sie wusste, dass sie etwas gutzumachen hatte. Und eigentlich hatte sie sich auch vorgenommen, ihr Handy während des Essens zu ignorieren. Doch ein Blick auf das Display konnte nicht schaden. »Nur kurz, in einer halben Stunde springen die Druckmaschinen an. Nicht, dass irgendwelche Texte verschüttgegangen sind«, bat sie ihren Freund um Verständnis.

Ralf rollte die Augen. »Du lernst es auch nie!«, pampte er.

Aber Alexandra nahm seinen Protest gar nicht wahr. Sie war wie elektrisiert: Elisabeth Meierle hatte angerufen.

»Scheiße, da muss ich zurückrufen.«

Ralf knallte sein Besteck auf den Tisch: »Weißt du was? Du kannst mich mal! Ständig ist was anderes wichtiger als ich. Und dein Essen, das kannst du dir sonst wohin schieben. Gerne hast du es ja ohnehin nicht gekocht. Da geh ich lieber zu McDonald's.« Das Geräusch, mit dem er seinen Stuhl auf dem rauen Fliesenboden zurückschob, war hässlich, laut und grob. Ralf stand auf, schnappte sich seine Lederjacke, die über der Stuhllehne hing, und verließ türenknallend die Wohnung.

Alexandra reagierte nicht auf seinen wütenden Aufbruch. Sie war in Gedanken längst nicht mehr bei ihm und wollte gerade den Rückruf aktivieren, als das Telefon erneut klingelte. ›Elisabeth Meierle‹, leuchtete es auf dem Display.

»Tuleit?«

Schweigen am anderen Ende der Leitung.

»Tuleit. Hallo?«, rief Alexandra.

Elisabeth Meierle legte auf.

»Scheiße!«

Alexandra starrte auf ihr iPhone. Ob sie zurückrufen sollte? Wenn, dann nur mit unterdrückter Nummer, das war klar. Doch wie, in aller Welt, ließ sich bei einem iPhone die Nummer unterdrücken? Während sie nervös auf dem Display herumtippte, spürte sie, wie es wieder von ihr Besitz ergriff, sich in ihr ausbreitete, sie elektrisierte bis in die Fingerspitzen: das Gefühl, nein, das *Wissen*, dass sie etwas sehr Bedeutsamem auf der Spur war. Es war das gleiche Gefühl, das sie hatte, wenn sie nach Wochen des Ringens einen zurückhaltenden Interviewpartner zu einem Gespräch bewegen konnte. Wenn sie eine gute Geschichte witterte. Wenn sie kurz davor war, etwas aufzudecken, zu enthüllen.

Das iPhone blinkte erneut auf.

Elisabeth Meierle meldete sich zum dritten Mal.

Alexandra hob nach dem ersten Klingeln ab. »Ja, Frau Meierle?« Sie hielt es für klug, der alten Dame klarzumachen, dass sie wusste, wer am anderen Ende der Leitung war.

»Frau Tuleit?«, die Stimme der alten Frau klang erstickt, gepresst, panisch.

»Ja?«

»Frau Tuleit, ich habe Ihnen nicht die Wahrheit gesagt. Ich weiß, wer Carlo Bader war.«

»Das war mir klar«, sagte Alexandra. »Dass Sie mir nicht die Wahrheit gesagt haben, meine ich. Das habe ich gemerkt.« Ihre Stimme klang sehr ruhig, doch in ihrem Kopf wirbelten tausend Gedanken, in ihrem Bauch flatterten Schmetterlinge. Jetzt nur nichts Falsches sagen. Ein verkehrtes Wort, das wusste sie, konnte zur Folge haben, dass sich Elisabeth Meierle wieder verschloss wie eine Auster.

Sie wartete auf eine Reaktion der alten Dame – doch das Schweigen breitete sich immer mehr aus, legte sich zwischen sie wie eine dicke Filzdecke.

»Frau Meierle«, sagte Alexandra vorsichtig, »wenn Sie mir etwas erzählen möchten, dann heißt das nicht, dass das gleich in der Zeitung veröffentlicht wird. Ich höre Ihnen sehr gerne auch einfach so zu. Sie müssen keine Angst haben.«

»Ja«, erwiderte Elisabeth Meierle und klang mit einem Mal sehr entschlossen und sehr selbstbewusst. »Ich weiß, dass ich Ihnen vertrauen kann. Sonst hätte ich nicht angerufen. Aber wenn ich Ihnen alles sage, dann sage ich es öffentlich – und dann dürfen Sie jedes Wort schreiben. Verstehen Sie? Jedes!«

Alexandra spürte ihren Herzschlag in ihrem Hals. Komisches Gefühl, dachte sie flüchtig und sagte dann: »Soll ich zu Ihnen kommen?«

»Nein«, antwortete Elisabeth Meierle hastig. »Man darf uns nicht zusammen sehen. Bevor ich Ihnen alles erzählt habe, ist es wichtig, dass niemand von unserer Verbindung weiß. Hören Sie? Sie dürfen es wirklich niemandem sagen. Auch Ihrem Freund nicht.«

»Sie können sich auf mich verlassen. Wo treffen wir uns also?«

Elisabeth Meierle schwieg eine Weile.

»Sollen wir uns auf einer Bank am See treffen?«, schlug Alexandra vor.

»Ja«, erklärte sich die alte Dame einverstanden. »Am

Fußweg in Richtung Nußdorf gibt es eine Bank, die man zuerst nicht sieht, weil sie von Hecken umgeben ist. Kennen Sie die?«

»Meinen Sie die Bank, die sich ziemlich am Beginn des Fußwegs befindet – nachdem die Straße aufhört?«

»Genau.«

»Gut«, stimmte Alexandra zu. »Wann treffen wir uns?«

»Ich würde sagen, jetzt gleich. Ich brauche eine knappe halbe Stunde. Und Sie?«

»Ich kann in einer halben Stunde auch da sein«, sagte Alexandra und überprüfte mit der freien Hand, ob sich Diktiergerät und Schreibmappe in ihrer Tasche befanden. Konnte gut sein, dass sie die brauchen würde.

»Und denken Sie daran, keinem Menschen etwas davon zu sagen«, bat Elisabeth Meierle eindringlich.

»Natürlich nicht«, versprach Alexandra. »Sie können sich wirklich auf mich verlassen.«

Sie verabschiedeten sich und Alexandra legte auf. Mit einem Gefühl im Magen, das sie nur selten zuvor verspürt hatte. Furcht. Entsetzen. Namenlose Angst. Angst. Ja, Alexandra hatte mit einem Mal Angst.

Kalt zog der Abend herauf. Vom See her kroch der Nebel wie ein gefräßiges Tier in die Stadt. Er legte sich über Wiesen und Steine, hüllte alles in sich ein. Eigentlich weich und friedlich. Doch Alexandra empfand den Nebel als bedrohlich.

Die Hände tief in den Taschen ihres beigen Sommertrenchcoats vergraben, ging sie gen Osten. Beim Parkhaus Post bog sie in Richtung Uferweg ab. Durch den Nebel und die Dunkelheit war sie außerstande, etwas zu erkennen. So dichten Nebel habe ich noch nie erlebt, dachte

Alexandra. Das Gefühl der namenlosen Angst wurde gewaltig, beinahe lähmend.

Ohne lange nachzudenken, zog sie ihr Handy aus der Tasche und tippte eine Nachricht an Manfred Meinwald, ihren Chef und guten Freund, in das Telefon. ›Gleich mysteriöses Treffen am Seeufer in Richtung Nußdorf. Die erste Bank am Fußweg, unterhalb der Fünf Mühlen. Hab ein mulmiges Gefühl. Komm doch mal unauffällig vorbei, wenn du kannst.‹ Alexandra drückte auf Senden und atmete tief durch.

Sie fand den Zugang zur Bank. Der Kies knirschte unnatürlich laut unter ihren Sohlen.

Ein Käuzchen rief klagend und eine Laterne schien gespenstisch durch den Nebel.

»Frau Meierle?«, rief Alexandra.

Keine Antwort.

Noch einmal: »Frau Meierle?«

Schweigen.

Alexandra tastete im Nebel nach der Bank.

Ihre Hände stießen auf etwas Weiches. Ihre Finger waren nass und klebrig.

Und dann begann sie zu schreien.

VIERTES KAPITEL

Überlingen

Ole Strobehn saß mit seiner Flasche Bier und einer Schachtel Pizza auf dem uralten Fischgrätparkett in seiner neuen Überlinger Wohnung und starrte trübsinnig auf die unzähligen Umzugskartons ringsumher. Bis zur Decke, an der eine einsame Glühbirne hing und einen hellen Kreis auf die Tapete malte, stapelten sie sich und im Zimmer nebenan warteten zerlegte Schränke, Tische und Stühle darauf, zusammengesetzt zu werden. Die Dinge des alltäglichen Lebens, die ihn seit Jahren, teils seit Jahrzehnten begleitet hatten. Er hatte nicht die geringste Lust, sie aufzubauen und auszupacken. Ebenso wenig Lust hatte er, hier in diesem Kaff zu bleiben, diesem Überlingen. Welcher Teufel hatte ihn nur geritten, als er ausgerechnet einen Versetzungsantrag an den Bodensee gestellt hatte? Ein komplett neues Bundesland, ein komplett neues Kollegium, ein komplett neues Leben. Am anderen Ende Deutschlands, das, so schien es ihm in seiner einsamen Trübsal, zugleich das Ende der Welt war.

Ole Strobehn kam aus der Metropole Hamburg. Hier war er geboren, hier hatte er laufen gelernt, hier war er zur Schule gegangen. Er hatte diese Stadt geliebt. Bis zu jenem schrecklichen Einsatz vor einem halben Jahr. Ein Banküberfall war es gewesen. Es hatte Tote gegeben – auch er hatte getötet. Er hatte auf den Bankräuber geschossen, bevor dieser noch weitere Menschen umbringen konnte.

Aber das Kind hatte er nicht retten können. Und auch nicht den alten Mann, der den Bankräuber auf Knien um sein Leben angebettelt hatte. So schrecklich hatte er geklagt und gefleht. Ole klang seine Stimme noch heute in den Ohren. Doch noch lauter, alles übertönend, gellten die Schreie und das Klagen der Mutter, als er ihr vom Tod ihres Kindes, das stolz zum ersten Mal alleine in die Bank gegangen war, um den Inhalt seines Sparschweins dorthin zu bringen, berichtet hatte.

Ole war damit nicht fertig geworden. Nicht mit dem Tod des Kindes, den er hätte verhindern können, wenn er nur etwas schneller reagiert hätte. Nicht mit dem Tod des alten Mannes und auch nicht damit, dass er selbst einen Menschen erschossen hatte. Wochenlang hatten seine Hände gezittert und die Schießübungen, denen er sich unterziehen musste, waren ein Albtraum gewesen. Er hatte schlecht geschlafen, war nachts schreiend aufgewacht, hatte nicht mehr essen und nicht mehr trinken können, ohne dass sich ihm der Magen umdrehte. Wann immer er durch die Stadt ging, zog es ihn zu der Stelle, an der es geschehen war. Und auch seine Beziehung war daran zerbrochen. Anna hatte ihm anfangs noch zur Seite gestanden, doch als Ole sich immer mehr zurückzog, hatte sie es aufgegeben. Mit ihren 22 Jahren war Anna ganze zehn Jahre jünger als er und sie wollte Spaß haben. Sie, die ihr Leben bisher in einem kleinen Dorf in Sachsen verbracht hatte, wollte Hamburg kennenlernen, Party machen und gelegentlich an die Uni gehen, um zu lernen. Sie befand sich in einem ganz anderen Lebensabschnitt als er und als sie ihn verließ, hatte Ole es ihr nicht übel genommen. Insgeheim war er sogar froh gewesen, denn er hatte selbst längst einen Schlussstrich ziehen wollen, sich aber nicht dazu aufraffen können. Seit dem Banküberfall war alles anders. Ihre Lebensfreude, die ihn früher so fasziniert hatte, erlebte er nun als oberflächlich, ihr ständiges begeistertes Plappern als unerträglich naiv.

Seine älteren Kollegen und auch die Psychologen hatten gesagt, es würde besser werden, mit der Zeit. Aber es wurde nicht besser. Und als Ole es nicht mehr aushielt, stellte er den Versetzungsantrag, der genehmigt wurde. Wenn der Polizeichef auch sein großes Bedauern über Oles Weggang ausdrückte. Ole wusste, dass er es ehrlich meinte.

Und nun war er also hier. Vor einer Woche hatte er seine Wohnung bezogen, die auch wirklich schön war. Es war eine Dreizimmer-Altbauwohnung mit Blick über Überlingens Dächer. Mitten in der Stadt, zu Fuß waren es fünf Minuten zum Überlinger Polizeirevier. Aber der Rest gefiel ihm nicht. So hübsch Überlingen auch sein mochte, im Vergleich zu Hamburg erschien es ihm unerträglich klein und eng und er vermisste auch die frische Brise seiner Heimatstadt. Außerdem verstand er den Dialekt der Einheimischen nicht. Und sie verstanden ihn auch nicht. Heute Morgen hatte er beim Bäcker ein Rundstück kaufen wollen und die Verkäuferin hatte ihn angestarrt, als käme er vom Mars. »*Wa* wend Sie?«, hatte sie gefragt und es klang wie eine Drohung. »Ein Rundstück«, hatte Ole tapfer beharrt und auf die hellen Brötchen gedeutet, die hinter der Theke in großen Körben darauf warteten, gekauft zu werden. Die Bäckerin hatte sich umgedreht, dann war ein Strahlen über ihr bisher so verständnislos blickendes, kugelrundes Gesicht geglitten und sie hatte triumphierend eben eines jener Rundstücke in die Höhe gehalten, die Ole Strobehn so begehrte. Ihre Worte hatte er allerdings nicht verstanden. »Monet Se en Wegge! Ha saget Se des doch glei!« Unverbindlich und etwas kühl lächelnd, hatte Ole seine Semmel bezahlt und war aus der Bäckerei geflüchtet. Immerhin, es war ein kleiner Sieg. Er hatte sein Rundstück bekommen.

Das Schlimmste aber war seine Kollegin Monja Grundel, mit der er ein Duo bilden sollte und zu allem Überfluss auch noch ein Büro zu teilen hatte. Monja Grundel war dick, klein und trug einen braunen Bürstenhaarschnitt. Zur Begrüßung hatte sie weder gelächelt noch ihm die Hand gegeben, sondern mit dem Kinn auf die andere Seite des Zimmers gewiesen, wo sich ein zweiter Schreibtisch befand. »Dort hinten ist Ihr Platz«, hatte sie knapp gesagt. »Dann zeigen Sie mal, was Sie können. Lesen Sie sich schon einmal ein bisschen in die laufenden Fälle ein.« Sie hatte ihm einen Stapel Akten auf den Tisch geknallt und das Büro verlassen. Ole hatte sich darüber geärgert, wie sich diese Frau, die ihm absolut gleichgestellt war, als Chefin aufgespielt hatte. Na ja, wahrscheinlich hielt sie ihn für einen Macho und wollte sofort klarstellen, wer hier im Büro die Hosen anhatte. Oder sie nahm ihn nicht für voll, schließlich war er mindestens 25 Jahre jünger als sie.

Wie auch immer, dachte Ole seufzend und biss in seine inzwischen erkaltete Pizza. Er hatte es so gewollt. Nun musste er das Büro, das sich immerhin in einem schönen Jugendstilgebäude befand, also mit einem Drachen teilen. Und er musste sich hier irgendwie zurechtfinden. Es brachte nichts, wenn er sich in seiner Wohnung vergrub und in Selbstmitleid badete. Dann hätte er auch in Hamburg bleiben können. Er würde sich jetzt zusammenreißen und diesen blöden Schrank aufbauen. Und dann würde er endlich anfangen, die Umzugskisten auszuräumen.

Ole nahm einen großen Schluck Bier aus der Flasche und wollte sich gerade das letzte Stück Pizza in den Mund schieben, als sein Handy klingelte. Er ließ die Pizza in ihren Karton zurückfallen und kramte in seiner Jeans nach seinem klingelnden, vibrierenden iPhone. ›Wache‹ stand auf dem Display. Na prima, dachte Ole. Das fängt ja gut an. Aber dann muss ich heute wenigstens den blöden Schrank nicht aufbauen.

»Strobehn?«, meldete er sich und sprang auf, als er hörte, was die Kollegin von der Wache sagte. »Weibliche Leiche am Bodenseeufer unterhalb der Fünf Mühlen.«

»Ich bin sofort da«, rief Ole. »Kann mich die Streife abholen? Dann geht es schneller.«

»Natürlich, Herr Strobehn. Ich schicke Ihnen jemanden.«

»Danke.« Ole legte auf und zog sich seine Schuhe an. Dann stürmte er durch das Treppenhaus nach unten.

FÜNFTES KAPITEL

St. Tropez, Frankreich

Marlene Didier langweilte sich. Sie langweilte sich mit ihrem Mann, sie langweilte sich mit ihrem Leben, sie langweilte sich mit dem Luxus, der sie umgab. Lange schon reichten prallvolle Kleiderschränke und überquellende Schmuckkassetten nicht mehr aus, um die innere Leere zu füllen, und die Einkaufstouren durch die Designerläden von St. Tropez führten ihr nur immer wieder vor Augen, dass das, was sie wirklich vermisste, mit Geld nicht zu kaufen war. Doch es war das Einzige, was sie tun konnte, um nicht zu erstarren. Sie verwandte größte Sorgfalt darauf, ihre äußere Hülle zu pflegen und sie stets makellos zu halten. Und sie hoffte, dass die dicken Make-up-Schichten die Leere ihres Gesichtes zu verbergen vermochten und dass Lidschatten, Wimperntusche und Kajal über die Trübheit ihrer Augen hinwegtäuschen konnten. Seufzend verstaute sie Geldbörse, Schminkbeutel und Sonnenbrille in ihrer riesigen Louis-Vuitton-Tasche und warf einen prüfenden Blick in den großen Spiegel mit dem schweren Goldrahmen, der ihren marmornen Schminktisch zierte. Sie war dick geworden, fand sie. Ihre einst so hohen Wangenknochen waren unter dem Wohlstandsspeck verschwunden und von ihrer Wespentaille sah man rein gar nichts mehr. »Fette Kuh«, flüsterte Marlene ihrem Spiegelbild traurig zu.

Dann pappte sie ein Lächeln auf ihr perfekt geschminktes Gesicht, nahm ihre Tasche und stieg über die weiße, geschwungene Treppe nach unten in die Empfangshalle. Dort war es angenehm kühl, nichts ließ die Hitze erahnen, die sich draußen bleiern über das Land legte und Mensch und Tier gleichermaßen träge und schwer werden ließ.

Jeannette, das Dienstmädchen, kam auf leisen Sohlen über die marmornen Schachbrettfliesen auf sie zugeeilt. »Madame wollen ausgehen«, stellte sie schüchtern und mit piepsiger Stimme fest und krampfte die Hände über dem weißen Schürzchen zusammen, als müsse sie sich an sich selbst festhalten, weil sie sonst aus lauter Respekt und Angst vor ihrer Herrin umfallen würde. »Soll ich Jean-Luc Bescheid sagen?«

»Ja bitte«, sagte Marlene knapp. »Lassen Sie den Wagen vorfahren.«

Als sie wenige Minuten später vor das Haus trat, stand der Maybach schon abfahrbereit in der Auffahrt. Jean-Luc, der Chauffeur, der seit dreißig Jahren im Dienste der Familie stand, wartete neben der Hintertüre und hielt sie ihr auf. Jean-Luc stand ihr nicht immer zur Verfügung. Normalerweise brauchte Charles, ihr viel beschäftigter Mann, Jean-Luc häufig. Er hatte während des Arbeitstages oft zahlreiche Fahrten und ließ sich stets gerne von Jean-Luc kutschieren. »Zeit ist Geld«, pflegte er immer zu sagen. »Und wenn Jean-Luc fährt, kann ich im Auto noch Akten durchsehen oder andere geschäftliche Dinge erledigen.« Marlene fuhr dann mit ihrem eigenen Wagen, einem flotten, schneeweißen BMW Cabriolet. Doch Charles war verreist und wurde erst heute Abend zurückerwartet. Insofern nahm Marlene Jean-Lucs Dienste gerne in Anspruch, zumal es bedeutete, dass sie sich in der Stadt nicht auf lästige Parkplatzsuche begeben musste. Die Touristen strömten scharenweise nach St. Tropez, Parkplätze waren schwer zu bekommen, selbst der riesige Parkplatz am Hafen war meist überfüllt.

Marlene nickte Jean-Luc knapp zu und glitt auf die cremefarbenen, kühlen Lederpolster.

»Wohin darf ich Sie bringen, Madame?«, fragte Jean-Luc mit ausgesuchter Höflichkeit und warf einen kurzen Blick in den Rückspiegel.

»Fahren Sie einfach los, in Richtung Stadt«, gab Marlene Anweisung. Mit geübtem Griff zog sie ihren silbernen Taschenspiegel aus der Innentasche ihres Louis-Vuitton-Shoppers, zog sich die Lippen nach, presste sie kurz aufeinander und packte Spiegel und Lippenstift wieder ein.

»Sehr wohl, Madame«, sagte Jean-Luc, öffnete per Fernbedienung das große, eiserne Tor, das sich in der dicken Mauer befand, die das direkt am Meer gelegene Anwesen von der Straße trennte, und fädelte den Maybach geschickt in den dichten Verkehr auf der Uferstraße ein.

»Halten Sie bitte hier«, sagte Marlene wenig später, als rechts der Straße die Chanel-Niederlassung auftauchte. »Ich gehe zu Fuß weiter. Ich erwarte Sie in einer Stunde am Hafen, hinteres Ende.«

»Sehr wohl, Madame«, erwiderte der Chauffeur. »Aber soll ich nicht warten, bis Madame die Einkäufe erledigt hat, und sie dann im Kofferraum verstauen? Dann müssen Madame nicht so schwer tragen.«

»Ich habe doch gesagt, Sie sollen weiterfahren«, zischte Marlene schärfer als beabsichtigt.

»Sehr wohl, Madame«, sagte Jean-Luc kühl. In seinem kleinen, faltigen Gesicht, das sie durch den Rückspiegel sehen konnte, war keine Regung zu erkennen, aber sie bemerkte trotzdem, dass er sich vor ihr zurückzog, spürte, dass er ihr ihren scharfen Ton übel nahm. *Dass er sie nicht mochte.* Tränen schossen ihr in die Augen. Rasch zog sie ihre Sonnenbrille, ihre teure, große Sonnenbrille, aus der Tasche und setzte sie auf. Er ist doch nur der Chauffeur, dumme Gans, dachte sie. Und dann: Wer bist du denn, dass du nicht mal die Zuneigung eines solch einfachen Mannes erringen kannst? Wenn ich heute stürbe, überlegte sie voller Selbstmitleid, dann würde ich niemandem fehlen.

Jean-Luc hatte das Auto verlassen, war um den Wagen herumgegangen und öffnete ihr die Türe. Sie stieg aus, ohne ihn eines weiteren Blickes zu würdigen, und ging durch den großen, gepflegten Garten, der zum Chanel-Gebäude, einer wunderschönen alten Villa, führte. Auf den steinernen Treppen, die zur Eingangstüre emporführten, merkte sie, dass ihre Beine zitterten.

Der afrikanische Türsteher stand, als hätte er einen Stock verschluckt. Marlene lächelte ihn zaghaft an: Nachdem sie sich die Missbilligung ihres Chauffeurs zugezogen hatte, dürstete es sie nach etwas menschlicher Wärme. Und sei es nur ein geschäftsmäßiges Lächeln auf den Lippen eines Türstehers. »Bonjour«, sagte sie leise. Ein verachtungsvoller Blick traf sie. Scharf wie ein Messer fuhr er nah an ihrem Herzen vorbei und hinterließ eine schmerzende, brennende Wunde. Sicher, dachte Marlene bitter. In meiner Welt grüßt man keine Türsteher. Und tut man es doch, outet man sich als Billigtourist, der im Hinterland wohnt und nach St. Tropez kommt, um einmal den Duft der Schönen und Reichen zu schnuppern. Und dafür verachten einen dann selbst die Türsteher.

Marlene schämte sich. Für ihr Leben, für die Gesellschaft, in der sie lebte, und für die Blöße, die sie sich gegeben hatte. »Ich bin nicht …«, brach es aus ihr heraus. Hastig biss sie sich auf die Lippen, schluckte die ungesagten Worte hinunter. Fast hätte sie sich bei diesem arroganten Türsteher dafür entschuldigt, dass sie ihn gegrüßt hatte, und ihm erklärt, dass sie eben nicht zu jenen Billigtouristen gehörte, sondern zu *ihnen*, zur besseren Gesellschaft von St. Tropez. Dazugehören. *Teil von etwas sein*. Der Schmerz des Verlustes, dieser lähmende, alles überrollende Schmerz, holte sie immer mehr ein. Je mehr Zeit verging, desto größer wurde die Sehnsucht. Desto unerträglicher wurde das Wissen, auf immer verloren zu haben. Auf immer verloren zu *sein*.

Marlene Didier machte auf dem Absatz kehrt und stöckelte auf ihren hochhackigen Sandalen von Christian Louboutin die Treppe hinunter. Dem Türsteher schenkte sie keinen Blick mehr. Und schon gar kein Lächeln. Sie musste zum Hafen, schnell, ganz schnell. Wenn auch die Luxusyachten viel vom kraftspendenden Blick auf das Wasser nahmen, so war sie am Hafen doch zumindest in der Nähe des Wassers, ihrer Heimat. Doch das Wasser ihrer Heimat, das war ruhiger und klarer. Süß, nicht salzig. Das Wasser ihrer Heimat, das war das Bodenseewasser. Aber die Süße hatte auf immer einen bitteren Beigeschmack bekommen. Den Beigeschmack von Blut.

Marlene Didier hastete in Richtung Hafen. Eine Flüchtende. Auf der Flucht seit 32 Jahren. Doch sie spürte, dass ihre Flucht bald zu Ende sein würde, dass sie in eine Sackgasse führte. Marlene dachte dabei an eine psychische Sackgasse. Sie wusste nicht, dass die Vergangenheit sie auch in anderer, in physischer Weise einzuholen begann: Marlene Didier bemerkte den Schatten nicht, der ihr lautlos folgte.

SECHSTES KAPITEL

Überlingen

Hohl hallte das Martinshorn durch die Nacht. Das Blaulicht der Einsatzwagen von Polizei und Notarzt tauchte die Szenerie in ein gespenstisch flackerndes Licht.

Ole fluchte, als er die alte Dame mit durchgeschnittener Kehle im grellen Licht der Scheinwerfer auf der Bank liegen sah. Es war kein schöner Anblick. Er schlüpfte unter der Polizeiabsperrung durch und ging zu seinen Kollegen.

»Ach, sind Sie auch schon da«, muffelte Monja Grundel, die selbst eben erst ankommen war.

»Ja«, sagte Ole. »Und zwar exakt …«, er blickte auf seine Armbanduhr, »… fünf Minuten, nachdem der Anruf der Wache einging.«

Monja Grundel brummte etwas Unverständliches.

»Wie bitte?«

»Ich habe gesagt, Sie sollen die Zeugin vernehmen«, fauchte Monja Grundel und deutete mit dem Kinn auf eine rothaarige junge Frau, die, in eine Decke des Deutschen Roten Kreuzes gewickelt, am Ufer saß und auf den dunklen See starrte. Neben ihr kniete eine Frau vom Roten Kreuz und reichte ihr einen Becher mit dampfendem Inhalt. Die Rothaarige schüttelte den Kopf. Die roten Locken, die ihr über die Schulter bis auf die Mitte ihres Rückens fielen, setzten die Bewegung ihres Kopfes fort. Ein Strahl des Lichtes, das den Ort des Verbrechens erhellte, fiel auf ihre Haare und ließ das Rot aufleuchten. Wie Feuer, dachte Ole flüchtig und spürte Ärger darüber in sich aufwallen, dass die Grundel ihn immer noch wie einen Schuljungen herumkommandierte. Er wollte sie schon scharf zurechtweisen, schluckte seine Wut dann aber herunter. Das war jetzt wirklich nicht der richtige Augenblick für Machtkämpfe. Doch in nicht allzu ferner Zeit stünde ein ernstes Gespräch an.

»Passen Sie auf, die ist von der Zeitung!«, rief Grundel ihm hinterher, als er sich schon auf den Weg zum Seeufer machte.

Strobehn hob eine Hand zum Zeichen, dass er verstanden hatte, drehte sich aber nicht mehr nach seiner Kollegin um.

»Frau Tuleit? Ich bin Kommissar Ole Strobehn«, sagte er, als er bei ihr ankam.

Alexandra wandte sich halb zu ihm um. Das »Hallo«, das sie auf den Lippen gehabt hatte, blieb ihr im Hals stecken. Die Stimme versagte ihr den Dienst, als habe der Schock, der sich tief in ihren Körper gegraben hatte, nun auch ihre Stimmbänder lahmgelegt. Sie räusperte sich und legte dabei die Hand an ihren Hals. »Hallo«, versuchte sie es noch einmal. Sie kannte den Kommissar nicht, was in der kleinen Stadt äußerst ungewöhnlich war. Er schien neu zu sein.

»Darf ich mich einen Moment zu Ihnen setzen?«, fragte er und warf der DRK-Helferin einen auffordernden Blick zu. Die Frau begriff, stand eilig auf und ging zu ihren Kollegen, die oben, am höher gelegenen Uferweg, an ihrem Einsatzwagen standen.

»Bitte«, sagte Alexandra.

Ole setzte sich neben sie auf einen der großen Steinbrocken, die in unregelmäßigen Abständen am Ufer lagen.

»Ich würde Ihnen das jetzt gerne ersparen, aber ich muss Ihnen ein paar Fragen stellen.«

»Ja«, sagte Alexandra und ihre Stimme klang seltsam fremd in ihren Ohren und schien von weit, weit her zu kommen. »Ja, ich weiß.«

Wie viel Zeit vergangen war, seit sie die Leiche der alten Dame gefunden hatte, konnte sie nicht sagen. Eine halbe Stunde? Eine ganze? Sie wusste nur noch, dass sie geschrien hatte. Sie erinnerte sich, wie gespenstisch ihr Schrei durch die stille Nacht gehallt hatte. Und wie gruselig sich das Gefühl des trocknenden Blutes an ihren Fingern anfühlte. Jetzt war kein Blut mehr erkennbar. Wie in Trance war sie den Hang hinunter zum See getaumelt und hatte die Hände tief in das Wasser getaucht, sie dann wieder herausgezogen und am Gras abgerieben. Immer und immer wieder. Sie mochte mit der einen blutigen Hand die andere nicht berühren, deswegen konnte sie sich das Blut nicht mit den Händen von den Fingern reiben. Danach, daran erinnerte sie sich sehr klar, hatte sie ihr Handy aus der Tasche geholt und die Polizei gerufen. Auch der Notarzt war gekommen. Große Lampen hatten sie aufgestellt, als sie begannen, die alte Frau zu untersuchen. Alexandra hatte nicht hinsehen wollen, aber sie konnte nicht anders. Sie hatte den Blick gehoben und nach oben gestarrt. Was sie inzwischen zutiefst bereute. Denn nun hatte sie das Gefühl, als habe sich das entsetzliche Bild für immer auf ihrer Netzhaut eingebrannt. Ob die Tränen, die einfach nicht kommen wollten, taugen würden, die Augen aus- und das schreckliche Bild herunterzuwaschen?, fragte sich Alexandra flüchtig und zog die Decke enger um sich. »Mir ist schlecht«, murmelte sie. »Ich glaube, ich kann nicht … bitte geben Sie mir ein wenig Zeit.«

»Natürlich«, sagte Ole rasch. »Aber ich muss Sie bitten, sich zu unserer Verfügung zu halten und so bald als möglich auszusagen.« Er beugte sich zu ihr hinunter und berührte sie leicht an der Schulter. »Versuchen Sie, tief zu atmen. Und Sie sollten die Beine hochlegen«, empfahl er und nickte der Frau vom DRK zu, die mit verschränkten Armen an den Rettungswagen gelehnt stand und zu ihnen herunterblickte. »Man wird sich um Sie kümmern. Ich komme später nochmals zu Ihnen und werde Ihnen dann leider auch ein paar Fragen stellen müssen. Schaffen Sie das?«

»Klar«, sagte Alexandra mit einem dünnen Lächeln.

»Gut«, befand Ole, ebenfalls mit leichtem Lächeln. Damit wandte er ihr den Rücken zu und ging der Frau des DRK, die sich wieder auf den Weg zu Alexandra gemacht hatte, entgegen. »Sie ist noch nicht wirklich vernehmungsfähig«, sagte er leise.

»Das wundert mich nicht«, antwortete die DRKlerin und es klang ein wenig schnippisch. Ob alle badischen Frauen so waren?, fragte sich Ole. Bisher hatte er nur die giftige Grundel, die bedrohliche Bäckerin und die schnippische DRK-Frau kennengelernt. Und die Schöne am Seeufer …

»Was glauben Sie, wie lange wird es dauern?«, fragte er.

Die Frau zuckte die Achseln. »Schwer zu sagen.«

Ole nickte ihr zu und stieg den Hang hinauf zum Fundort der Leiche, wo seine Kollegen von der Spurensicherung inzwischen angekommen waren und mit der Arbeit begonnen hatten. Dort, wo die Leiche lag, war es taghell, die Kollegen arbeiteten unter Hochdruck.

Ole spürte feinen Nieselregen auf dem Gesicht und blickte gen Himmel. Sehen konnte er nichts, wenn sich der

Nebel inzwischen auch ein wenig gelichtet hatte. Aber als er sein Gesicht wieder senkte, war es wesentlich feuchter als noch vor ein paar Sekunden. »Verdammt!«, fluchte er. »Damit die ohnehin schon wenigen Spuren auch noch verwischt werden. Auf welcher Seite stehst du eigentlich, Petrus? Ich dachte immer, du wärst einer von den Guten.«

»Wie bitte?«, fragte Monja Grundel pikiert.

»Petrus«, antwortete Ole gelassen. »Ich dachte immer, dass er zu den Guten gehört. Aber jetzt verregnet er uns hier die Spuren.«

Monja Grundel stemmte die Hände in die ausladenden Hüften und blitzte ihren Kollegen böse an. »Herr Strobehn, dass eins klar ist: Wir haben jetzt keine Zeit für solchen Schnickschnack. Sie sollten nicht mit Petrus kommunizieren, sondern sich lieber auf Ihre Arbeit hier unten auf der Erde konzentrieren. Es ist ja nicht so, dass Sie nichts zu tun hätten.« Sie beäugte ihn misstrauisch. »Sie sind doch nicht etwa einer von diesen durchgeknallten Esoterikern?«

Ole seufzte. Wieso hatte ihm das Schicksal ausgerechnet die unangenehmste Frau Badens an die Seite stellen müssen? »Nein, Frau Grundel«, sagte er. »Ich bin kein durchgeknallter Esoteriker.« Und aalglatt fügte er hinzu: »Sie haben natürlich recht, ich sollte mich besser auf meine Arbeit konzentrieren. Gibt es etwas Neues?«

»Keine Fußspuren«, bedauerte der Mann von der Spurensicherung. »Wir haben Pech, dass unmittelbar hinter dem Tatort ein asphaltierter Weg beginnt. Da bleiben selten Fußabdrücke zurück. Mein Kollege schaut sich gerade noch den Uferbereich an.« Er deutete auf einen Mann in Einsatzkleidung, der mit einer Taschenlampe am Ufer kniete und angestrengt auf den steinigen Boden starrte. »Die Todesursache dürfte feststehen, der Todeszeitpunkt auch in etwa: Die Frau ist noch keine Stunde tot. Weiteres muss die Obduktion ergeben, wir sind hier so gut wie fertig.«

»Wie schnell bekommen wir die Ergebnisse?«, fragte Ole. Der Gerichtsmediziner, der neben der Leiche kniete, sah auf. »Ich werde mich beeilen«, versprach er. »Da ist mir persönlich dran gelegen. Eine Sauerei, was die mit der Frau gemacht haben.«

»Das können Sie laut sagen, Kollege«, bekräftigte Ole. »Dann werde ich noch mal versuchen, Frau Tuleit zu vernehmen. Sie brauchte vorhin noch etwas Zeit, um sich zu fassen.«

Und ohne die Antwort seiner zickigen Kollegin abzuwarten, stapfte Ole zurück: den Hang hinunter zu Alexandra Tuleit, neben der inzwischen ein großer, schlanker, bebrillter Mann Mitte 50 kniete. Ole fluchte innerlich. Viel wusste er noch nicht über diese Stadt. Aber dass der Mann neben Alexandra Manfred Meinwald, der Lokalchef des Südkurier war, das war ihm bekannt. Sein Konterfei zierte beinahe täglich die Meinungsspalte im Überlinger Lokalteil. Manfred Meinwald hatte wohl zu jedem Thema, das die Stadt bewegte, eine ausgeprägte Meinung und er zögerte nicht, sie seinen Lesern in scharfen Kommentaren oder sarkastischen Glossen kundzutun. »Der Meinwald, der hat eine spitze Feder«, hatte der Überlinger Polizeichef gleich am ersten Tag zu Ole gesagt. Dass Meinwald sich nun hier am Tatort aufhielt, bedeutete ohne Frage, dass sich der Mord morgen, spätestens übermorgen, nicht nur auf der Titelseite des Lokalteils, sondern vermutlich auch im überregionalen Teil des Blattes wiederfinden würde.

»Guten Tag, mein Name ist Ole Strobehn, Polizei Überlingen », stellte er sich vor.

Manfred Meinwald erhob sich. »Meinwald, Südkurier.« Er gab Ole die Hand. Meinwalds Händedruck war kräftig, der Blick, der Ole traf, hellwach, intelligent und klar.

»Ich muss Ihnen jetzt ein paar Fragen stellen, Frau Tuleit«, wandte sich Ole an Alexandra, die immer noch auf dem Stein am Ufer kauerte. »Bitte begleiten Sie mich zum Einsatzwagen.«

Meinwald reichte Alexandra die Hand und zog sie hoch. Ole fragte sich flüchtig, wie er den Journalisten loswerden sollte, aber bevor er den Gedanken zu Ende denken konnte, gab Alexandra ein leises Stöhnen von sich und brach zusammen.

Sofort war der Notarzt bei ihr. Zwar erlangte Alexandra unter seinen kundigen Händen rasch das Bewusstsein wieder, aber vernehmungsfähig war sie an diesem Abend nicht mehr. »Das muss bis morgen warten, wir bringen sie jetzt ins Krankenhaus«, erklärte der Notarzt streng.

»Ich komme gleich nach!«, rief Meinwald den Sanitätern, die die Liege mit Alexandra den Hang hinaufschleppten, nach. Dann wandte er sich Ole zu. »Ich kann Ihnen nur sagen, was sie mir bereits erzählt hat: Die Tote ist Elisabeth Meierle, eine alte Dame, die in einer der Nußdorfer Seevillen wohnt. Sie wollte Alexandra irgendetwas Brisantes mitteilen. Die beiden waren hier verabredet, Alexandra hatte schon davor ein komisches Gefühl und hat mich deshalb per SMS gebeten, unauffällig vorbeizuschauen.«

»Wann war das?«, fragte Ole.

Meinwald zog sein Handy aus der Tasche und öffnete

den Ordner mit seinen SMS. »Um 21.28 Uhr. Also vor genau …«, er sah auf die Uhr, »… einer Stunde.«

»Danke«, nickte Ole. »Hat sie sonst noch etwas gesagt?«

»Nein«, gab Meinwald kopfschüttelnd zurück.

»Sie müssten Ihre Aussage morgen auf dem Revier noch zu Protokoll geben.«

»Selbstverständlich, gerne. Sind ja nur ein paar Schritte von der Redaktion aus«, stimmte Meinwald zu und lächelte fein.

»Also dann.« Ole wandte sich zum Gehen.

»Ach, Herr Strobehn!«, rief Meinwald ihm nach.

»Ja?« Ole drehte sich um.

»Ich wäre Ihnen natürlich dankbar, wenn Sie mir die neuesten Erkenntnisse so schnell wie möglich mitteilen würden. Oder Ihr Polizeichef, falls Sie nicht direkt mit der Presse kommunizieren dürfen.«

Der Polizist nickte. »Ich werde es gerne an meinen Chef weitergeben.«

SIEBTES KAPITEL

Villingen-Schwenningen

»Tim, vergiss nicht, deine Jacke mitzunehmen. Niiiiii-naaaa, wie lange brauchst du denn eigentlich auf dem Klo?« Stefanie hetzte durch die Wohnung, um die Wäsche einzusammeln und wenigstens noch eine Maschine anzustellen. Dann wäre alles fertig, bis sie vom Einkaufen wieder zurück wäre und sie könnte sogar noch eine zweite Ladung waschen, bevor sie sich ans Kochen machte. Der allmorgendliche Stress.

»Schatz, hast du mein iPad gesehen?«, rief Andreas, ihr Gatte, aus dem Wohnzimmer. »Gestern Abend lag's noch auf dem Nachttisch«, antwortete Stefanie, steckte die Wäsche in die Maschine, um dann in die Küche zu eilen und ihren Kindern noch ein gesundes Frühstück zu zaubern. Im Vorübergehen warf sie einen Blick in den Garderobenspiegel. Furchtbar sah sie aus. Die blonden, wild gelockten Haare standen wie ein Wischmopp nach allen Seiten ab und da sie am Abend zuvor zu müde gewesen war, um sich abzuschminken, war die Region um ihre Augen in tiefstes Schwarz getaucht. Wobei das fast auch Augenringe sein könnten, dachte Stefanie sarkastisch. Ich brauche dringend eine Haushaltshilfe. Bisher hatte sie sich immer gegen eine Putzfrau gesträubt und den Anspruch an sich gehabt, alles selbst zu schaffen. Zumal sie nicht berufstätig war. Und andere Frauen bekamen das doch auch hin, ja, manche machten sogar Karriere, erzogen ihre Kinder zu vorbildlichen Menschen, schmissen ganz nebenher auch noch den Haushalt und waren immer tadellos gekleidet, manikürt und frisiert. Stefanie kam sich neben diesen Powerfrauen oft unzulänglich vor und fühlte sich wie ein schlapper Sack. Aber sie hatte einfach nicht so viel Energie wie zum Beispiel ihre Freundin Miriam. Die wirbelte den ganzen Tag durch die Gegend, führte ein mittelständisches Unternehmen, ihre Kinder waren stets tipptopp gekleidet und in ihrem Haus fand sich garantiert kein einziges Staubkörnchen. Und sie, Stefanie, schaffte es nicht mal, ihren Haushalt im Griff zu haben. Geschweige denn, auf sich zu achten. Sie war ungepflegt und sie wusste es. Und die Kinder waren auch immer irgendwie bekleckert. Stefanie litt dann und wann an extremen Minderwertigkeitsgefühlen, auch wenn Andreas, ihr Mann, alles tat, um sie ihr auszutreiben. »Ich würde gar keine von diesen Powerfrauen wollen«, versicherte er ihr immer wieder, wenn sie die Zweifel überkamen. »Die wären mir viel zu anstrengend und ich hätte dauernd das Gefühl, ihnen etwas beweisen zu müssen. Bei dir kann ich mich einfach fallen lassen. Und genau so was braucht ein Mann.«

Stefanie war nach seinen Worten stets besänftigt, aber ganz konnte er ihr die Selbstzweifel nicht austreiben. Deswegen bemühte sie sich nach Kräften, wenigstens eine gute Mutter zu sein und ihren Kindern allmorgendlich ein perfektes Frühstück auf den Tisch zu zaubern. Und jeden Mittag ein schmackhaftes Mittagessen, das sie Andreas, wenn er abends nach einem langen Arbeitstag nach Hause kam, aufzuwärmen pflegte.

Noch bevor sie die Küche erreicht hatte, klingelte es an der Haustüre. Stefanie sah irritiert auf die Uhr, obwohl sie genau wusste, wie spät es war. So spät, wie es jeden Morgen war, wenn sie in die Küche ging, um das Frühstück vorzubereiten: Viertel nach sieben. Wer könnte um diese Uhrzeit, in aller Herrgottsfrühe, etwas von ihr wollen? »Machst du mal auf?«, rief sie nach ihrem Mann. »Schon unterwegs«, rief Andreas zurück. Stefanie eilte in die Küche und lauschte auf die Stimmen im Flur. Ein Mann und eine Frau. Sie war gerade im Begriff, das Obst, mit dem sie das Müsli zubereiten wollte, aus der Schale zu nehmen, als Andreas in Begleitung eines großen, gut aussehenden Mannes und einer kleinen Frau mit Bürstenhaarschnitt in die Küche kam. »Die Polizei ist da«, sagte er.

Stefanie erschrak. Wie man eben erschrak, wenn morgens vor dem Frühstück zwei Polizisten in der Küche auftauchten. Heftige Angst schnürte ihr die Kehle zu. Hilfe suchend blickte sie zu ihrem Mann. Doch Andreas schaute eher verwirrt als schockiert drein.

Der Polizist stellte sich vor. »Guten Tag, Frau Schwarz«, sagte er. »Mein Name ist Ole Strobehn, das ist meine Kollegin Grundel. Bitte entschuldigen Sie die frühe Störung.« Er holte tief Luft und blickte Stefanie direkt in die Augen. In seinem Blick las sie etwas, das ihre Angst sofort erneut auflodern ließ. Mitleid? Bedauern?

»Ich habe leider keine guten Nachrichten, Frau Schwarz«, begann Ole dann auch. »Es ist nämlich so, dass …«

»Wir sind vom Polizeirevier Überlingen. Wir haben Ihre Großmutter gestern Abend tot aufgefunden. Ermordet. Normalerweise würden unsere Kollegen vor Ort Ihnen die Nachricht überbringen, aber da es sich um einen Mordfall handelt und wir uns aus dem Gespräch mit Ihnen entscheidende Erkenntnisse erhoffen, sind wir selbst gekommen«, fiel ihm Monja Grundel barsch ins Wort. Sie fand, dass ihr Kollege nun schon lange genug um den heißen Brei herumgeredet hatte. Das half der Frau ihrer Ansicht nach auch nicht weiter, dieses Gestotter. Man musste sagen, was man zu sagen hatte.

Ole warf ihr einen bösen Blick zu. Unsensible Ziege, dachte er bei sich, konzentrierte seine Aufmerksamkeit aber gleich darauf wieder auf Stefanie Schwarz, die, wie er fand, äußerst merkwürdig dreinblickte. Sie stand offensichtlich unter Schock. »Frau Schwarz?«, fragte er vorsichtig.

»Aber …«, begann Stefanie und machte eine hilflose Geste. »Aber …«

»Es tut mir entsetzlich leid, Frau Schwarz. Mein aufrichtiges Beileid. Ihre Mutter wird derzeit von den Kollegen in Frankreich benachrichtigt. Den weiten Weg nach Frankreich konnten wir nicht auf uns nehmen. Ihnen wollten wir die Nachricht aber persönlich überbringen.« Er versuchte, die ruppigen Worte Monja Grundels zumindest ein wenig wieder auszubügeln.

Stefanie schwieg noch immer.

»Vielleicht ist es besser, wenn Sie zu Ihrer Mutter nach Frankreich reisen«, sagte Ole hilflos, um das Schweigen zu brechen. Wieder einmal verfluchte er Monja Grundel. Sonst plapperte sie immer dazwischen, aber wenn er einmal stumm hoffte, dass sie etwas sagte, schwieg sie wie ein Fisch.

Endlich ergriff Andreas Schwarz das Wort. »Seit wann hast du denn eine Großmutter?«, fragte er seine Frau und sah sie über den breiten Holzküchentisch, auf dem rotes Porzellan mit weißen Punkten schon auf ein fröhliches Familienfrühstück wartete, an. »Und wieso ist deine Mutter in Frankreich? Wir waren doch letztes Wochenende bei ihr zum Kaffeetrinken in Überlingen. Da hat sie kein Wort davon gesagt, dass sie verreisen will.« Er schüttelte langsam den Kopf und sah von seiner Frau zu Ole und dann zu der schweigsamen Monja Grundel, die mit verschränkten Armen dastand. »Irgendwas stimmt hier nicht«, schlussfolgerte er.

»Aber das ist es ja eben.« Auch Stefanie hatte inzwischen die Sprache wiedergefunden. »Ich habe gar keine Großmutter. Ich hatte auch nie eine. Sie war schon tot, als ich auf die Welt kam. Und meine Mutter ist auch nicht in Frankreich, sondern in Überlingen.«

In diesem Moment ging die Küchentüre auf und Tim und Nina kamen herein. Als sie die beiden Fremden sahen, blieben sie schüchtern stehen. Zwar trugen Monja Grundel und Ole Strobehn als Kriminalbeamte keine Uniform, aber eigenartig fanden die sonst eigentlich gar nicht schüchternen Kinder es schon, dass so früh am Morgen Fremde in ihrer Wohnung standen. Außerdem nahmen sie mit dem untrüglichen Sinn der Kinder die angespannte Situation wahr und das machte ihnen Angst.

»Kommt, Kinder, ihr dürft ausnahmsweise fernsehen«, sagte Stefanie geistesabwesend.

Sofort leuchteten die Kinderaugen auf. Fernsehen durften sie äußerst selten, deshalb war das immer ein Fest. »Komm, Nina«, rief Tim aufgeregt und zog seine Schwester an der Hand ins Wohnzimmer.

Stefanie wandte sich wieder an die Polizisten. »Wie ich schon sagte: Ich habe keine Großmutter. Weder väterlicherseits noch mütterlicherseits. Und auch keine Mutter in Frankreich. So leid es mir tut, Sie müssen sich irren.«

»Also, das kann jetzt aber nicht sein«, schaltete sich Monja Grundel resolut ins Gespräch ein. »Aus unserer

Datenbank geht ganz klar hervor, dass eine Christin Meierle Ihre Mutter ist.«

»Nein«, versicherte Stefanie. »Meine Mutter heißt Elisabeth Meierle. Eine Christin kenne ich nicht.«

»Das wird ja immer schöner. Sie wird doch wohl ihre eigene Geburtsurkunde kennen«, brummte Monja Grundel vorwurfsvoll.

Ole stieß sie in die Rippen. Er fand das Verhalten seiner Kollegin unmöglich und unprofessionell. Er räusperte sich. »Frau Schwarz, dann muss ich Ihnen eine wahrscheinlich noch tragischere Mitteilung machen. Bei der Toten handelt es sich um Elisabeth Meierle. Es … es tut mir sehr leid. Nochmals mein tief empfundenes Beileid.«

Stefanie spürte, dass der Boden unter ihren Füßen zu schwanken begann. Dann wurde es dunkel.

ACHTES KAPITEL

St. Tropez, Frankreich

Marlene stand noch immer am Hafen und starrte auf das Wasser. Sie wusste, dass der Chauffeur längst auf sie wartete und vermutlich langsam begann, sich Sorgen zu machen.

Aber das war ihr egal. Sie war zu tief in dem Moment – und auch in der Vergangenheit – verhaftet, um mehr als nur einen flüchtigen Gedanken an den wartenden Jean-Luc zu verschwenden. Wie surreal die Szenerie wirkte. Die Uferkante war von Malern gesäumt, die sich mit ihren Staffeleien, Pinseln und Stiften ausgebreitet hatten und darauf hofften, dass ein reicher Tourist sich wahlweise porträtieren lassen oder eine der auf Leinwand gebannten St.-Tropez-Idyllen erwerben würde. Vor dem Kontrast der Maler in ihren oft zerrissenen und ärmlich wirkenden bunten Kleidern wirkten die Reichen und Schönen, die sich dahinter auf ihren Luxusyachten in der Sonne und in den Blicken der Gaffenden aalten, noch prächtiger. Sie saßen auf ihren Sonnenterrassen, schlürften Champagner, rauchten dicke Zigarren und ignorierten die staunenden Menschen am Ufer gekonnt. Es sei denn, sie waren allein unterwegs und männlichen Geschlechts. »Come on«, lud ein tief gebräunter Enddreißiger in engen weißen Jeans und offenem weißen Hemd zwei junge Frauen in hautengen Neonkleidern ein, die an Land standen und ihn anstarrten. Die Mädchen sahen sich ungläubig an und gingen dann, von einem weiteren »come on« des Mannes ermutigt, kichernd an Bord.

Marlene wandte sich angewidert ab und ließ den Blick über die anderen Yachten schweifen. Ob sich ihre Besitzer auch so einsam fühlten wie sie? Ob der Kaviar schal schmeckte auf ihren Zungen? Und ob der Geschmack von Champagner für sie zum Geschmack der Einsamkeit geworden war?

Plötzlich fühlte Marlene einen heftigen Stoß von hinten. Sie schrie auf, stolperte nach vorne und hätte wohl das Gleichgewicht verloren und wäre in die schmale Spalte zwischen zwei Yachten mit englischer Flagge gefallen, hätten sie nicht im letzten Moment zwei starke Arme von hinten gepackt und zurückgerissen.

»Hoppala«, sagte eine dunkle Stimme. »Da sind wohl zwei sehr hübsche Damen zusammengestoßen.«

Marlene drehte sich um und blickte in das freundliche Gesicht eines älteren, bebrillten Herrn und in das erschrockene einer schmalen, unscheinbaren Frau mit mausgrauen Haaren und goldenem Brillengestell. Marlene bemerkte, dass die Mausgraue feuerrot im Gesicht war und sie irgendwie seltsam anblickte.

»Bitte entschuldigen Sie«, sagte die Dame auf Deutsch. »Ich habe nicht aufgepasst und bin gegen Sie gestoßen. Es … es ist so eng hier.« Sie machte eine unbeholfene, weit ausholende Geste.

»Natürlich«, gab Marlene freundlich zurück, rückte sich ihre überdimensionierte Sonnenbrille zurecht und strich sich über das perfekt frisierte Haar. »Es ist ja nichts passiert. Sie brauchen sich also nicht zu entschuldigen.«

Erst nachdem sie geantwortet hatte, fiel ihr auf, dass die Fremde sie auf Deutsch angesprochen hatte und dass sie, ohne nachzudenken, geantwortet hatte. Merkwürdig, dachte sie misstrauisch. Woher die Frau wohl wusste, dass ich sie verstehen werde? Gleich darauf schalt sie sich eine Närrin, die hinter jeder Kleinigkeit Gespenster sah oder eine Verschwörung witterte. Schließlich, das hatte sie in den zahlreichen Luxusrestaurants an St. Tropez' Hafen und auch in der Innenstadt mit ihren zauberhaften, verwinkelten Gässchen oft genug erlebt, plapperten viele deutsche Touristen einfach in ihrer Sprache los und bauten darauf, dass man sie schon verstehen würde. Was häufig auch der Fall war. Aber trotz dieser einfachen Erklärung war ihr irgendwie unbehaglich zumute.

»Ich darf mich dann verabschieden«, sagte der nette ältere Herr, dem Akzent nach Engländer, in perfektem Französisch. Er schüttelte beiden Damen die Hand, verneigte sich und ging dann auf eine gut gekleidete Seniorin zu, die ein paar Meter weiter auf ihn wartete.

»Sie sprechen aber gut deutsch«, sagte die Mausgraue und sah Marlene forschend an.

»Ja«, antwortete Marlene. »Ich bin Deutsche. Aber ich lebe seit vielen, vielen Jahren in Frankreich. Besser gesagt: seit Jahrzehnten.«

»Oh, wirklich, wie interessant«, antwortete die andere. »Ich finde es toll, wenn Menschen den Mut haben, ins Ausland zu gehen. Darf ich Sie vielleicht auf den Schreck zu einer Tasse Kaffee einladen? Dann können Sie mir mehr erzählen.«

Marlene blickte sie nachdenklich an. Eigentlich war es so gar nicht ihre Art, mit einer Wildfremden eine Tasse Kaffee trinken zu gehen. Und schon gar nicht mit einer Deutschen, hatte sie doch bisher alles Deutsche, alles, was sie *daran* erinnerte, strikt abgelehnt. Doch während sie schon den Mund öffnete, um höflich, aber bestimmt abzusagen, überlegte sie es sich anders. Ihre Abscheu allem Deutschen gegenüber war langsam und schleichend und ganz im Verborgenen einer tiefen Sehnsucht nach der Heimat gewichen. So schrecklich die Dinge auch gewesen sein mochten, die sie damals zur Flucht und zum endgültigen Bruch mit ihrer Familie verleitet hatten – jetzt träumte sie wieder von dem lieblichen Bodenseeufer, roch den Duft der Apfelblüte und schmeckte den edlen Tropfen des Bodenseeweines auf ihrer Zunge.

Wie es ihnen wohl ging? Wie es *ihr* wohl ging? Rasch scheuchte sie die Gedankenwolken beiseite. Ihr gegenüber stand eine Frau aus ihrer Heimat. Dass sie aus Süddeutschland kam, hörte Marlene am Klang ihrer Sprache. Herrlich weich wie Samt und Seide klang das. Und sie wartete auf eine Antwort, die Frau aus der Heimat. Marlene sah ihr in die Augen und lächelte sie an. »Gerne«, sagte sie. »Gehen wir.«

Sie fanden einen Tisch in einer Bar direkt am Hafen, die vor gut gekleideten Touristen überquoll. Weiße Lederpolster, Designerkleider, geliftete Gesichter, gebleichte Zähne. Blitzende Diamantringe an manikürten Händen. Rote, lachende Münder. Endlos lange Wimpern, mittels Wimperntusche sorgsam aneinandergeklebt.

Marlene sah, dass ihre Begleiterin erbleichte, als sie auf die Karte sah. Kein Wunder. Zwölf Euro für einen einfachen Kaffee und 200 Euro für ein Gericht waren happige Preise. Lächelnd beugte sie sich über den kniehohen, massiven Nussbaumholztisch und legte ihre Hand auf die der anderen. Es war ein seltsamer Kontrast. Ihre reich geschmückte Hand mit den perfekt lackierten Kunstnägeln auf der rauen Hand der anderen, die nur ein schmaler Goldreif zierte. Marlene bemerkte, dass ihr Gegenüber abgekaute Fingernägel hatte. Noch ein Mensch mit Problemen, dachte sie.

»Darf ich Sie einladen? Es wäre mir eine große Freude«, bat Marlene.

»Ich … nun ja … eigentlich wollte ich doch …«, stammelte ihr Gegenüber unbeholfen.

»Bitte. Schließlich sind Sie in meiner Stadt zu Gast«, beharrte Marlene und winkte mit der freien Hand und ohne aufzublicken dem vorbeieilenden Kellner, der ganz in Weiß gekleidet war. »Ein Gin Tonic auf den Schreck?«, fragte sie und bevor die andere antworten konnte, hatte sie schon bestellt.

Während Marlene ihre Bestellung aufgab, spürte sie, dass die Fremde sie anstarrte, und sah aus dem Augenwinkel, dass sie dabei nervös die Finger ineinanderkrampfte. Wieder beschlich sie dieses komische Gefühl, das sie ganz zu Beginn ihrer Begegnung am Hafen gehabt hatte. Das Gefühl, dass die Frau nicht zufällig gegen sie gestoßen war. Dass sie einen Plan verfolgte. Dass sie irgendetwas von ihr wollte. Rasch, fast ruckartig, wandte sie den Kopf und blickte ihrem Gegenüber direkt ins Gesicht. Sofort senkte die Mausgraue den Blick, aber sie war nicht schnell genug. Marlene hatte sie noch ganz deutlich gesehen, die eisige, bedrohliche Kälte hinter den spiegelnden Brillengläsern.

NEUNTES KAPITEL

Überlingen

Alexandra legte ihr Buch zur Seite, als es klopfte. Sie hatte sich ohnehin nicht auf die Lektüre konzentrieren können, hatte jeden Absatz drei, vier Mal lesen müssen, bevor sie seinen Sinn verstand. Wieder und wieder wanderten ihre

Gedanken zu der alten Dame, wie sie dagelegen hatte im hellen Scheinwerferlicht. So würdelos hatte das ausgesehen, so entsetzlich würdelos. Schutzlos und zerbrechlich hatte sie gewirkt. Nein, nicht zerbrechlich. *Zerbrochen.* Zerstört. In all dem Blut. Das Blut an ihren Händen. Stundenlang, so kam es ihr vor, hatte sie sich die Hände gereinigt, nicht nur am See, sondern auch hier, im Krankenhaus. War immer wieder aus ihrem Krankenhausbett aufgestanden, in das man sie für eine Nacht zur Beobachtung verbannt hatte, war ins angrenzende Badezimmer gegangen und hatte sich die Hände gewaschen und desinfiziert. Es war wie in einem Film. Oder wie bei einer Schallplatte, die einen Kratzer hatte und immer und immer wieder die gleiche Stelle spielte. Zuerst kam das Gefühl, dass ihre Hände beschmutzt waren. Beschmutzt und klebrig. Es folgte das Aufstehen aus dem Bett, was nicht einfach war, da sie die Hände weit von sich streckte, um nur ja nichts mit diesen klebrigen, blutigen Händen anzufassen. Dann kam der Moment, in dem ihre nackten Füße den kalten, glatten Krankenhausboden berührten. Das leise Tapsen ihrer Sohlen auf dem PVC-Boden. Das Öffnen der Badezimmer-Schiebetür. Mit dem Ellbogen hakte sie sich in den großen, silberfarbenen Griff ein und schob die Türe nach rechts. Und dann endlich das Waschbecken. Waschen und desinfizieren. Waschen und desinfizieren. Waschen und desinfizieren. Immer und immer und immer wieder.

Doch es half nichts. So oft sie den Waschvorgang auch wiederholte, es wurde einfach nicht besser. Sie hatte das Gefühl, als sei das Blut tief in die Poren ihrer Haut eingedrungen. Als sei es in ihren eigenen Blutkreislauf gelangt. Unabänderlich.

Es klopfte erneut. »Herein?«, rief Alexandra und blickte zur Tür.

Diese öffnete sich und eine große, schlanke Gestalt schob sich herein. Ole Strobehn.

Alexandra lächelte ihm entgegen. »Wo haben Sie denn Ihre charmante Kollegin gelassen?«

Ole grinste. »Den Drachen? Eingesperrt«, konterte er. »Nein, nein, wir haben uns die Ermittlungen aufgeteilt. Darf ich mich setzen?«

»Natürlich.« Alexandra setzte sich ebenfalls im Bett auf, wozu sie die Fernbedienung für das automatische Verstellen der Rückenlehne betätigte. Mit der freien Hand deutete sie auf einen der braun bezogenen Besucherstühle, die an dem blumenübersäten Tisch standen.

»Sind die alle für Sie?«, staunte Ole.

»Ja«, Alexandra lächelte und strich sich eine ihrer wirren roten Haarlocken aus der Stirn. »Kollegen und Leser haben sie mir geschickt. Mein Kollege Manfred Meinwald hat ja über den Unglücksfall und meine Rolle darin berichtet, das haben Sie bestimmt gelesen.«

Ole nickte und sah sie unverwandt an. »Ja. Und ehrlich gesagt, bin ich nicht ganz glücklich darüber, dass es jetzt schon solch einen riesigen Medienrummel gibt, das könnte die Ermittlungen behindern. Aber selbst wenn Sie nicht direkt betroffen gewesen wären, hätte man das in einer kleinen Stadt wie Überlingen wohl nicht lange geheim halten können.«

Alexandra lächelte. »Garantiert nicht«, bestätigte sie.

»Was machen Sie denn jetzt mit all den Blumen?«, fragte Ole und Alexandra stellte fest, dass er ihr immer direkt in die Augen sah, wenn er mit ihr sprach. Unglaubliche Aufmerksamkeit und Präsenz lagen in seinem Blick, als würde er jede ihrer Regungen in sich aufsaugen und reflektieren. Alexandra ging dieser Blick durch und durch. In seinen Augen lagen Wärme und ein echtes Interesse, daher war ihr sein Blick angenehm, auch wenn er sie etwas verunsicherte. Sie konnte sich aber vorstellen, dass sich Verbrecher unter diesem intensiven, fast röntgenartigen Blick sehr unwohl fühlen könnten. Man hatte das Gefühl, als blickte Ole Strobehn seinem Gegenüber direkt in die Seele.

»Ich werde wohl ein paar hierlassen, wenn ich nachher nach Hause gehe. Die Schwestern freuen sich sicher und ich habe gar nicht so viel Platz«, antwortete Alexandra, ihm nun ihrerseits unverwandt in die Augen blickend.

Dass einer der Blumensträuße von Ralf, ihrem Freund, war, verschwieg sie. Warum, wusste sie selbst nicht so genau. Vielleicht, weil sie sich über sein selbstgerechtes Verhalten geärgert hatte. Ganz die Gestalt gewordene Empörung, hatte er an ihrem Bett gesessen, sich ungemein aufgeplustert und ihr erst mal eine gehörige Standpauke gehalten. Er habe ja schon immer gewusst, dass sie einem irrsinnigen Beruf nachgehe, hatte er geschnaubt und den Blumenstrauß aufs Bett gepfeffert. Statt zu fragen, wie es ihr gehe, ob sie ihn brauche und er etwas für sie tun könne, statt sie nach dem Schreck einfach fest in die Arme zu nehmen und für sie da zu sein, hatte er ihr klargemacht, dass er von ihr erwarte, dass sie ihren Job an den Nagel hänge. Er brauche, hatte Ralf gesagt, ohnehin eine fähige Bürokraft in seinem Kfz-Betrieb. Alexandra hatte die Augen geschlossen und ihn gebeten, einfach still zu sein, woraufhin er beleidigt und türenknallend abdampfte. Wie schon einmal, an dem Abend, an dem Elisabeth Meierle ermordet worden war.

»Wollen Sie denn wirklich schon nach Hause?«, riss Ole sie aus ihren Gedanken und zog den Stuhl neben ihr Bett. »Eine Nacht mehr zur Sicherheit täte Ihnen bestimmt gut.«

»Das ist nicht nötig, wirklich«, versicherte Alexandra und fragte sich, warum sie sich in seiner Nähe so unsicher fühlte. Unsicher und zugleich geborgen. Ob es an seinem Blick lag? Oder war es seine Rolle als Polizist? Die Scheu vor der Obrigkeit? Aber die hatte sie von Berufs wegen eigentlich längst überwunden. Gut, ganz am Anfang ihres Berufslebens hatte sie vor Bürgermeistern, Abgeordneten und auch vor Polizisten noch einen Heidenrespekt gehabt, aber das war lange vorbei. Dafür hatte sie sie im Alltag zu oft erlebt, hatte sie kennengelernt mit all ihren Unzulänglichkeiten, ihren Unsicherheiten, Ängsten und Sorgen. Aber Ole Strobehn, der verwirrte sie wirklich.

Die Stille, die sich zwischen ihnen ausbreitete, verstärkte ihre Unsicherheit. »Ich bin ja von oben bis unten durchgecheckt worden. Und eine Psychologin war auch schon bei mir. Außerdem muss ich dringend wieder an meinen Schreibtisch. Da wartet eine Menge Arbeit, viele ungeschriebene Artikel«, plapperte sie, weil sie die Stille nicht ertrug, und während die Worte, die vielen Worte, aus ihrem Mund sprudelten, dachte sie: Gott, was rede ich denn da? Er muss mich ja für komplett herzlos halten. Und gleich darauf schalt sie sich: Was kümmert es mich, wofür er mich hält?

»Ihre Arbeit, damit wären wir beim Thema«, fuhr Ole ruhig fort. »Gestern Nacht waren Sie leider nicht wirklich vernehmungsfähig. Doch heute kann ich Ihnen ein erneutes Verhör leider nicht ersparen. Sie wollten Frau Meierle beruflich treffen, ist das richtig?«

»Ja«, bestätigte Alexandra. »Tut mir übrigens leid, dass ich gestern einfach so umgekippt bin. Das passiert mir sonst nie, ich bin eigentlich nicht so zimperlich.«

Ole lächelte. »Ich würde es nicht unbedingt zimperlich nennen, wenn jemand nach dem Fund einer Leiche zusammenklappt. Das ist nur menschlich.« Er machte eine kurze Pause. »Wie kam denn das Treffen mit Frau Meierle zustande?«, fragte er dann.

»Sie hatte mich kurz vorher angerufen. Es ging um Carlo Bader, einen Mann, der vor 32 Jahren ermordet wurde.«

Ole runzelte die Stirn. »Ich verstehe nicht?«

Erst jetzt, als sie darüber sprechen musste, merkte Alexandra, wie nahe ihr all das gegangen war. Sie spürte einen dicken Kloß im Hals und es kostete sie größte Mühe, nicht in Tränen auszubrechen. Sie schluckte. »Ich arbeite an einer Serie. Sie heißt ›Geheimnisse der Heimat‹ und soll später auch als Buch erscheinen. Es geht um Geschichten aus der Vergangenheit, von denen heute noch Überbleibsel zu finden sind. Na ja, und im Zuge meiner Recherchen stieß ich auf Carlo Bader. Er ist ermordet worden. Erschlagen. Der Mord wurde nie aufgeklärt, dem wollte ich auf den Grund gehen. Aber wen immer ich auch fragte, keiner wusste Näheres, wenn sich auch noch einige an den Mord erinnerten. Carlo Bader war wohl nicht von hier.«

»Hm«, zeigte sich Ole interessiert, während er sich in seinem schwarzen, ledergebundenen Buch Notizen machte. »Aber Frau Meierle, die wusste etwas?« Er sah auf und sein Blick fuhr durch Alexandras Körper, raste in ihrem Innern und schleuderte dort alles durcheinander. Wie ein Hurrikan, der eine stabile Welt binnen Sekunden komplett verändern konnte. Es war wie ein Schock und zugleich eine Erkenntnis.

»Anscheinend«, erwiderte sie, als sie sich wieder etwas gefangen hatte. »Ich habe sie nach Carlo Bader gefragt und sie hat ganz komisch reagiert.«

»Was meinen Sie mit komisch?«, hakte Ole nach.

»Ich weiß auch nicht … abweisend irgendwie«, antwortete Alexandra. »Sie hat gesagt, sie weiß nichts, aber ich habe ihr angemerkt, dass sie lügt. Und dann, nachdem ich weg war, hat sie mich angerufen. Ein paar Mal. Und immer wieder aufgelegt. Schließlich hat sie sich gemeldet und mich um ein Treffen gebeten.«

»Und dann hat sie ausgerechnet die einsame Parkbank an einem derart dunklen Ort vorgeschlagen? Ein seltsamer Platz für eine alte Frau«, meinte Ole zweifelnd.

Alexandra spürte, wie ihr seine Worte einen Stich versetzten. Er würde ihre Aussage doch nicht etwa anzweifeln? Hatte er möglicherweise *sie* im Verdacht? Er würde ihr das doch wohl nicht zutrauen? Sie merkte, dass Ole sie ansah und auf eine Antwort wartete.

»Ja«, bestätigte sie rasch. »Das finde ich auch. Aber sie sagte, wir sollten auf keinen Fall zusammen gesehen werden.«

»Hatten Sie keine Angst?«

»Doch, große sogar. Aber die Neugierde – oder vielleicht eher der Wunsch, endlich etwas über Carlo Bader herauszufinden, war größer. Viel größer. Das ist vielleicht so eine Art Berufskrankheit.«

Ole nickte nachdenklich. »Das kann ich verstehen.« Plötzlich blickte er auf und Alexandra unmittelbar in die Augen. Obwohl er sie in den vergangenen Minuten schon sehr oft sehr direkt angesehen hatte, obwohl ihr sein Blick kurz vorher noch durch und durch gegangen war, bemerkte sie zum ersten Mal, dass seine Augen von einem tiefen Grün waren. »Sie waren ganz schön mutig«, stellte Ole fest und strich sich eine blonde Haarlocke, die ihm immer in die Stirn fiel, zurück.

Alexandra wurde rot. »Danke«, murmelte sie leise und senkte den Blick verlegen auf die schneeweiße Krankenhausbettdecke.

»Und als Sie ankamen? Konnten Sie Frau Meierle sehen?«

Alexandra schüttelte den Kopf. »Nein. Und ich habe sie gerufen, aber keine Antwort bekommen. Ich dachte, sie wäre noch nicht da. Und dann wollte ich mich auf die Bank setzen, und da …«

Sie schluckte. Sie waren hart, die Erinnerungen an jene Entdeckung. Ganz trocken war ihr Mund mit einem Mal und schon wieder hatte sie den beinahe unbezwingbaren Drang, sich die Hände zu waschen. Zeigen wollte sie dem Kommissar aber nicht, was in ihr vorging. Sie wollte sein Bild der mutigen Frau auf gar keinen Fall zerstören.

Doch Ole bemerkte ihre Qual. Sah ihren flackernden Blick, der sich nicht nach außen, sondern nach innen zu richten schien und mit dem sie Bilder betrachtete, die nur sie sehen konnte. Grausame Bilder. Er kannte diesen nach innen gerichteten Blick aus eigener Erfahrung. Er wusste um das Gefühl, die Bilder nicht ertragen zu können. Er kannte die Angst, dass die Bilder sich im Inneren unendlich ausdehnen und aufblähen würden. So lange, bis sie einen ganz ausfüllten, keinen Platz mehr für anderes ließen. So weit, dass man sie nicht mehr verdrängen konnte, dass sie sich machtvoll ins Bewusstsein schoben, bis sie einen völlig beherrschten und man das Gefühl hatte, wahnsinnig zu werden.

Er spürte, dass sie einen Moment brauchte, um sich

zu fangen. »Soll ich Ihnen ein Glas Wasser bringen?«, bot er leise an.

Alexandra sah ihn an und ihr Blick schien von weit her zu kommen. »Ich … ja, danke, das wäre nett«, stammelte sie schließlich, dankbar um den Aufschub.

Ole stand auf, ging ins angrenzende Badezimmer und ließ Leitungswasser in den Zahnputzbecher fließen. Und nutzte die Gelegenheit, sich umzusehen. Ihre persönlichen Kosmetika standen dort. Klassische Utensilien einer Frau. Zahnbürste und Zahncreme für extraweiße Zähne. Tages- und Nachtcreme, Reinigungstücher, Bodylotion, Deodorant, eine Haarbürste, in der sich einige ihrer leuchtend roten Locken verfangen hatten, und Schminksachen. Alles ganz normal. *Natürlich* war alles ganz normal, er hegte keinerlei Verdacht gegen sie, auch wenn sie natürlich automatisch überprüft werden musste.

»Danke«, sagte Alexandra kurz darauf, als er ihr das Glas Wasser reichte. Die Pause hatte ihr gutgetan. Sie hatte mehrfach tief durchgeatmet und sich gesagt, dass es besser war, sich den Bildern, den schrecklichen Bildern, zu stellen, als sie zu verdrängen. Sie hatte sich klargemacht, dass es nun zwei Morde gab, die aufgeklärt werden mussten. Den an Elisabeth Meierle und den an Carlo Bader. Und dass sie eine schlechte Journalistin wäre, wenn sie nun klein beigäbe. Sie würde alles tun, um Ole bei der Aufklärung des Mordes zu unterstützen und sie hoffte, dass dadurch auch endlich Licht ins Dunkel des Mordes an Carlo Bader kommen würde.

Sie trank das Glas in einem Zug gierig aus, stellte es auf den Krankenhausnachttisch, auf dem zahlreiche Bücher, ihr Notizbuch, ihr Stifteetui, ihr iPhone und ihr MacBook lagen, und sagte dann: »Ich wollte mich auf die Bank setzen. Und dann habe ich in etwas Warmes, Klebriges gefasst und einen weichen Körper gespürt. Ich glaube … ich glaube, ich wusste sofort, dass es Blut ist.«

»In der Nacht haben Sie den eintreffenden Einsatzkräften gesagt, dass es sich bei der Toten um Elisabeth Meierle handelt. Woher wussten Sie das?«

Alexandra dachte nach. »Sie haben recht. Ich wusste es nicht. Ich *konnte* es eigentlich gar nicht wissen. Es schien mir nur logisch, schließlich war ich mit ihr an genau dieser Stelle verabredet.«

»Waren Sie pünktlich?«

»Ja. Vielleicht fünf Minuten zu spät. Ich habe nicht auf die Uhr gesehen.«

»Wie viel Zeit ist zwischen dem Telefonanruf und Ihrem Eintreffen am Tatort vergangen?«

»Dreißig Minuten ungefähr. Wir hatten verabredet, dass wir uns in einer halben Stunde treffen wollten. Sie sagte, dass sie etwas weniger als eine halbe Stunde brauchen würde.«

»Sie könnte also durchaus zehn Minuten vor Ihnen am Tatort gewesen sein«, konstatierte Ole. »Der Mörder hatte genug Zeit.«

Alexandra schauderte bei dem Gedanken, dass sich der Mörder vielleicht noch in der Nähe aufgehalten hatte, als sie am Tatort eingetroffen war. Das schien sogar sehr wahrscheinlich. Ihr war das bisher nur noch nicht so klar gewesen.

»Ist Ihnen am Tatort irgendwas aufgefallen?«

»Nein, ich denke, der Schreck war zu groß«, antwortete Alexandra.

»Denken Sie bitte ganz genau nach. Jedes Detail kann helfen. Versuchen Sie, sich den Abend nochmals vor Augen zu führen. Waren da irgendwelche Geräusche? Oder Gerüche?«

Alexandra schloss die Augen. Sofort war alles wieder präsent. Die Dunkelheit, der Nebel, das Käuzchen. Doch da war noch etwas anderes. Ein schwacher Duft nach Parfüm, das in der Erinnerung ekelerregend roch. Es war ein aufdringliches Parfüm gewesen und sie hatte sich noch gewundert, dass die stilvolle alte Dame es benutzte. Und sie erinnerte sich an ein Boot auf dem See, einen Motor, der irgendwo im dichten Nebel startete. Wie hatte sie das nur vergessen können!

Sie berichtete Ole davon.

»War es eher ein Männer- oder ein Frauenparfüm?«, erkundigte er sich und machte sich eifrig Notizen in sein schwarzes Büchlein.

»Schwer zu sagen«, grübelte Alexandra. »Ich habe mir diese Frage nicht gestellt, weil ich davon ausging, dass das Parfüm zu Frau Meierle gehört. Aber es kann schon auch ein Herrenparfüm gewesen sein.«

»Und das Boot? War es weiter weg?«

»Nein, ich glaube nicht«, sagte Alexandra. »Es war ziemlich laut.«

»Konnten Sie erkennen, um was für eine Art von Boot es sich handelte?«

»Nein, es war so nebelig und außerdem dunkel. Ich konnte gar nichts sehen.« Alexandra zuckte entschuldigend mit den Schultern.

»Was haben Sie gemacht, nachdem Sie die Leiche gefunden haben?«

»Ich weiß es nicht mehr genau«, gab Alexandra zu und starrte auf ihre Hände. »Ich glaube, ich habe geschrien. Und dann bin ich zum See gerannt und habe mir die

Hände gewaschen. Ganz lange. Und dann habe ich die Polizei gerufen.«

»Sie haben immer noch das Gefühl, dass das Blut an Ihren Händen klebt, oder?«, fragte Ole leise.

Alexandra nickte und spürte, wie sich erneut ein Kloß in ihrem Hals bildete. Sie war eigentlich eine sehr beherrschte Person und hatte nicht allzu nah am Wasser gebaut. Aber wenn sie etwas Schlimmes erlebt hatte und jemand Verständnis und Mitgefühl zeigte, dann war es ganz schnell vorbei mit der Fassung. Außerdem tat es ihr einfach gut, dass da jemand saß, der fragte, wie es *ihr* ging. Eine Rolle, die eigentlich Ralf hätte einnehmen müssen, dachte Alexandra bitter.

Die Worte, die sie schließlich herausbrachte, klangen gepresst. »Ja«, gestand sie. »Ja, und ich glaube, das geht nie wieder weg.«

Dann brach sie in Tränen aus. Ganz selbstverständlich zog Ole sie an sich und ließ sie weinen. Alexandra spürte den glatten Stoff seines dunkelblauen Hemdes und seine festen, starken Hände, die über ihren Rücken strichen. Sie brauchte lange, bis sie sich beruhigt hatte. Als ihre Schluchzer seltener wurden, ließ Ole sie los und sah ihr in die Augen. Sein Gesicht war ganz nah an ihrem, als er mit einer Zuversicht, die er bei seinem eigenen, traumatischen Erlebnis damals keineswegs empfunden hatte, versicherte: »Doch. Doch, das geht wieder weg. Das mag sich vielleicht etwas philosophisch anhören, aber Blut klebt nur an den Händen dessen, der getötet hat. Selbst, wenn er gar nicht mit dem Blut in Berührung gekommen sein sollte. Es hat sich in seine Hand eingebrannt. Für immer. Aber Ihre Hände, die sind rein.«

Während er die Worte aussprach, nahm er eine von Alexandras Händen, die auf der weißen Krankenbettdecke lagen, drehte die Handfläche nach oben und strich mit dem Finger ganz sacht darüber. Und dabei fragte er sich, ob er eigentlich wahnsinnig war. Das hier war eine Vernehmung, verdammt noch mal, und er verhielt sich mehr als unprofessionell. Hielt Händchen mit der Befragten und schwafelte dazu noch rum. Aber irgendwie weckte sie seinen Beschützerinstinkt, den Drang, ihr zu versichern, dass alles gut werden würde. Dass er sie in den Arm genommen hatte, warf er sich nicht vor. Auch nach dem Banküberfall in Hamburg hatte er die Opfer, die Eltern des toten Kindes, in die Arme genommen. Und er hatte mit ihnen geweint. Danach hatte er sich furchtbar geschämt. Ein Polizist darf nicht weinen, hatte er damals gedacht. Ein Polizist ist groß und stark, nichts haut ihn um. Doch der Psychologe des Einsatznachsorgedienstes hatte ihn eines Besseren belehrt. »Einsatzkräfte sind Menschen und Menschen haben Empfindungen«, hatte er schlicht gesagt. Und: »Wenn Sie ein solcher Fall irgendwann einmal kalt lässt, dann ist das der Zeitpunkt, an dem Sie Ihren Dienst quittieren sollten.« Der Psychologe hatte ihm den Unterschied zwischen Mitleid und Mitgefühl ausführlich erklärt. »Die Opfer wünschen sich unser Mitgefühl«, hatte er erläutert. »*Mitleiden* dürfen wir aber nicht, das irritiert die Opfer. Wir müssen für sie stark sein, ihnen sagen, wo es lang geht und was sie tun sollen. Wir dürfen schon auch mal aus der Fassung geraten, aber danach müssen wir uns aufrappeln und den Opfern helfen, wo wir nur können.«

Diese Worte waren für Ole zu einer Maxime seines Handelns geworden. Doch er kannte sich inzwischen gut genug, um zu wissen, dass die Gesten, die er gegenüber Alexandra an den Tag legte, trotz allem unprofessionell waren. Weil sie nicht dem Wunsch eines Polizisten entsprangen, einem Opfer zu helfen, sondern dem Wunsch eines Mannes, eine Frau zu beschützen.

Um schleunigst wieder auf das eigentliche Thema zurückzukommen, räusperte Ole sich und lehnte sich auf seinem Stuhl zurück. »Was können Sie mir denn über den Mord an diesem Carlo Bader sagen?«

Auch Alexandra brauchte ein paar Sekunden, um wieder auf die sachliche Ebene zurückzugelangen. Er war ihr so nah gewesen, so vertraut … »Ich …«, setzte sie an. »Viel kann ich Ihnen darüber leider nicht sagen. Ich weiß nur, dass Carlo Bader 1980 tot aufgefunden wurde. Bei der Höhle im Molassefels im Stadtgarten neben der Höhle zum Kneippbecken. Kennen Sie die?«

Ole schüttelte den Kopf. »Nein, die müssen Sie mir mal zeigen. Wir könnten ja mal gemeinsam einen Spaziergang dorthin machen.« Im nächsten Moment hätte er sich auf die Zunge beißen können. Was war nur an dieser Frau, dass er sich ständig derart unprofessionell verhielt?

»Gern«, lächelte Alexandra.

»Wie haben Sie von dem Mord an Carlo Bader erfahren?«

»Ich habe auf der Suche nach spannenden alten Geschichten unser Zeitungsarchiv durchforstet und bin auf mehrere Artikel zu dem Mord gestoßen. Das war eine große Aufregung damals, aber den Täter hat man wohl nie gefunden. Ich habe den damaligen Lokalchef, der jetzt in Pension ist, besucht. Der erinnerte sich auch tatsächlich noch sehr gut an den Fall, schließlich kommt ein Mord in Überlingen nicht alle Tage vor. Er konnte mir aber auch nichts Näheres sagen. Auch meine anderen Ansprechpartner wussten nichts. Bis ich auf Frau Meierle stieß.«

Die Zimmertür flog auf, eine Krankenschwester eilte geschäftig herein. »Visite«, flötete sie. »Ich muss Sie leider bitten, draußen zu warten, lieber Herr Hauptkommissar.«

»Natürlich«, nickte Ole und stand auf. »Wir waren ohnehin fertig. Sie müssen das natürlich alles noch auf dem Revier zu Protokoll geben, wenn Sie wieder draußen sind. Kommen Sie vorbei?«

»Klar«, nickte Alexandra. »Wann soll ich kommen?«

»Am besten gleich morgen«, grinste Ole. »Wenn Sie heute tatsächlich schon wieder gehen wollen, brauchen wir auch keine Zeit zu verlieren.«

ZEHNTES KAPITEL

Konstanz

»Herr Gruber?«, fragte Ole den Mann, der ihm soeben die Tür zu seiner eleganten, hochmodernen Villa geöffnet hatte.

»Ja bitte?«

»Polizei Überlingen. Strobehn, das ist meine Kollegin Grundel. Können wir Sie kurz sprechen?«

Wolfgang Gruber zögerte und verzog das Gesicht. »Das ist jetzt eigentlich ganz und gar ungünstig. Ich habe in einer halben Stunde einen Termin mit potenziellen Wählern und wollte mich noch vorbereiten. Ich kandidiere als Oberbürgermeister, müssen Sie wissen.« Ole beobachtete amüsiert, dass Gruber sich regelrecht aufplusterte, als er diese Worte sprach. Er wackelte leicht mit dem Oberkörper, streckte die Brust heraus und reckte das Kinn nach vorne.

»Ihre Wähler werden warten müssen. Wir ermitteln in einem Mordfall«, mischte sich Monja Grundel, die heute zu Oles Erheiterung mit einer grellblauen Haarsträhne zum Dienst erschienen war, barsch in das Gespräch ein. »Dürfen wir reinkommen?«

»In einem *Mordfall*?«, fragte Gruber. »Und warum kommen Sie damit zu *mir*? Und was macht überhaupt die Überlinger Polizei hier? Warum sind keine Konstanzer Kollegen gekommen? Das ist doch absolut nicht üblich.« Gruber wollte sich augenscheinlich mit seinem Wissen über die Polizeistrukturen brüsten.

»Das sind polizeiinterne Details, die Sie nichts angehen!«, fauchte Monja Grundel und pustete von schräg unten gegen ihre knallblaue Haarsträhne, die ihr, etwas länger als die übrigen Haare, in die Stirn fiel. »Und jetzt lassen Sie uns bitte endlich hereinkommen.«

»Sicher«, beeilte sich Gruber einzulenken. »Aber es wäre mir wirklich sehr recht, wenn es schnell gehen könnte.« Gruber ging ihnen voraus durch die tipptopp aufgeräumte Diele in das große, ordentliche Wohnzimmer, das mit seinen schwarzen, großen Ledersofas und der atemberaubenden Seesicht sehr beeindruckend wirkte. »Bitte, setzen Sie sich.« Er deutete auf die beiden langen Nussbaumbänke, die parallel zu einem ebensolchen Tisch standen, und nahm gegenüber Platz. »Wie kann ich Ihnen weiterhelfen?«, fragte er sachlich und, wie Ole fand, aalglatt.

»Sagt Ihnen der Name Elisabeth Meierle was?« Während Ole das fragte, beobachtete er Wolfgang Grubers Gesicht ganz genau. Doch dessen Miene verriet nichts. Kein Wimpernzucken, keine Regung. Der Mann hat eine perfekte Maske auf, dachte Ole und stellte fest, dass er ihn nicht mochte.

»Meierle, Meierle«, grübelte Gruber. »Irgendwo habe ich diesen Namen schon mal gehört.« Er raschelte geschäftig mit der Zeitung, die vor ihm auf dem Tisch lag, und blätterte darin. »Richtig, hier haben wir es«, sagte er triumphierend und hieb mit dem Finger auf den Artikel, in dem Manfred Meinwald über den Mord von Überlingen berichtete. »Wusste ich es doch. Ich habe eben noch davon gelesen. Tragische Sache, das.« Die Bestürzung in seinem Gesicht wirkte aufgesetzt. »Ich versichere Ihnen, wenn ich Oberbürgermeister von Konstanz bin, dann werde ich dafür sorgen, dass solche Verbrechen nicht mehr vorkommen.«

»Das ist jetzt überhaupt nicht der richtige Zeitpunkt, um Wahlkampf zu machen«, fiel ihm Grundel scharf ins Wort. »Außerdem können Sie derartige Gewaltverbrechen nicht verhindern. Das kann keiner. Leider.«

»Und für Überlingen wären Sie ja dann sowieso nicht zuständig«, konnte Ole sich nicht verkneifen hinzuzufügen. »Wo waren Sie gestern Abend zwischen 21 und 23 Uhr?«

»Wie bitte? Was habe *ich* denn damit zu tun? Ich kenne die Frau doch gar nicht«, empörte sich Gruber.

»Da sind wir uns eben nicht so sicher«, konterte Ole, legte die Handflächen flach auf den Tisch, beugte sich leicht vor und sah seinem Gegenüber direkt in die Augen. »Es gibt Zeugen, die beobachtet haben, dass Ihr Boot gestern Abend den Hafen verlassen hat. Bei doppelter Sturmwarnung und einer regelrechten Nebelsuppe ist das schon ein wenig merkwürdig, finden Sie nicht? Nicht einmal die Fähren sind gefahren.«

»Das wäre in der Tat merkwürdig, wenn ich tatsächlich auf See gewesen wäre. Aber das war ich nicht«, sagte Gruber verärgert und schlug die Augen nieder. Verdammt, warum konnte er dem Blick des Kommissars nicht standhalten. Der hatte aber auch eine Art, einen anzuschauen! Richtig beunruhigend war das.

»Ach, dann lügt unser Zeuge also«, sagte Monja Grundel spitz und verschränkte die Arme vor ihrem ausladenden Busen.

»Keine Ahnung«, erwiderte Gruber und fuhr sich erregt durch sein schwarzes Haar. »Haben Sie mal die politische Gesinnung Ihres tollen Zeugen geprüft? Das ist sicher ein Unterstützer einer der anderen Parteien, der mir was anhängen will. Oder vielleicht sogar ein Kandidat selbst? Ne, ne, ne, das lasse ich nicht mit mir machen, das können Sie mir glauben.« Er begleitete seine Worte mit einem wilden Kopfschütteln, das so gar nicht zu seiner sonst so aalglatten und unterkühlten Art passen wollte.

Ole ignorierte die Frage. »Noch mal: Wo waren Sie gestern zwischen 21 Uhr und 23 Uhr?«, beharrte er.

»Zu Hause«, sagte Gruber. »Ich habe an der Rede gearbeitet. Wie Sie vielleicht wissen, ist morgen Abend

Südkurier-OB-Kandidatenvorstellung im Konzil. Der wohl wichtigste Termin im ganzen Wahlkampf.«

»Ihre Frau kann das sicher bezeugen?«, fragte Monja Grundel und Ole staunte, wie honigsüß die Stimme dieses badischen Drachens klingen konnte.

»Nein, kann sie nicht. Meine Frau ist nicht da«, erklärte Gruber knapp.

»Wie bedauerlich für Sie«, war Oles Antwort. »Wo weilt sie denn, die werte Frau Gattin?«

»Auf irgend so einer Wellnessreise mit ihren Freundinnen«, murrte Gruber genervt. »Einen tollen Zeitpunkt hat sie sich da ausgesucht. Mitten im Wahlkampf!«

»Die KTU wird Ihr Boot auf Spuren untersuchen und diese mit den Spuren vom Tatort abgleichen«, erläuterte Ole. »Wenn ich Sie freundlichst um die Schlüssel bitten dürfte?« Er streckte auffordernd die Hand aus.

»Was glauben Sie eigentlich, mit wem Sie es hier zu tun haben?«, explodierte Gruber. »Ich bin Oberbürgermeisterkandidat und laut Umfragen stehen meine Chancen, gewählt zu werden, sehr gut. Wenn ich erst Oberbürgermeister bin, werde ich Sie für Ihr unverschämtes Verhalten zur Rechenschaft ziehen.«

»Ach ja?«, konterte Ole. »Wenn ich Konstanzer wäre, wäre das in der Tat ein Grund mehr, Sie nicht zu wählen. Und nun geben Sie mir bitte die Schlüssel. Außerdem muss ich Sie auffordern, die Stadt in den nächsten Tagen nicht zu verlassen. Aber das werden Sie vermutlich ohnehin nicht tun. Sie haben ja Wahlkampf.«

Gruber schnaubte, sprang auf und polterte in die Diele. Sekunden später war er zurück. »Da haben Sie ihn!«, rief er und knallte den Schlüssel auf den glattpolierten Nussbaumtisch. »Und nun muss ich Sie bitten, mein Haus zu verlassen. Ich habe wirklich keine Zeit für Ihre Albernheiten.«

»Sicher«, blieb Ole gelassen und stand auf. »Bitte entschuldigen Sie, dass wir Ihre wertvolle Zeit so lange in Anspruch genommen haben.« Mit langen Schritten ging er in Richtung Ausgang. Monja Grundel stapfte hinter ihm her und ließ die Haustüre als Zeichen ihrer Missbilligung über Grubers Verhalten laut hinter sich ins Schloss fallen. Zum ersten Mal, so schien es Ole, waren sie sich einig.

ELFTES KAPITEL

Überlingen

Alexandra war nervös. Seit geschlagenen zwei Stunden stand sie nun schon vor ihrem überdimensional großen Kleiderschrank und suchte vergebens nach einem passenden Outfit. Sie probierte Kleider, Kostüme, Hosenanzüge, Jeans – und als sie sich schließlich für ein schlichtes schwarzes Sommerkleid und schwarze Ballerinas entschied, geschah das eher aus Zeitnot als etwa deshalb, dass sie mit ihrer Wahl wirklich zufrieden gewesen wäre.

Wobei, dachte sie nach einem Blick in den Spiegel, eigentlich sehe ich gar nicht so schlecht aus. Das Schwarz des Kleides und seine schlichte Form betonten ihre schlanke Figur und ihre roten Locken, die sie heute offen trug. Und der grüne Modeschmuck, den sie dazu angelegt hatte, hob das Grün ihrer Augen hervor.

Eilig stopfte sie ihren Notizblock und ihr Handy in die Tasche und sauste die Treppen hinunter. Die anderen Fußgänger schienen Zeit zu haben, die Stadt war, wie so oft an heißen Sommertagen, gestopft voll. Alexandra verfluchte sich innerlich, weil sie den Weg an der überfüllten Promenade entlang gewählt hatte. Durch die Stadt wäre es deutlich schneller gegangen. »Verdammt, im Gegensatz zu euch habe ich nicht den ganzen Tag Zeit«, schimpfte sie leise und schlängelte sich zwischen den Menschenmassen hindurch.

Als sie etwas außer Atem vor dem Polizeirevier im Osten der Stadt ankam, war es fünf Minuten nach zwei. Sie meldete sich an der Pforte und es schien ihr Ewigkeiten zu dauern, bis sie zu Ole durchgelassen wurde.

Und dann war sie endlich bei ihm. Er kam ihr schon in der Bürotür entgegen. »Hi«, begrüßte er sie lächelnd. »Setzen Sie sich doch.«

Er deutete auf einen Stuhl an seinem Schreibtisch und nahm ebenfalls Platz. »Haben Sie gut hergefunden?«, fragte er und sein Blick verhakte sich in ihrem. Seine Augen haben goldene Sprenkel, dachte Alexandra fasziniert. Sie konnte ihren Blick nicht von dem seinen losreißen und so starrten sie sich wieder einmal unverwandt in die Augen, als sie langsam sagte: »Ja, sehr gut, ich kenne ja den Weg.« Die Worte strömten automatisch aus ihrem Mund, Alibiworte, die keine Bedeutung hatten, die nur gesprochen wurden, um die Spannung etwas abzumildern, die sich zwischen ihnen aufgebaut hatte. Die dazu taugten, die stillen Worte zu übertönen, die zwischen ihrem und Oles Blick hin- und hertanzten.

»Stimmt«, antwortete Ole und wandte die Augen ab. »Sie haben ja beruflich hin und wieder hier zu tun. Dann sehen wir uns jetzt vielleicht öfter?«

»Das wäre schön«, lächelte Alexandra. Wieder ineinanderverhakte Blicke. Wieder grüne Augen, in denen goldene Sprenkel funkelten.

Ole räusperte sich und lehnte sich zurück. »Darf ich Sie mal was fragen? Sozusagen im Vertrauen?«

Alexandra spürte, wie sich ihr Puls beschleunigte. »Alles, was Sie wollen«, sagte sie mit rauer Stimme.

»Kennen Sie eigentlich Wolfgang Gruber?«

Ihr Puls, dachte Alexandra, würde jeden Moment in den Keller kippen. Sie hatte mit einer privaten Frage gerechnet, nicht mit etwas derart Geschäftlichem, schalt sich aber gleich darauf eine naive Ziege. Wegen nichts anderem war sie hier als wegen der Vernehmung. Plötzlich schämte sie sich. Sie flirtete hier ungeniert mit dem ermittelnden Hauptkommissar und lenkte ihn womöglich von der Arbeit ab, während der Mord an der armen alten Frau Meierle noch immer ungeklärt und ungesühnt war. Reiß dich am Riemen, befahl sie sich und sah Ole direkt in die Augen, diesmal aber mit kühlem, geschäftsmäßigem Blick und ohne in dem seinen zu versinken, als sie sagte: »Sicher kenne ich Wolfgang Gruber. Bevor ich vor wenigen Monaten in Überligen fest angestellt wurde, habe ich als Redakteurin in Vertretung gearbeitet, das heißt, dass ich da einspringen musste, wo gerade ein Kollege fehlte. Ich war schon oft in der Konstanzer Lokalredaktion. Da hatte ich mehrfach mit ihm zu tun. Und ich sage Ihnen – ebenfalls ganz unter uns – meine Meinung. Er ist ein korrupter, geltungssüchtiger Fiesling und wenn die Konstanzer tatsächlich so blöd sind, ihn zu ihrem Oberbürgermeister zu machen, dann wird die Stadt ziemlich den Bach runtergehen. Wenn ich in Konstanz wohnen würde, würde ich auswandern, wenn er Oberbürgermeister werden würde.«

Ole lächelte, beugte sich wieder vor und ließ die Goldfunken in seinen Augen tanzen. »Tun Sie mir einen Gefallen?«

»Ja?«, fragte Alexandra.

»Wenn Sie auswandern – nehmen Sie mich dann mit?«

»Es wird mir ein Vergnügen sein«, gab Alexandra zurück und und spürte, wie ihr Herz wieder schneller schlug. »Wohin sollen wir denn auswandern, was schlagen Sie vor?«

»Eine einsame Insel gemeinsam mit Ihnen könnte ich mir schon vorstellen«, sagte Ole.

Donnerwetter, der geht aber ran, dachte Alexandra und schlug lächelnd die Beine übereinander.

Sie sah hinreißend aus, fand Ole. Durch das Fenster in ihrem Rücken fiel ein Sonnenstrahl auf ihr Haar und ließ es regelrecht erflammen. Ebenso wie in jener Nacht, als er sie zum ersten Mal gesehen hatte und als die Scheinwerfer ihr Haar in funkelndes Licht getaucht hatten. Er schluckte. Er hatte sie eindeutig angemacht und das im Dienst. Das ging zu weit. Viel zu weit. »Auf einer einsamen Insel gibt es nämlich keine lästige Bürokratie«, versuchte er, seine Worte im Nachhinein abzuschwächen. Kam es ihm nur so vor oder blickte sie ein klein wenig enttäuscht drein? Wahrscheinlich war es lediglich Wunschdenken seinerseits, versuchte Ole sich einzureden.

»Und wegen der Bürokratie sind Sie ja hier. Ich werde Ihnen jetzt Fragen zum Sachverhalt stellen und Ihnen auch bei den Antworten helfen. Sind Sie bereit? Dann würde ich das Diktiergerät jetzt einschalten.«

»Klar«, sagte Alexandra und zwang sich zu einem Lächeln, das ihm zeigen sollte, dass sie nichts anderes erwartet hatte als eine sachliche Vernehmung. »Ich bin bereit. Legen Sie los.«

ZWÖLFTES KAPITEL

St. Tropez, Frankreich

»Was soll das heißen, Sie wissen nicht, wo meine Frau ist?«, donnerte Charles Didier und hieb mit seiner großen, schweren Faust auf den wuchtigen, braunen Eichenschreibtisch.

Jean-Luc, der Chauffeur, verzog schmerzvoll das Gesicht. Nicht, weil er Schelte, sondern weil er um das Wohl der Faust seines Chefs fürchtete, die nach diesem Hieb auf den Tisch schmerzen *musste,* auch wenn das dunkle, weiche Leder, mit dem die Schreibfläche bezogen war, den Schlag etwas abgefangen hatte. »Wie ich schon sagte, Monsieur«, erklärte er, als er seine Gesichtszüge wieder unter Kontrolle hatte. »Ich habe Ihre Frau beim Hafen abgesetzt und gewartet. Als sie nicht kam, habe ich wieder gewartet. Drei Stunden insgesamt, aber vergebens.«

»Sie wird eine ihrer Freundinnen getroffen und die Zeit verplaudert haben. Das ist der Grund«, suchte Charles nach einer plausiblen Erklärung.

»Pardon, Monsieur, wenn ich mich einmische«, unterbrach Jeannette, das Hausmädchen, schüchtern, trat einen Schritt vor und nestelte an seinem weißen Spitzenschürzchen, das Charles furchtbar albern fand. Wer dem Mädchen wohl gesagt hatte, dass es sich so kleiden sollte? Jeannette starrte auf den Boden, wagte nicht, ihm in die Augen zu schauen. Und so blickte Charles auf den kunstvoll gezogenen Zackenscheitel in ihrem braunen, langen Haar, das in ihrem Nacken zu einem ordentlichen Pferdeschwanz zusammengefasst war. »Monsieur, Sie haben heute Abend die Einladung zu dieser Vernissage«, sagte Jeannette in Richtung Fußboden. »Madame legt großen Wert auf ihre Garderobe und benötigt deshalb viel Zeit zur Vorbereitung. Pardon, Monsieur, aber Sie müssen bereits in einer Stunde aufbrechen. Madame würde nie …«

»Verflucht, Sie haben recht«, brummte Charles, verärgert darüber, dass sich seine so plausible Erklärung soeben in Luft aufgelöst hatte. Er lehnte sich in seinem dicken, dunkelbraunen Ledersessel zurück und verschränkte die Hände über dem Wohlstandsbauch. Es gab ein Problem, eine Lösung musste her, darin war er gut. Deshalb hatte er es beruflich auch so weit gebracht. Worin er hingegen überhaupt nicht gut war, war der Umgang mit seiner Frau. Sie hatten sich nichts mehr zu sagen, hatten sich auseinandergelebt, seit vielen Jahren schon. Er spürte ihre unendliche, dunkle Einsamkeit, aber er konnte sie nicht daraus befreien. Er war ja selbst so schrecklich einsam. Er fand keinen Zugang mehr zu ihr und die Verantwortung für seine immer größer werdende und gut florierende Feinkost-Firma und die zahlreichen Mitarbeiter lastete schwer auf seinen Schultern. Zumal die Wirtschaftskrise auch an ihm nicht spurlos vorübergegangen war. Sicher, er war noch weit von dem Punkt entfernt, an dem er sich um ihre finanzielle Situation hätte Sorgen machen müssen. Sie konnten es sich nach wie vor leisten, auf sehr großem Fuße zu leben. Aber wenn der Geldbeutel nicht mehr so locker saß, kauften die Leute eben lieber im Billigsupermarkt als bei ›Gourmet Didier‹.

Charles Didier spürte die Blicke seines Chauffeurs auf sich. Selbst Jeannette, das merkte er deutlich, hatte es gewagt, den Blick vom Boden zu heben und ihn anzusehen. Auch er hob langsam den Kopf und blickte seine Mitarbeiter an. »Sie haben recht, Jeannette«, wiederholte er. »Meine Frau würde ihre gesellschaftlichen Verpflichtungen nie vernachlässigen. Und schon gar nicht ihre Toilette. Da stimmt etwas ganz und gar nicht. Wir müssen zur Polizei gehen.«

»Die Herren von der Polizei wären jetzt da, Monsieur«, meldete Jeannette wenig später.

Charles fuhr hoch. »Haben Sie die Polizei etwa *gerufen*? Damit habe ich Sie nicht beauftragt. Wenn man eine Vermisstenanzeige aufzugeben hat, dann geht man aufs

Revier und bittet die Polizei nicht her«, schimpfte er. Jeannette zuckte zusammen. Solche harschen Töne war sie von ihrem ansonsten eher sehr gemütlichen und äußerst gutmütigen Chef gar nicht gewohnt. Sie spürte, wie ihr die Tränen in die Augen schossen. Jeannette war sehr sensibel und musste wegen jeder Kleinigkeit weinen. Mit Kritik konnte sie ganz und gar nicht umgehen.

Charles, in seinem Aufruhr, bemerkte die Seelennot seines Dienstmädchens nicht. »Außerdem – was macht das für einen Eindruck, wenn die Nachbarn sehen, dass wir die Polizei im Haus haben«, wetterte er, außer sich vor Sorge um seine Frau, weiter. Stirnrunzelnd stand er auf und sah aus dem Fenster, von dem aus er die Einfahrt überblicken konnte. »Wie ich sehe, haben sie auch noch draußen vor dem Tor geparkt. Dann haben die Nachbarn noch mehr zu tratschen.« Charles lenkte sich durch die Schimpferei über Nichtigkeiten von den rasenden Sorgen um Marlene ab und er wusste das. Eigentlich war es ihm völlig gleich, was die Nachbarn dachten.

»Verzeihen Sie, Monsieur, aber ich habe nicht …«, setzte Jeannette an.

Charles winkte ärgerlich ab. »Schon gut, schon gut«, sagte er. »Bitten Sie die Herren in den Salon.«

Als Charles den Salon im Erdgeschoss des Hauses betrat, standen die beiden Polizisten bereits neben dem Schreibtisch, die Mützen hielten sie in ihren Händen. Charles eilte auf sie zu. »Bonjour, meine Herren, es ist mir äußerst unangenehm, ich hatte keinerlei Anweisung gegeben, Sie zu rufen. Ich wollte mich soeben selbst auf den Weg zu Ihnen machen.«

Die beiden Polizisten wechselten einen verblüfften

Blick. »Dann wissen Sie also schon …?«, setzte der ältere Polizist, Monsieur Dupont, an.

Charles erschrak und kombinierte blitzschnell. Jeannette hatte die Polizei gar nicht gerufen. So etwas in der Richtung hatte sie ihm auch zu sagen versucht, erinnerte er sich. Aber er hatte in seiner Erregung gar nicht zugehört. Die Polizisten waren von selbst gekommen, weil sie ihm etwas mitzuteilen hatten. Etwas Schlimmes. Sonst würden sie nicht die Mützen in ihren Händen halten.

Er machte schnell zwei Schritte auf sie zu. »Meine Frau …«, setzte er mit rauer Stimme an.

»Ja, zu ihr wollen wir«, unterbrach ihn der jüngere der beiden Beamten. Er hatte einen semmelblonden Stoppelschnitt und abstehende Ohren, die sich jetzt, als er das Wort an Charles richtete, feuerrot färbten. »Wären Sie so freundlich, sie rufen zu lassen?«

Charles verstand die Welt nicht mehr. »Sie kommen also *nicht* wegen meiner Frau?«, fragte er mit einer Mischung aus Verwunderung und Erleichterung.

»Doch, das sagten wir doch gerade«, antwortete Dupont mit leiser Ungeduld. Langsam ging ihm dieser verwirrte Feinkost-König gewaltig auf die Nerven. Dupont hatte heute Geburtstag und er war gerade auf dem Weg in den Feierabend gewesen, um mit seiner Familie und seinen Freunden bei einem fröhlichen Grillfest im Garten zu feiern, als er die Nachricht aus Deutschland bekam und das Anwesen der Didiers aufsuchen musste. So wie sich das hier entwickelte, würde es mit dem Feierabend wohl so schnell nichts werden. Erst hatte er ewig mit diesem Dienstmädchen diskutieren müssen, dann hatte man ihn und seinen Kollegen in der riesigen Eingangshalle warten lassen und nun blitzte er an diesem seltsamen Mann ab, der ihn scheinbar nicht zu seiner Frau lassen wollte. Dupont warf einen unauffälligen Blick auf seine Armbanduhr. Viertel nach sieben. Sein Sohn hatte bestimmt schon den Grill angeworfen, seine Frau unzählige Salate und Süßspeisen auf dem langen Biertisch, der als Buffet dienen würde, drapiert und in einer viertel Stunde würden die ersten Gäste eintrudeln. Es fiel ihm schwer, Didier seine Ungeduld nicht gar zu deutlich zu zeigen. Er riss sich zusammen. »Wir haben Ihrer Frau leider eine sehr tragische Mitteilung zu machen«, erklärte er.

»Was? Wie bitte? A… aber meine Frau ist doch verschwunden.« Charles begann zu stammeln, wohl zum allerersten Mal in seinem Leben. »Ich wollte gerade zu Ihnen aufs Polizeirevier kommen und eine Vermisstenanzeige aufgeben.«

Die Körperhaltung des älteren Polizisten veränderte sich augenblicklich. Sein bisher leicht genervter Blick wurde wachsam, sein ganzer Körper schien sich anzuspannen. Vergessen waren der Geburtstag, der Grill und die Gäste. Das hier konnte kein Zufall sein.

»Seit wann ist Ihre Frau verschwunden?«, fragte er.

»Seit heute Morgen. Ich weiß, das ist eigentlich noch kein Grund für eine Vermisstenanzeige, aber wir haben in …«, Charles blickte auf die Uhr, »… in exakt vierzig Minuten eine Einladung zu einer wichtigen Vernissage. Meine Frau würde das nie vergessen. Sie ist sehr pflichtbewusst und hat in den 30 Jahren unserer Ehe noch nie einen Termin versäumt.«

Die Polizisten wechselten erneut einen Blick. Charles wurde nervös. Die beiden wussten etwas, wollten aber nicht so recht mit der Sprache heraus. Am liebsten hätte er sie geschüttelt und sie so dazu gebracht, endlich zu reden. Doch aus der Erfahrung im Umgang mit seinen Mitarbeitern wusste er, dass das rein gar nichts brachte. Um die Beherrschung zu behalten, wandte er den einfachen, aber nützlichen Trick an, dessen er sich etwa zehn Mal am Tag bediente. Er zählte innerlich bis zehn. Dann forderte er sie auf: »Nehmen Sie doch erst einmal Platz, meine Herren«, ging um den schweren Schreibtisch herum und setzte sich den beiden Polizisten gegenüber. Während er mit der rechten Hand die Sprechanlage betätigte und drei Kaffee bestellte, spürte er, wie seine Sicherheit zurückkehrte. Er durfte nicht zulassen, dass er aus lauter Angst um Marlene die Kontrolle verlor.

Didier beugte sich vor.

»Wenn Sie nichts vom Verschwinden meiner Frau wussten, warum sind Sie dann hier? Und was wollen Sie von ihr?«, fragte er.

Dupont holte tief Luft. »Wir sind gekommen, um Ihrer Frau eine schlimme Nachricht zu überbringen«, sagte er. »Ihre Mutter ist gestern gestorben.«

Charles runzelte die Stirn. »Das tut mir zwar leid um die alte Dame, aber ich glaube nicht, dass es meine Frau sonderlich treffen wird.«

Er nickte Jeannette zu, die soeben mit einem Tablett zur Tür hereinkam. Jeannette arrangierte die drei Kaffeetassen und das silberne Tablett, auf dem sich Zucker und ein Milchkännchen befanden, kunstvoll auf dem Tisch und zog sich dann zurück. Die Polizisten schwiegen, während sie Milch und Zucker in ihren Kaffee rührten, blickten Didier aber abwartend an. »Meine Frau hat seit 31 Jahren keinen Kontakt mehr zu ihrer Mutter. Aus … nun ja, sagen wir, aus persönlichen Gründen. Ich habe meine Schwiegermutter nie kennengelernt. Meine Frau wollte Deutschland für immer verlassen und vergessen. Sie hat es gehasst und dafür hatte sie gute Gründe.« Unversehens waren seine Worte laut und heftig geworden und hatten an Schärfe gewonnen. Plötzlich war er wieder Mitte 20 und traf am Strand von Deauville ein verzweifeltes, zartes und seelisch zutiefst verletztes junges Mädchen. Sie hatte von Anfang an seine Beschützerinstinkte geweckt, wie sie da verloren am Strand saß und ihre Füße im Sand vergrub. Als müsse sie sich ganz tief in den Sand eingraben, um nicht davonzufliegen, als müsse sie sich tief mit der Erde verwurzeln, um zumindest ein bisschen Halt zu gewinnen.

Er hatte hart um sie und ihre Gunst kämpfen müssen. Zuerst hatte sie ihn ignoriert, schien sogar Angst vor ihm zu haben. Doch er hatte nicht aufgegeben. Er, der eigentlich nur ein Wochenende in Deauville hatte bleiben wollen, blieb drei Wochen, nur, um in ihrer Nähe zu sein. Er sagte wichtige Treffen in Paris ab und verärgerte bedeutende Geschäftspartner. Aber er konnte nicht anders. Er hatte sein Herz an jenes traurige junge Mädchen verloren. Und irgendwann geschah das Unfassbare: Sie erwiderte sein Lächeln. Zögernd und verhalten huschte es über ihr Gesicht. Und Charles, vom richtigen Instinkt geleitet, wusste, dass er dieses Lächeln nicht zum Anlass nehmen durfte, sie anzusprechen und ging weiter. Stattdessen sprach sie ihn beim nächsten Mal an, als sie sich wieder begegneten. An der Stelle, an der sie sich immer trafen. Sie saß auf einem großen Felsbrocken, den das Meer weich und geschmeidig geschliffen hatte, er spazierte an ihr vorbei, den Strand entlang. Ihre Worte klangen ihm noch heute im Ohr, schön und melodiös, untermalt von der Melodie des Meeres. »Sie gehen oft hier spazieren«, hatte sie gesagt.

»Ja«, gab er zur Antwort. »Ja, es ist schön hier.« Er hatte sich neben sie gesetzt und sie hatten gemeinsam aufs Meer hinausgeblickt. Schweigend zunächst, doch dann entwickelte sich ein Gespräch, zart wie ein Seidenfaden, der sich zwischen ihnen hin- und herspann. Mit der Zeit wurden es immer mehr Seidenfäden, fast schon ein Seidenteppich, ein Gewebe aus Sehnsüchten, Hoffnungen, Träumen und auch aus Ängsten. Und dann hatte sie ihm irgendwann alles erzählt. Stockend und unter bitteren Tränen. Er hatte sie gehalten, als alles aus ihr herausbrach, aller Schmerz, alle Wut, aller Ekel, alle Selbstvorwürfe. Später liebten sie sich. Nicht an jenem Felsen am Strand, sondern in ihrem Hotelzimmer. Er erinnerte sich noch an die Angst, an die entsetzliche Angst, die er gehabt hatte. Die Angst, ihr wehzutun. Das Bewusstsein um das, was ihr widerfahren war, lähmte ihn beinahe, er hatte Angst, sie zu berühren, wagte nicht, sich seiner Lust hinzugeben, aus Furcht, sie könne erschrecken, aus Angst, sie könne denken, er wäre einer von *ihnen*.

Umso mehr staunte er über ihre wilde Leidenschaft, ihre Hingabe und erst viel später begriff er, dass sie ausgehungert nach Liebe und Zuwendung gewesen war. Über 30 Jahre war das jetzt her und was so aufregend und zärtlich begonnen hatte, war zu einer leeren Blase geworden. Er hatte sie verloren, das wusste er schon lange. Verloren, an den Albtraum ihrer Vergangenheit. Es hatte lange gedauert, bis sie starb, aber irgendwann setzte der Tod, der innere Tod, doch ein. Es war wie eine langwierige Seuche, die letztendlich über sie gesiegt hatte. Marlene war innerlich tot. Schon lange. Und das brach ihm das Herz.

»Nun ja, leider ist das nicht alles«, sagte der ältere Polizist.

»Wie?« Charles schreckte aus seinen Gedanken.

»Wir müssen Ihnen leider sagen, dass … nun ja, Ihre Schwiegermutter wurde ermordet«, stammelte der Semmelblonde und seine Ohren verfärbten sich puterrot.

»Ermordet«, wiederholte Charles tonlos. »Ermordet. Aber wie …«

»Sie wurde mit durchgeschnittener Kehle am Überlinger Bodenseeufer aufgefunden«, ergriff nun Dupont das Wort. »Es tut mir sehr leid.«

In Charles' Kopf drehte sich alles. Noch ein Mord. Er vermutete, nein, er *wusste*, dass der Mord an seiner Schwiegermutter mit den Ereignissen von damals im Zusammenhang stehen musste. Es konnte nicht anders sein, einen solchen Zufall konnte es gar nicht geben. Und jetzt war Marlene verschwunden. Charles spürte, wie sich ein eisernes Band um seinen Schädel legte. Sein Magen krampfte sich zusammen. Sie war in Gefahr, schon wieder, und er konnte sie nicht beschützen. Dabei hatte er es doch versprochen, versprochen, versprochen …«

Als Charles den Kopf hob, sah er zehn Jahre älter aus als noch vor wenigen Minuten. Sein Blick war flehend, als er bat: »Sie müssen mir helfen. Meine Frau befindet sich in großer Gefahr.«

DREIZEHNTES KAPITEL

Konstanz

»Jetzt habe ich aber die Nase gestrichen voll, Herr Gruber!«, brüllte Ole, sprang auf und beugte sich über den Vernehmungstisch. »Ihr Boot hat den Hafen zum fraglichen Zeitpunkt verlassen, Sie haben kein Alibi und seltsamerweise findet sich außer den Ihren kein einziger Fingerabdruck im Boot. Sie stehen unter Mordverdacht, ist Ihnen das eigentlich klar?«

Ole Strobehn und Monja Grundel waren nach Konstanz gefahren, um Wolfgang Gruber in der dortigen Polizeidirektion zum wiederholten Male zu vernehmen, nachdem die Ergebnisse der Spurensicherung nun vorlagen.

»Ich war das nicht, wie oft soll ich Ihnen das eigentlich noch sagen!«, fauchte Gruber zurück und blitzte Ole über den Vernehmungstisch wütend an. »Ihr Verhalten ist impertinent und wird Konsequenzen haben.« Er warf den Kopf leicht in den Nacken, eine arrogante Geste, die Ole inzwischen schon zur Genüge von ihm kannte.

»Das sagten Sie bereits«, erwiderte Ole. »Wenn Sie glauben, es macht Sinn, einem ermittelnden Beamten zu drohen, dann machen Sie nur munter so weiter.«

»Wer hatte denn alles einen Schlüssel zu Ihrem Boot?«, fragte Monja Grundel und Ole dachte, dass sie sich mittlerweile doch ganz gut ergänzten. Nahm er die aggressive Rolle ein, spielte sie die der Vermittlerin und umgekehrt.

»Keiner, das ist es ja«, beteuerte Gruber und klang nun wirklich verzweifelt.

»Und der Schlüssel wurde auch nicht gestohlen«, stellte Ole fest.

»Nein, er hängt wie immer am Schlüsselbrett in der Diele.«

»Wir werden den Schlüssel auf Fingerabdrücke überprüfen lassen, glauben aber nicht, dass wir fündig werden, wo wir ja im Boot auch nur Ihre Fingerabdrücke gefunden haben«, teilte Ole ihm mit und setzte sich wieder.

»Wer hat denn Zugang zu diesem Schlüsselbrett?«

»Außer mir nur meine Frau, aber die ist ja, wie gesagt, nicht da.«

Ole nickte. Er hatte überprüfen lassen, ob Grubers Frau sich tatsächlich in dem von ihrem Gatten angegebenen Wellnesshotel in Zürich befand, und die Angaben waren vom Hotel umgehend bestätigt worden.

Plötzlich kam Spannung in Wolfgang Grubers Körper. »Doch, da fällt mir noch etwas ein. Es gibt noch jemanden, der Zugang zum Schlüsselbrett hat.«

Monja Grundel beugte sich vor. »Und wer wäre das, bitte schön?«, fragte sie.

»Die Putzfrau!« Wolfgang Gruber war regelrecht begeistert, sah er doch plötzlich und unverhofft eine Möglichkeit, den Verdacht von sich abzulenken. »Na klar, die Putzfrau«, wiederholte er und schlug mit der flachen Hand auf den Tisch. »Da haben wir's doch.« Er strahlte Ole an. »Meine Frau hatte ohnehin den Verdacht, dass die stiehlt. Wir wollten uns auch schon längst eine andere suchen, aber das ist heutzutage ja gar nicht so einfach.«

»Das sind harte Anschuldigungen«, stellte Monja

Grundel streng fest. »Wir werden Ihre Putzfrau selbstverständlich vernehmen. Name? Anschrift?«

»Ich … keine Ahnung«, sagte Gruber mit einem herablassenden Achselzucken und versuchte, sich bei Monja Grundel einzuschleimen. »Sie wissen ja, wie das ist, Sie sind ja auch so erfolgreich und viel beschäftigt. Da kann man sich solche Kleinigkeiten einfach nicht merken.« Er schenkte Monja einen seiner tief-sehnsuchtsvollen Blicke und lächelte sein wehmutsvolles Lächeln.

Doch Monja Grundel war immun gegen seinen Charme. Er prallte an ihr ebenso ab wie ein Lichtstrahl, der auf einen Spiegel trifft.

»Sie kennen den Namen Ihrer *Putzfrau* nicht?«, fragte sie ungläubig und blähte sich auf wie ein empörtes Huhn. Dieser Vergleich zumindest drängte sich Ole unversehens auf, als er seine Kollegin von der Seite betrachtete. »Da haben wir *allerdings* was gemeinsam, Herr Gruber«, schnappte sie. »Ich kenne den Namen meiner Putzfrau auch nicht, ich habe nämlich keine. Würde Ihnen übrigens auch mal guttun, einen Putzlappen in die Hand zu nehmen. Vielleicht wären Sie dann nicht ganz so arrogant.«

»Was erlauben Sie sich!«, empörte sich Gruber. »Um solches Zeug hat sich immer meine Frau gekümmert.« Es ärgerte ihn, dass sein Charme bei diesem unattraktiven Weib nicht verfing und sie zudem noch die Stirn besaß, ihn zu beleidigen. Aber wahrscheinlich war das gar keine Frau, sondern ein geschlechtsloses Wesen.

»Schauen Sie auf Ihren Kontoauszügen nach, da findet sich der Name sicher«, forderte Monja Grundel kühl.

Gruber schwieg. Ole musterte ihn aufmerksam, lehnte sich dann zurück und verschränkte die Arme hinter dem Kopf. »Etwa nicht?«, fragte er spöttisch.

Gruber schwieg noch immer und Ole beobachtete interessiert die Schweißtröpfchen, die sich oberhalb seiner Oberlippe bildeten.

»Ein Oberbürgermeisterkandidat, der Steuergelder hinterzieht«, sagte er mit sanftem Tadel. »Herr Gruber, Herr Gruber. Ihr Image bröckelt und bröckelt.«

»Ich …«, fuhr Gruber auf.

Ole hob abwehrend die Hand.

»Schon gut, das interessiert uns eigentlich gar nicht«, beschwichtigte er. »Beschaffen Sie uns umgehend die Nummer der Putzfrau. Und informieren Sie Ihre Frau, dass sie zurückkehren soll.«

»Sie lassen mich gehen?«, fragte Gruber mit einer Mischung aus Erstaunen und Erleichterung.

»Wir haben noch keinen Haftbefehl gegen Sie, Gruber, leider«, klärte Ole ihn auf. »Aber das kann ganz schnell anders werden. Und daran, dass Sie die Stadt nicht verlassen dürfen, hat sich nichts geändert.« Ole stand auf und ging zur Tür. Die Klinke in der Hand drehte er sich noch einmal um und starrte Gruber in die Augen. »Ach, Herr Gruber, da wäre noch was.«

»Ja?«

»Wir ermitteln noch in einem weiteren Mordfall. Carlo Bader. Kennen Sie den Mann?«

Gruber wurde kreidebleich. »Ja, aber das ist doch 32 Jahre her«, stieß er, ohne nachzudenken, hervor.

»Schau an, schau an, das wissen Sie aber genau«, sagte Ole, ließ die Türklinke los und kehrte langsam an den Vernehmungstisch zurück.

»Das stand doch damals in allen Zeitungen. Morde geschehen ja zum Glück nicht so oft. An so was erinnert man sich. Außerdem habe ich mich im Zuge meines Wahlkampfes mit dem Thema befasst. Sicherheit in der Region liegt mir sehr am Herzen, wie Sie meinem Wahlprogramm entnehmen können. Klar, Sie haben recht, ich habe mich sehr schnell daran erinnert. Wahrscheinlich hätte ich das nicht so präsent gehabt, wenn ich mich nicht wegen des Wahlkampfes damit beschäftigt hätte.«

Er redet zu schnell und viel zu viel, dachte Ole. Und er knetet seine Hände. Die Frage hat ihn völlig aus dem Konzept gebracht.

»Natürlich«, er schenkte Gruber ein süffisantes Lächeln. »Ich weiß ja, wie ernst Sie den Wahlkampf und besonders die Sicherheit in Ihrer Stadt nehmen. Dass Sie alte Akten dafür wälzen, ehrt Sie. Und dass Sie sich sogar an einen Mord in Ihrer Nachbarstadt erinnern, ehrt Sie noch mehr.«

Er beugte sich vor und starrte Gruber schweigend und eindringlich in die Augen. Dann stieß er sich von der Tischkante ab und verließ ohne ein weiteres Wort den Raum.

VIERZEHNTES KAPITEL

Villingen-Schwenningen

»Schatz, du musst etwas essen, bitte«, flehte Andreas, der mit einem Teller Suppe neben dem großen Ehebett kniete. Dem Bett, auf dem sich Stefanie wie ein Embryo zusammengerollt hatte, seit sie die Tote, ihre Mutter, identifiziert hatte.

Es waren grauenvolle Momente gewesen. Andreas sah ihn heute noch vor sich, den langen, kahlen, weißen Gang, der zur Pathologie führte. Nackte Neonröhren hingen an der Decke und tauchten das Leid in gespenstisches Licht. Er fühlte ihre Hand, ihre kalte, schweißnasse Hand, in der seinen. Hörte ihren Atem, der schneller ging. Fühlte das unheilvolle Flirren, das über dem Raum lag. Ein solches Flirren hatte Andreas bisher nur einmal erlebt. In einem Moment, der bis dahin der schrecklichste seines Lebens gewesen war: beim Flugzeugabsturz über Überlingen, bei dem mehr als 70 Menschen, darunter zahlreiche Kinder, ums Leben gekommen waren. Er hatte damals in einem Überlinger Architekturbüro gearbeitet und war als Mitglied der Freiwilligen Feuerwehr in jener Unglücksnacht in den Einsatz gerufen worden. Wenn er die Augen schloss, dann nahm er es noch heute wahr, dieses unheimliche Flirren, das sich über das abgestürzte Flugzeug, über die ganze Szenerie gelegt hatte. Er, der eigentlich nicht sonderlich religiös war, hatte damals das Gefühl gehabt, dass die Seelen der vielen Menschen, die gestorben waren, sich mühevoll von der Erde lösten und zurück in den Himmel flogen. In vielen kleinen, flirrenden Elementen. Und nun war dieses Flirren wieder da. Es flog über dem Körper Elisabeth Meierles.

Er wusste noch genau, wie die Zeit stehen geblieben war, als der Pathologe langsam das dunkelgrüne Tuch vom toten Körper Elisabeth Meierles hob. Er erinnerte sich an das Flehen in Stefanies Blick, mit dem sie das Tuch anstarrte, bevor es Gesicht und Körper freigab. Sie gab alle ihre Hoffnungen in das Tuch, betete stumm, es möge sich um einen schrecklichen Irrtum handeln und es wäre nicht die geliebte Mutter, die darunter läge. Sekunden später zersprangen die Hoffnungen in tausend Scherben. Es *war* Elisabeth Meierle, die da lag, und sie sah grauenvoll aus, Stefanie starrte entsetzt auf ihren zerstörten, obduzierten Körper. Konnte ihren fassungslosen Blick nicht von der Stelle an ihrer Kehle wenden, dieser grauenvollen Stelle. Stefanie hatte sich mit einem wilden Schrei auf ihre Mutter geworfen. »Wer hat dir das angetan? Wer hat das nur getan?«, hatte sie immer wieder gerufen und Andreas, der Pathologe und der begleitende Polizist, der große Blonde, der ihnen auch die Todesnachricht überbracht hatte, hatten alle Kraft aufbringen müssen, um sie von ihrer toten, ihrer ermordeten Mutter wegzuziehen. Andreas hatte geweint, als er seine Frau so verzweifelt sah. Und er hatte geweint, als sie sich draußen im Gang von ihm losgerissen und versucht hatte, in die Pathologie zurückzugelangen. »Ich kann sie doch da nicht alleine lassen«, hatte sie geschluchzt und alles versucht, sich aus Andreas' Umarmung zu befreien. »Sie ist doch so schrecklich einsam.«

»Sie ist jetzt überall bei dir, Liebes«, hatte Andreas sie zu trösten versucht. »Sie ist nur in einen anderen Zusammenhang zu dir getreten. Du kannst sie sonntags nicht mehr besuchen, sie kann nicht mehr mit uns in den Urlaub fahren. Aber stell dir vor, sie wäre die Luft, die dich umgibt und die du atmest. Stell dir vor, sie wäre die Sonne, die tags auf dich herab scheint, und die Sterne, die nachts am Himmel stehen. Sie ist immer bei dir, vielleicht näher noch als bisher. Weil sie nun ganz geschmeidig ist und sich dir anpassen, dich überallhin begleiten kann. Wie eine wärmende, liebende, schützende Hülle.«

Er war sich nicht sicher, ob seine Worte zu ihr durchgedrungen waren. Aber sie war ruhiger geworden und sie hatte sich von ihm nach draußen führen lassen, wo Ole bereits im Polizeiwagen auf sie wartete, um sie nach Hause zu fahren.

Seither aber hatte Stefanie geschwiegen. Sich in ihr Schneckenhaus zurückgezogen. Ihre Kinder waren zutiefst verstört, als die sonst so liebevolle und fröhliche Mutter ihre Umarmungen nicht erwiderte, als sie mit leerem Blick durch sie hindurchsah, wenn sie mit ihr sprachen. Andreas hatte mit dem Kindergarten gesprochen und seine Mutter verständigt. Entsetzt hatte diese die Kinder sofort zu sich genommen. Gottlob wohnte Margarethe Schwarz nicht weit weg. Andreas lebte mit seiner Frau in der Rietstraße nahe der Stadtmauer, seine Mutter bewohnte eine charmante, großzügige Dachgeschosswohnung am Oberen Tor, im Erdgeschoss des Hauses betrieb sie einen Blumenladen. Die Rietstraße war eine der vier Hauptstraßen, die die kreisrunde Innenstadt wie ein Kreuz durchzogen. Zu Fuß brauchte man vielleicht fünf Minuten von der einen Haustüre zur anderen.

Andreas wusste, dass seine Mutter sich gut um ihre

Enkel kümmern und alles tun würde, um den Kleinen über die schwere Zeit hinwegzuhelfen. Sie würde sich nicht anmerken lassen, dass ihr selbst bei dieser Nachricht buchstäblich das Blut in den Adern gefroren war und dass zum kalten Entsetzen über die grauenvolle Tat auch der Schmerz über den Verlust Elisabeths kam. Die beiden Damen hatten sich sehr nahegestanden. Waren sie doch beide vor wenigen Jahren Witwe geworden und verstanden die Sorgen und Nöte und auch die Einsamkeit der jeweils anderen. Da waren gemeinsame Weihnachtsfeiern, gemeinsame Kindergeburtstage, ja, sogar gemeinsam verbrachte Urlaube mit Stefanie, Andreas und ihren Kindern, in denen sich die beiden Frauen ein Hotelzimmer teilten. Es war die pure Familienidylle gewesen, die der grausame Mord nun ein für alle Mal zerstört hatte.

Und nun saß Andreas hilflos an Stefanies Bett und versuchte sein Bestes, um sie zumindest zur Nahrungsaufnahme zu bewegen. Er müsse Geduld haben, hatte die Psychologin gesagt. Aber das war schwer, so entsetzlich schwer, und er hatte das Gefühl, dass sich seine Frau immer weiter von ihm entfernte. In eine Welt, zu der nur sie Zugang hatte. Und Andreas fürchtete, dass diese Welt die Hölle war.

Vorsichtig legte er seine Hand auf ihre, die leblos und schlaff auf dem geblümten Bettbezug lag. »Komm, Liebes«, sagte er. »Du würdest deine Mama sehr, sehr unglücklich machen, wenn sie wüsste, wie sehr du wegen ihr leidest. Sie würde von dir erwarten, dass du dich zusammenreißt.«

In Stefanies Blick veränderte sich etwas. Ein Flackern – oder war es nur das Licht, das durchs Fenster fiel und sich in ihren Augen widerspiegelte? Doch Andreas kannte seine Frau. Er spürte instinktiv, dass er ihre Aufmerksamkeit gewonnen hatte. Dass sie, zumindest für einen Moment, aus ihrer inneren Hölle zurückgekehrt war. »Pass auf, mein Schatz«, sagte Andreas. »Du bist deiner Mutter etwas schuldig. Du schuldest ihr die Aufklärung dieses entsetzlichen Verbrechens. Wir müssen herausfinden, wer der Mörder war und warum er es getan hat.«

Sie hörte zu, das spürte er ganz genau. Ihre Augen starrten nach wie vor blicklos zur Wand, aber ihr Atem hatte sich verändert. Er ging schneller und flacher. Und in ihrer Hand, die immer noch in der seinen lag, war mehr Spannung, mehr Leben als wenige Sekunden zuvor.

»Ich glaube, dass wir viel dazu beitragen können, den Mörder zu finden«, fügte Andreas an, unsicher, wie viel er sagen, wie weit er sich nach vorne wagen durfte. Er hatte Angst, dass er sie wieder verlieren könnte, wenn er sie jetzt erschreckte. Aber mindestens genauso groß war die Gefahr, dass sie sich wieder völlig in sich zurückzog und er sie nie mehr erreichte, wenn ihm der Durchbruch jetzt nicht gelang. »Du erinnerst dich doch, dass der Polizist sagte, du seiest nicht die Tochter, sondern die Enkelin«, stieß er hervor.

Stefanie, jetzt hellwach und völlig präsent, wandte den Kopf und sah ihn an. Mit einem Blick, in dem all ihr Kummer, all ihre Verlorenheit stand. Es schnitt ihm ins Herz und er musste sehr mit sich kämpfen, um sie nicht an sich zu ziehen und sie zu trösten. Doch dafür war jetzt keine Zeit. Er musste weitermachen. Weiter und tiefer zu ihr vordringen.

»Das ist Quatsch, die haben sich getäuscht.« Stefanies Worte kamen rasch und heftig. Wütend muteten sie an, aber noch etwas anderes lag in ihnen. Wie ein Tier in Todesangst klingt sie, dachte Andreas.

»Weißt du irgendwas? Bitte, Stefanie, du musst mir das sagen, sonst kann ich dir nicht helfen.«

»Nein«, flüsterte Stefanie. »Nein. Ich weiß nur, dass sie meine Mama ist. Sie war immer für mich da und …« der Rest ihrer Worte ging in einer Flut von Tränen unter. Stefanies Körper wurde gebeutelt, geschüttelt vor Kummer. Andreas zog sie in seine Arme und hielt sie fest. Es dauerte lange. Sie schrie, tobte, trommelte zwischendurch sogar mit den Fäusten gegen seine Brust. Erst Stunden später schlief sie erschöpft in seinen Armen ein.

Andreas blickte auf seine schlafende Frau und kämpfte selbst mit den Tränen. Es war schlimm, es war entsetzlich gewesen. Stefanie hatte regelrecht gerast. Aber zugleich war es erlösend und befreiend. Und es war ihm tausend Mal lieber, wenn sie ihren Schmerz derart herausschrie, als wenn sie in ihrer stillen, einsamen Hölle versank, zu der er keinen Zutritt hatte.

Ihm wurde klar, dass sie entsetzliche Angst hatte, ihre Mutter ein zweites Mal zu verlieren. Indem sich bestätigte, dass Elisabeth Meierle gar nicht ihre Mutter war.

Dass sie wirklich nichts wusste, glaubte er ihr. Ebenso sicher glaubte er aber auch, dass sich die Polizei nicht irrte. Er war gestern, als die Psychologin bei seiner Frau war, auf dem Standesamt gewesen und hatte sich die Geburtsurkunde seiner Frau zeigen lassen. Die Standesbeamtin hatte sich etwas geziert, ihm letztendlich aber Einblick in die Daten gewährt, da sie ihn und Stefanie persönlich kannte. Und da stand klipp und klar eine Christin Meierle als Mutter eingetragen.

Und plötzlich erinnerte er sich daran, dass er sich damals, bei den Hochzeitsvorbereitungen, gewundert hatte, dass seine Frau keine Geburtsurkunde besaß. Sie befand sich noch immer bei den Unterlagen ihrer Mutter. Und nicht nur das: Elisabeth Meierle hatte darauf bestanden, sich um alles zu kümmern, und die Geburtsurkunde direkt ans Amt geschickt. »Steffi soll sich darauf konzentrieren, ihr perfektes Kleid und ihren bevorzugten Blumenschmuck zu finden. Den ganzen organisatorischen Kram überlasst nur mir«, hatte sie damals gesagt. Und sie hatten dankend angenommen, schließlich drohten ihnen die Hochzeitsvorbereitungen über den Kopf zu wachsen, zumal Stefanie im dritten Monat schwanger war und ständig mit Müdigkeit und Übelkeit zu kämpfen hatte.

In der gespenstischen Stille des sommerlichen Spätnachmittags, in seinem Schlafzimmer sitzend mit seiner Frau auf dem Schoß, fragte Andreas sich, ob es ein Fehler gewesen war, nicht auf die leise Stimme zu hören, die ihm damals verwundert zugeflüstert hatte, dass es ganz und gar unüblich war, dass ein erwachsener Mensch, der kurz vor der Eheschließung stand, seine eigene Geburtsurkunde noch nie in den Händen gehalten hatte.

FÜNFZEHNTES KAPITEL

Ein unbekannter Ort

Es war dunkel, kalt und feucht, als Marlene die Augen aufschlug. Stöhnend fasste sie sich an den Kopf. Ihre Kehle fühlte sich trocken und seltsam rau an. Sie registrierte, dass sie lag. Auf einem harten, kalten Boden. Sie roch Moder. Mit einem Mal packte sie rasende Angst. Sie versuchte, sich aufzurappeln und merkte erst in diesem Moment, dass ihre Füße gefesselt waren. Die Hände waren frei. Taumelnd richtete sie sich auf. »Liegenbleiben!«

Die Stimme klang schneidend und hart und wie ein Peitschenhieb.

Zitternd sank Marlene zurück auf den Boden. Irgendwoher kannte sie die Stimme, aber sie konnte sie nicht einordnen. »Wer … wer sind Sie?«, brachte sie stotternd hervor.

»Weißt du das wirklich nicht?« Die Stimme lachte höhnisch. Ein Feuerzeug flammte auf.

»Sie!«, rief Marlene erstaunt, als sie das Gesicht im Schein des Feuerzeuges schemenhaft erkennen konnte. »Aber warum …«

»Warum?«, keifte die Stimme. »Du fragst ernsthaft nach dem *Warum*?«

Marlenes Hirn arbeitete fieberhaft. Was hatte sie diesem Menschen getan? Sie war doch immer nett und freundlich gewesen.

»Du hast alles«, fuhr die Stimme, die seltsam leblos

und hohl anmutete, fort. Da war keine Klangfärbung, kaum eine Modulierung im Ton, als sie aufzählte: »Du hast einen netten Mann, der dich liebt, du hast Geld, siehst gut aus, du hast einfach alles. Und trotzdem willst du immer noch mehr haben und musst das Leben von anderen zerstören.«

Marlenes Verwirrung überdeckte ihre Angst. »Ich verstehe nicht …«, sagte sie. »Wem nehme ich denn was weg? Und wessen Leben zerstöre ich denn, um Gottes willen?«

»Tu doch nicht so!«, höhnte die Stimme. »Ich habe doch die Briefe gelesen.«

»Welche Briefe?« Im Geiste ging Marlene alle Briefe durch, die sie in der letzten Zeit geschrieben hatte. Es waren nicht viele gewesen. Und schon gar keine, die dazu führen könnten, dass jemand sie so sehr hasste, wie dieser Mensch es zu tun schien.

»Allen willst du das Leben zerstören. Niemandem gönnst du etwas«, fuhr die Stimme fort. »Ihr Meierle-Weiber«, die Stimme spie den Namen regelrecht angewidert aus, »ihr Meierle-Weiber habt wohl gedacht, ihr könnt uns das kaputt machen? Jetzt, wo wir endlich unser Glück gefunden haben? Endlich etwas gelten und etwas sein könnten? Aber da habt ihr euch getäuscht, das kann ich euch sagen.«

Marlene war bei dem Namen ›Meierle‹ zusammengezuckt. Woher wusste ihr Gefängniswärter ihren Mädchennamen? Den kannte hier keiner. Zumindest keiner außer Charles und dem Standesbeamten, der sie seinerzeit getraut hatte. Eine kirchliche Trauung hatte sie abgelehnt, denn sie, die streng katholisch aufgewachsen war, hatte abwechselnd mit Gott gehadert und an seiner Existenz gezweifelt. Wenn es einen Gott gäbe, hatte sie gedacht, dann würde er so etwas nicht zulassen. Und wenn er es zuließe, dann wäre er nicht der Gott, zu dem sie beten, den sie verehren wollte.

»Ich heiße nicht Meierle, ich heiße Didier«, sagte sie jetzt in die fremde Dunkelheit hinein.

Höhnisches Lachen war die Antwort und hallte gespenstisch durch den Raum. »Glaub ja nicht, dass du mir etwas vormachen kannst. Ich weiß alles. Verstehst du? *Alles!* Du hast mein Leben zerstört. Und jetzt, wo endlich, endlich alles gut wird, willst du es mir wieder nicht gönnen. Wieder alles kaputt machen. Ebenso wie deine Mutter. Aber nicht mit mir! *Nicht mit mir*! Ich weiß mich zu wehren. Deiner Mutter habe ich mich schon entledigt. Und mit dir werde ich spielend fertig. *Spielend!*«, spie die Stimme.

Die Angst flammte erneut auf, wie ein loderndes, alles zerstörendes Feuer. Marlenes Magen krampfte sich schmerzhaft zusammen. Die Angst um sich selbst und auch die Angst um die Mutter, die sie seit 31 Jahren nicht gesehen hatte und die sie doch so sehr liebte, nach der sie sich so sehr sehnte, raubte ihr beinah den Atem. Mit einem Mal schämte sich Marlene zutiefst, dass sie ihr damals so hart den Rücken gekehrt hatte. Ihre Mutter war immer für sie da gewesen, ohne sie hätte sie ihre dunkelsten Stunden nie, niemals überstanden. Und was hatte sie zum Dank getan? Jeglichen Kontakt abgebrochen, auf ihre flehenden Briefe und Anrufe nicht reagiert. Bis irgendwann keine Briefe und keine Anrufe mehr kamen. Bis ihre Mutter resigniert hatte. Aufgegeben, das wusste Marlene, hatte Elisabeth Meierle sie aber nie.

Sie schluchzte laut auf. »Bitte sagen Sie mir, was mit

meiner Mutter ist«, flehte sie die Stimme, von der sie jetzt wusste, dass sie tief aus der Vergangenheit kam, an. Ihr wurde mit entsetzlicher Gewissheit klar, dass die Vergangenheit sie eingeholt hatte. Dass sie ihr ganzes Leben lang gerannt war, um ihr zu entkommen, und den Wettlauf letztendlich doch verloren hatte.

»Bitte«, flehte sie erneut.

Die Stimme lachte ihr höhnisch-hohles Lachen. »Was mit ihr ist, willst du wissen? Nun, das kann ich dir sagen: genau das, was mit dir auch bald sein wird.« Wieder dieses hohle, gespenstische Lachen.

Ein Stuhl wurde zurückgeschoben, eine Tür geöffnet, ein Lichtstrahl fiel hinein. Marlene konnte nur den Umriss ihres Peinigers erkennen.

Dann war es wieder dunkel. Dunkel und einsam. Stille senkte sich bedrohlich über den Raum, der gerade noch von der klirrend kalten Stimme beherrscht gewesen war. Marlene meinte, den Nachklang dieser Stimme und dieses grauenhaften Lachens noch in der Stille zu hören. Sie presste verzweifelt die Hände auf die Ohren, aber es half nichts. Die Stimmen-Gespenster wollten sich nicht vertreiben lassen.

Marlene rollte sich auf die Seite, zog die Beine zur Brust und umschlang sie mit ihren Armen. Wie ein Embryo lag sie da und begann bitterlich zu weinen.

SECHZEHNTES KAPITEL

Überlingen

»Und ihr habt den Gruber echt verhaftet?« Vor lauter Aufregung über diese Nachricht vergaß Alexandra sogar ihre Nervosität darüber, dass sie mit Ole unterwegs war. Sie saßen in der vordersten Reihe auf der Sonnenterrasse des Café Greth am Landungsplatz mit Blick aufs Wasser. Zahlreiche Touristen strömten vorbei, besser gesagt, stauten sie sich auf der Uferpromenade. Alexandra erkannte sie daran, dass sie anders gingen als die Einheimischen. Die Touristen schlenderten, blieben alle paar Meter stehen, um den See zu betrachten, die Schilder an den Cafés zu studieren oder sich zu orientieren. Die Einheimischen hingegen eilten am Ufer entlang und suchten ständig irgendwelche Lücken zwischen den Menschenmassen, um schneller voranzukommen. Wobei ohnehin nur recht wenige Einheimische an der Promenade unterwegs waren. Die meisten mieden das Ufer zu dieser Jahreszeit und hielten sich lieber im Inneren der Stadt auf. Es sei denn, sie hatten Zeit. Und wenn sie Zeit hatten, flanierten sie in der Regel nicht, sondern saßen in den Cafés, so wie Ole und Alexandra.

Es war ein Date und es war riskant, das war Alexandra klar. Unzählige Menschen kannten sie in dieser Stadt und Ralf hatte natürlich genau wissen wollen, wo, wie und mit wem sie den Tag verbringen würde. Aufgrund der traumatischen Ereignisse hatte Alexandra ein paar Tage frei und Ralf empfand das als glücklichen Zufall, da er sich in diesen Tagen schon vor längerer Zeit in seiner Kfz-Werkstatt ebenfalls als abwesend eingetragen hatte. ›Chef nicht da‹, hatte er mit dickem, rotem Edding in den Jahresplaner geschrieben, der über dem Schreibtisch in dem chaotischen Büro hing und Alexandra hatte diese Geste schon damals als lächerlich angeberhaft empfunden. Und heute hatte er sie eigentlich überreden wollen, mit ihr zur Tuning World nach Friedrichshafen zu fahren. Sie hatte ihm vorgeschwindelt, sie fühle sich nicht gut und wolle lieber zu Hause bleiben und vielleicht ein wenig spazieren gehen, um sich zu entspannen und auf andere Gedanken zu kommen.

»Auf andere Gedanken kommst du bei der Tuning World auch«, hatte Ralf noch eine Weile genörgelt, letztendlich aber Ruhe gegeben und war alleine mit seinen Kumpels zur Messe aufgebrochen. Alexandra hatte das Gefühl, dass es ihm insgeheim gar nicht so unrecht war. Zumal er wusste, dass sie seine Kumpels nicht mochte. Die Jungs hatten meist ein paar Gläser zu viel intus, der Small Talk mit ihnen war platt, ihre Witze niveaulos, ihr Auftreten rüpelhaft. Alexandra gestand sich ein, dass Ralf sich nicht viel von seinen Kumpels unterschied, sondern sich ihnen im Gegenteil immer mehr anglich. Und auch mit den Freundinnen der Kumpels konnte sie nicht viel anfangen. Was umgekehrt übrigens genauso galt.

Umso mehr genoss sie nun die Gesellschaft eines so geistreichen und gebildeten Mannes wie Ole.

»Ja, wir haben Gruber verhaftet. Ganz ehrlich«, sagte er gerade lächelnd und Alexandra stellte entzückt fest, dass er ein Grübchen auf der linken Seite hatte, wenn er lächelte und fragte sich im nächsten Moment, warum er lächelte, während er ihr diese doch eher ernste Nachricht überbrachte. »Aber behalten Sie das bloß noch für sich. Der Leiter der Polizeidirektion würde mich lynchen, wenn er wüsste, dass ich Ihnen das erzähle. Eigentlich ganz schön leichtsinnig. Ich weiß ja, dass das für die Presse ein gefundenes Fressen ist. Aber ich vertraue Ihnen einfach.«

Alexandra erwiderte seinen Blick. »Danke«, sagte sie und strich sich eine der roten Haarlocken, die sich aus der Hochsteckfrisur gelöst hatten und die ihr Gesicht und ihren Hals lose umspielten, hinter die Ohren. »Ich werde Ihr Vertrauen nicht missbrauchen. Aber es ist natürlich schon eine unglaubliche Nachricht. OB-Kandidat unter Mordverdacht.« Sie rührte nachdenklich in ihrem Latte Macchiato. »Tun Sie mir einen Gefallen?«

»Jeden.«

»Sagen Sie mir einen Tag, bevor die Pressemitteilung rausgeht, Bescheid? Damit ich einen Tag früher dran bin als die Konkurrenz. Als ermittelnder Beamter werden Sie ja sicherlich darüber informiert werden. Und ich rufe dann einfach den Pressesprecher an und stelle die richtigen Fragen. Ist ja auch nicht so ganz erstaunlich, wenn ich da nachfrage. Schließlich bin ich in den Fall involviert.« Sie sah ihn bittend an.

Ole lächelte. »Ganz astrein ist ja das nicht. Aber ich habe Ihnen ja schon versprochen, dass ich Ihnen den Gefallen tun werde. Allerdings stelle ich eine Bedingung.«

»Ja?«

Wieder sah er ihr direkt in die Augen, wieder sah Alexandra ihr Grün und staunte über die goldenen Sprenkel. »Dass Sie *Du* zu mir sagen. Und dass ich Sie zum Mittagessen einladen darf. Es ist schließlich …«, er warf einen raschen Blick auf seine große Armbanduhr, »… 12.15 Uhr. Und ich habe ein Loch im Bauch.«

»Einverstanden«, lachte Alexandra. »Zumal das hier eines meiner Lieblingsrestaurants ist. Man kann hier ganz hervorragend essen.«

»Was würdest du mir denn empfehlen?«, fragte Ole und angelte nach der Speisekarte, die in einem hölzernen Ständer auf dem Tisch stand.

»Auf jeden Fall einen Salat. Das ist der beste, den du je gegessen hast. Ansonsten: Pizza oder Pasta. Beides sehr gut und zwar in allen Varianten. Du hast die Qual der Wahl.«

»Hmmmm«, Ole vertiefte sich stirnrunzelnd in die Karte. »Dann nehme ich, glaube ich, einen gemischten Salat und die Pizza Diabolo.«

»Klingt wahrhaft teuflisch«, sagte Alexandra. »Womit wir beim Thema wären: Gruber.«

In ihr stritten sich zwei Geister. Der eine wollte das Gespräch unbedingt auf intimere Themen als Gruber lenken, wollte flirten und herausfinden, ob Ole sich zu ihr auch so hingezogen fühlte wie sie sich zu ihm. Der andere wollte ausloten, was mit Wolfgang Gruber war, wie es zu der Verhaftung gekommen war und warum er unter Mordverdacht stand. Und dieser Geist, der auf den hübschen Namen ›berufliche Neugierde‹ hörte, war im Moment stärker. Zum einen wegen der Berufsneugierde, zum andern, weil sie sich auf diesem Terrain sicher bewegen konnte, während die intimeren Themen sie ziemlich verunsicherten. Und sie wollte auf keinen Fall, dass Ole das merkte.

»Sein Boot ist unseren Erkenntnissen nach das einzige, was in jener Nacht abgelegt hat«, erklärte Ole. »Aber weißt du, was mich wirklich stutzig macht?«

Alexandra sah ihn fragend an.

»Der Name Carlo Bader war ihm ganz offensichtlich nicht unbekannt«, fuhr Ole fort. »Das habe ich an seiner Reaktion gemerkt.«

Inzwischen war das Essen gekommen und es duftete herrlich. »Sieht das lecker aus«, freute sich Ole und biss in seine Pizza. Alexandra streute sich Parmesankäse über ihre Spaghetti Pomodoro und schob sich genussvoll den ersten Bissen in den Mund. Einfach, aber köstlich.

»Ich habe inzwischen auch einiges über den Todesfall Carlo Bader herausgefunden«, gab Ole kauend zu.

Alexandra beugte sich gespannt vor. »Und?«

»Hey, ich rede mich hier um Kopf und Kragen«, wand sich Ole. »Ich darf da eigentlich mit gar niemandem drüber sprechen. Und schon gar nicht mit einer hübschen Dame von der Presse.«

Alexandra quittierte das Kompliment mit einem verhaltenen Lächeln. »Sieh es doch so«, sagte sie während sie konzentriert die nächste Portion Spaghetti auf die Gabel wickelte und auf dem Löffel abstreifte. »Ich kann dir gewissermaßen bei deinen Ermittlungen helfen. Schließlich wüsstest du ohne mich gar nichts von Carlo Bader. Und ich habe Recherchemöglichkeiten, die du nicht hast. Und umgekehrt.«

»Da hast du recht«, sagte Ole, froh, eine Möglichkeit gefunden zu haben, sein Wissen mit ihr teilen zu können, ohne ein allzu schlechtes Gewissen haben zu müssen. »Machen wir einen Deal? Wir arbeiten uns gegenseitig zu und behandeln die Informationen des jeweils anderen streng vertraulich?«

»Abgemacht«, sagte Alexandra und schob die Gabel mit den aufgerollten Spaghetti endlich in den Mund. »Und jetzt spann mich nicht so auf die Folter. Sag mir endlich, was du weißt.«

»Carlo Bader war Gastmusiker. Er kam aus Villingen-Schwenningen und hatte im Sommer 1980 ein Engagement hier in Überlingen. Damals gab es hier wohl sogenannte Kurkonzerte. Schon mal gehört?«

Alexandra zuckte die Achseln. »Nein. Aber was mich wundert: Wenn er Gastmusiker war, wieso haben meine Kollegen das damals nicht recherchiert und darüber geschrieben? Das hätten sie locker herausbekommen.«

»Er war noch nicht aufgetreten und damit stand er noch nicht in der Öffentlichkeit. Er war nur deshalb schon hier, um zusammen mit seinen Kollegen zu proben. Dem Ensemble gehörten wohl Musiker aus ganz Deutschland an, die einander zuvor noch nie gesehen hatten. Daher waren die Probenwochen vor den Konzerten ungemein wichtig.«

»Hm.« Alexandra stützte das Kinn auf ihre ineinander verschränkten Hände und sah Ole abwartend an. »Was weißt du noch über Carlo Bader?«

»Er war frisch verlobt. Am Ende des Sommers wollte er heiraten.«

»Das ist ja entsetzlich!«, rief Alexandra. »Was ist aus seiner Verlobten geworden?«

Ole zuckte die Achseln. »Laut Ermittlungsakte wurde sie vernommen. Sie muss ziemlich außer sich gewesen sein. Sie war schwanger von ihm und hat ihr Baby dann verloren. Das hat sie wohl doppelt mitgenommen. Mehr weiß ich nicht, ich werde dem aber nachgehen.«

»Und warum musste Carlo denn nun sterben?«

»Wenn ich das wüsste, wäre ich schon viel weiter«, sagte Ole, biss in seine Pizza und nahm einen großen Schluck von seinem kühlen Bier. »Es gab eine Zeugin, die ganz in der Nähe wohnte. Sie will zur fraglichen Zeit eine Frauenstimme und zwei Männerstimmen gehört haben. Die Frau hat wohl sehr verzweifelt geschrien, die Männer haben regelrecht gebrüllt. Dann war eine Zeit lang Stille und dann hat sie wieder die Frau schreien hören.«

Atemlos beugte Alexandra sich vor. »Wie heißt die Zeugin?«

»Andrea Matzner. Sie ist aber mittlerweile verstorben.«

Alexandra blickte ihn fragend an.

»Eines natürlichen Todes«, beeilte Ole sich hinzuzufügen.

»Eine Frau und zwei Männer – klingt nach einer Eifersuchtstat«, sagte Alexandra spontan und fragte sich, wie Ralf wohl reagieren würde, wenn er sie hier mit Ole in der Sonne sitzen sehen würde. Er kannte Ole nicht und würde in ihm nicht den Polizisten vermuten, zumal er keine Uniform, sondern Jeans und ein Kapuzenshirt trug. Was zu seinen blonden Wuschelhaaren sehr sexy aussah, wie Alexandra fand.

»Daran habe ich auch schon gedacht«, sagte Ole. »Aber da ist noch etwas, was äußerst merkwürdig ist.«

Er nahm abermals einen großen Bissen von seiner Pizza und kaute genüsslich.

Alexandra sah ihn abwartend an.

»Als wir der Enkelin der verstorbenen Frau Meierle die Todesnachricht überbrachten, sagte sie, sie sei ihre Tochter und nicht ihre Enkelin.«

»Meinst du die Tochter in Villingen-Schwenningen mit den zwei Kindern? So eine Blonde, mit langen Locken?«

»Woher weißt du das?«

»Vor ihrem Tod hat Frau Meierle mir ein Foto gezeigt und mir gesagt, es sei ihre Tochter. Da sind auch ihr Mann und ihre Kinder drauf zu sehen.«

Ole nickte. »Ich kenne das Foto. Es stand auf dem Flügel, richtig? Wir haben es im Zuge der Ermittlungen sichergestellt. Aber, Alexandra – ich fürchte, da hat die liebe Frau Meierle sowohl dich als auch ihre sogenannte Tochter angelogen. Ihre wirkliche Tochter heißt Christin Marlene Didier und lebt in Frankreich. Und wie mir die Kollegen mitteilten, ist sie spurlos verschwunden.«

SIEBZEHNTES KAPITEL

Überlingen

»Guten Tag, mein Name ist Beate Gruber. Ich möchte zu Herrn Strobehn«, meldete sich Grubers Gattin artig bei der Polizeidienststelle.

»Einen Moment.« Der Beamte hinter der Glasscheibe telefonierte kurz und nickte ihr dann zu. »Ich bringe Sie zu ihm.«

Die schwere, weiß lackierte Türe neben der Glasscheibe summte und schnappte auf. Der Beamte brachte sie in den ersten Stock, wo Ole Strobehn ihr bereits entgegenkam. »Frau Gruber. Schön, dass Sie es möglich machen konnten. Hatten Sie eine gute Heimreise?«

»Na ja, es ging so«, sagte Beate Gruber leise.

»Nun, Sie sind nicht hier, um Small Talk zu machen, Frau Gruber«, sagte Ole und hielt ihr die Türe zu seinem Büro auf. »Setzen Sie sich doch.«

Beate Gruber nahm auf einem der grauen Plastikstühle Platz, die auf der Besucherseite von Oles Schreibtisch standen, stellte ordentlich die Beine nebeneinander und platzierte ihre Handtasche exakt auf der Mitte ihrer Knie.

Ole ging um den Schreibtisch herum und setzte sich auf seinen Stuhl. Er schickte ein Dankesgebet zum Himmel, dass Monja Grundel sich momentan nicht im Büro befand, und hoffte, dass sie noch eine ganze Weile wegbleiben würde. Sie würde nur dumm dazwischenquatschen.

»Frau Gruber«, begann er ernst und versuchte, ihr direkt in die Augen zu sehen. Was nicht möglich war, denn Beate Grubers Blick war unstet, schließlich senkte sie ihn und starrte auf ihre Handtasche. Das allerdings war nicht ungewöhnlich, wie Ole aus Erfahrung wusste. Die unbescholtensten Bürger wurden plötzlich nervös, wenn sie der Polizei gegenübersaßen. Und diese Frau war wahrlich aus keinem angenehmen Grund hier. »Wie wir Ihnen bereits mitgeteilt haben, wurde Ihr Mann verhaftet. Er steht unter Mordverdacht«, sagte Ole.

Beate Gruber nahm ihre Brille ab, kramte umständlich ein zerknülltes Taschentuch aus ihrer Handtasche und begann, die Gläser zu polieren. »Mein Mann hat diese Frau nicht ermordet. Man will ihm das anhängen«, erklärte sie aufblickend und in ihrem farblosen Gesicht, das irgendwie zerknittert wirkte, stand pure Verzweiflung.

»Woher wollen Sie das denn so genau wissen?«, fragte Ole freundlich.

»Er tut so was nicht. Mein Wolfgang doch nicht. Außerdem kannte er diese Frau gar nicht. Und gerade jetzt würde er sich nie etwas zuschulden kommen lassen … Ich meine damit nicht, dass er zu einem anderen Zeitpunkt imstande wäre, einen Menschen umzubringen«, beeilte sie sich hinzuzufügen und eine feine Röte überzog ihr Gesicht. »Es ist nur so, der Wahlkampf, er lief so gut. Wir waren fast am Ziel unserer Träume. Das würde er sich niemals kaputt machen.« Sie schenkte Ole einen letzten scheuen Blick und starrte dann wieder auf ihre Handtasche, wie ein Schulmädchen, das dem Lehrer einen Streich gespielt hatte und nun beim Rektor saß und auf sein Urteil wartete.

»Eins müssen Sie mir erklären, Frau Gruber«, setzte Ole sanft die Befragung fort. »Wenn der Wahlkampf für Sie und Ihren Mann so wichtig ist, warum fahren Sie dann, ausgerechnet in der heißen Phase, mit Ihren Freundinnen auf einen Wellnessurlaub?«

»Ich … wir fahren jedes Jahr um diese Zeit«, stammelte Beate Gruber und zog erneut ihre Brille von der Nase, um sie eifrig zu polieren. »Es ist mir sehr wichtig, wissen Sie? Und die anderen, nun … sie hätten vermutlich kein Verständnis gehabt, wenn ich abgesagt hätte. Niemand sagt die Wellnesstage je ab. Das … das hätte wirklich Ärger gegeben.«

»Ja, aber ist denn der Wahlkampf nicht wichtiger?«

»Schon, aber … aber ich sollte ja auch gut aussehen, zum Wahlkampf«, brachte Beate schüchtern heraus. »Richtig losgegangen wäre es ja erst morgen, bei der OB-Diskussionsrunde. Und da wäre ich ja ohnehin wieder da gewesen.« Mutig hob sie den Kopf und sah Ole flehend an. »Bitte, Herr Hauptkommissar. Sie müssen ihn freilassen. Er muss an dieser Diskussion teilnehmen. Sonst war alles umsonst. Und Sie müssen dafür sorgen, dass die Zeitungen nichts schreiben. Bitte, ich flehe Sie an.«

»Was meinen Sie mit ›alles war umsonst‹?«, fragte Ole und registrierte, dass Beate Gruber nun, da sie die Brille wieder auf der Nase hatte, ständig am Henkel ihrer Handtasche nestelte. Ihre Hände waren gerötet und rau. Sie sahen aus wie die Hände einer Bäuerin und nicht wie die einer Frau aus gutem Hause und der Gattin eines OB-Kandidaten. Und das nach mehreren Tagen Wellnessurlaub. Die Frau tat ihm leid und er konnte sie sich auch ganz und gar nicht an der Seite eines Mannes wie Gruber vorstellen.

»Na, der ganze Wahlkampf, all das Geld, das wir investiert haben«, antwortete Beate Gruber.

»Wenn Sie mir Beweise bringen, dass Ihr Mann unschuldig ist, dann werden wir ihn gerne freilassen«, sagte Ole mit ausgesuchter Höflichkeit.

»Ich kann Ihnen auch sagen, wer der Mörder ist«, stieß Beate Gruber plötzlich heftig hervor.

»Ach ja?«, fragte Ole überrascht.

»Unsere Putzfrau.« Beate Gruber sprach's, presste daraufhin die Lippen fest aufeinander und starrte wieder auf die Henkel ihrer Handtasche.

Die Putzfrau. Das hatte Wolfgang Gruber auch schon behauptet. Gut möglich, dass die beiden sich abgesprochen hatten, was anhand der Telefonverbindungen leicht zu überprüfen wäre.

»Wie kommen Sie zu dieser Anschuldigung?«, wollte er wissen und ließ Beate Gruber nicht aus den Augen.

»Unsere Putzfrau ist die Einzige, die an den Schlüssel kam.«

»Wir haben Ihre Putzfrau überprüft, sie hat ein Alibi«, sagte Ole, stützte das Kinn auf die Hand und schenkte Beate Gruber einen intensiven grünen Blick.

Beate Gruber gab darauf nur ein »Oh« von sich. Und noch einmal: »Oh.« Sie verfiel in grüblerisches Schweigen.

Auch Ole schwieg und beobachtete sein Gegenüber genau. Er konnte regelrecht sehen, wie es in Beate Gruber arbeitete. »Pah«, stieß sie schließlich verächtlich hervor. »Alibis kann man kaufen. Aber ich weiß, dass unsere Putzfrau eine Affäre hat. Mit dem Häberle von der SPD. Ich habe die beiden vor ein paar Wochen zusammen gesehen und wollte sie eigentlich sofort feuern. Aber so schnell findet man ja keinen Ersatz. Häberle kandidiert auch für den Posten des Oberbürgermeisters«, fügte sie hinzu.

Ole lächelte. »Danke«, erwiderte er knapp. »So viel Wissen dürfen Sie mir zutrauen.«

»Das passt ja zu so einem Sozialdemokraten«, schimpfte Beate Gruber weiter und Ole fragte sich verwundert, wo die schüchterne Frau geblieben war, die vor zehn Minuten durch seine Bürotüre getreten war. »Unsere Putzfrau, die Jolanda, kommt aus dem Ostblock, müssen Sie wissen. Hat kein Geld und so. Klar, dass das Herz eines solchen Sozialdemokraten da höher schlägt.«

»Haben Sie denn irgendwelche Veränderungen an Ihrer Putzfrau wahrgenommen?«

»Ja, natürlich.« Beate Gruber hatte nun gar keine Probleme mehr, Ole anzusehen, und starrte ihm direkt in die

Augen. »Aufgedonnert bis zum Gehtnichtmehr hat sie sich auf einmal. Lackierte Fingernägel hat sie gehabt. Zum Putzen. Ts. Knallenge und superkurze Röcke in ganz grellen Farben hat sie getragen. Und dann dieses aufdringliche, billige Parfüm. Ich musste immer stundenlang lüften, wenn sie da gewesen war, um diesen Duft aus der Wohnung zu kriegen.«

Mit einem Mal war Ole hellwach. Von einem aufdringlichen Parfüm hatte auch Alexandra gesprochen.

Äußerlich blieb er ganz ruhig, aber in seinem Innern fuhren seine Gedanken Achterbahn. »Wir werden das überprüfen«, versprach er. »Aber eine Frage noch, Frau Gruber.«

»Ja?«

»Haben Sie seit dem Mord einmal mit Ihrem Mann telefoniert?«

Beate Gruber schüttelte den Kopf. »Nein.«

»Das ist aber reichlich ungewöhnlich für ein Ehepaar, das sich eine ganze Woche lang nicht sieht, oder?«

»Ach, wissen Sie, Herr Kommissar, wenn man seit 25 Jahren verheiratet ist, dann muss man nicht ständig miteinander kommunizieren. Das werden Sie auch noch merken.« Und als sie lächelte, tat sie das ziemlich von oben herab.

ACHTZEHNTES KAPITEL

An einem unbekannten Ort

Marlene war inzwischen so geschwächt, dass sie all ihre verzweifelten Versuche, sich von dem harten, kalten Kellerboden zu erheben, um ihren Kreislauf wenigstens ein klein bisschen auf Trab zu halten, aufgegeben hatte. Sie wusste immer noch nicht genau, warum ihr Peiniger sie hier gefangen hielt. Und so sehr sie ihr Gedächtnis auch durchforstete: Sie kam einfach nicht darauf. Wenn ihr auch klar war, dass die Entführung etwas mit der Vergangenheit zu tun hatte. Besonders die Sache mit den Briefen, die geschrieben zu haben ihr Gefängniswärter ihr vorwarf, war und blieb rätselhaft. Anfangs hatte sie noch versucht, mit der Person, die sie gefangen hielt, zu sprechen, doch das hatte sie längst aufgegeben. Auch ihr Gefängniswärter hatte das Gespräch nicht mehr gesucht, sondern nur noch kurze, ruppige Antworten gegeben. Sie werde schon alles verstehen, wenn der Tag gekommen sei, hatte die hohle, monotone Stimme unbeteiligt gesagt. Als Antwort auf die bangen Fragen, was mit ihrer Mutter sei und was mit ihr, Marlene, geschehen sollte, hatte sie stets nur ihr höhnisches, gespenstisches Lachen gelacht. Und dann war sie in Schweigen verfallen, hatte stundenlang bei Marlene gesessen, ohne ein einziges Wort zu sagen. Marlene hatte in jenen Stunden kaum zu atmen gewagt und war stets unendlich erleichtert gewesen, wenn das quietschende Geräusch zeigte, dass der Stuhl zurückgeschoben wurde und ihr Peiniger aufstand. Und wenn kurz darauf der schmale Lichtschein durch die sich öffnende Tür fiel, hatte sie jedes Mal angefangen zu weinen, ein Weinen, das auch dann lange nicht verstummte, wenn sie wieder ganz alleine war. Das Weinen half ihr, die enorme Spannung abzubauen, unter der sie stand, wenn der Gefängniswärter ihr schweigend Gesellschaft leistete. Die Tränen spülten die Angst und den Schmerz aus ihr heraus, halfen ihr, nicht wahnsinnig zu werden. *Damals* hatte sie kaum weinen können. Bis auf das eine Mal, als sie sich Charles anvertraut hatte. Davor und danach hatte es keine Tränen gegeben. Aber sie waren trotzdem da gewesen. Sie hatten sich in ihrem Inneren zu einem riesengroßen Teich angesammelt. Und weil sie sich immer so mutterseelenallein fühlte, seit *es* geschehen war, weil sie stets das Gefühl hatte, sie müsse emotional einfrieren, um den Schmerz aushalten zu können, waren die Tränen mit den Jahren zu einem riesengroßen Eisklotz geworden, der ihre Seele und ihr Wesen bestimmte. Doch in den letzten Wochen hatte der Eisklotz zu schmelzen begonnen, schon vor ihrer Gefangenschaft. Sie wusste nicht, woher der Funke der Sehnsucht nach der Heimat plötzlich gekommen war, aber sie wusste, dass er in ihrem Inneren ein wahres Feuer entfacht hatte, das das Eis nun Stück für Stück schmolz.

In ihrem Gefängnis bekam Marlene nun jeden Tag trockenes Brot und Wasser. Auf die Toilette durfte sie nicht. Sie lag in ihren Exkrementen. Am Anfang war ihr das entsetzlich peinlich gewesen und sie hatte lange gegen den Drang zu urinieren angekämpft, mittlerweile aber war es ihr egal. Marlene befand sich in einem halbwachen Zustand, zu schwach, um sich zu wehren. Und so konnten die Gespenster der Vergangenheit, die sie bisher in dem Eisklotz ihrer gefrorenen Tränen gefangen gehalten hatte, auch haltlos über sie herfallen, sie war ihnen hilflos ausgeliefert. Schluchzend erlebte sie alle Schrecken erneut. Aber auch die schönen Momente. Sie war wieder jung und lebensfroh, süße siebzehn, und bis über beide Ohren verliebt. Carlo hieß er und er spielte so wunderschön Violine. So hatte sie ihn kennengelernt, im Badgarten an der Überlinger Uferpromenade. Er hatte an einem der dicken, alten Bäume gelehnt und mit geschlossenen Augen gespielt. Chopin. Ihren Lieblingskomponisten. Der Bogen flog nur so über die Saiten und Marlene hatte sich, unfähig, den Blick von ihm zu wenden, ins Gras gesetzt und ihm zugehört. Als er fertig war, hatte er sie verschmitzt angelächelt. »Hallo«, hatte er gesagt und wie die junge Marlene auf der Wiese musste auch die gefangene Marlene auf dem feuchten, kalten Kellerboden in der Erinnerung an jenes ›Hallo‹ lächeln. Es war ein ›Hallo‹, das alles ändern sollte. Was damit begann, war zunächst wunderschön und dann unsagbar tragisch.

Carlo hatte sie nach ihrem Namen gefragt und sie hatten gelacht, weil ihrer beider Namen mit C begannen. Was nicht oft vorkam. Marlene hatte damals noch auf ihren ersten Vornamen, Christin, gehört. Marlene nannte sie sich erst später, als alles vorbei war und sie den Vornamen mit dem C nicht mehr ertragen konnte, weil er sie zu sehr an ihn erinnerte. Wie sie *alles* an ihn erinnerte.

Er hatte sie auf ein Eis eingeladen und sie waren am Ufer entlanggeschlendert. Den ganzen Tag hatten sie zusammen verbracht und am Abend hatte Carlo sie geküsst. Wunderschön war das gewesen.

Marlene auf dem Kellerboden fühlte, wie sie durch die Erinnerungen, die sie nun, nach all den Jahrzehnten, endlich zuließ, von einer Welle der Empfindungen überschwemmt wurde. So intensiv hatte sie seit damals nicht mehr gefühlt. Seit sie in seinen Armen gelegen hatte. Sie gab sich den Erinnerungen hin und ein gnädiger Geist blendete alles Schmerzhafte aus. Verschonte sie für diese süßen Minuten von all den Schrecken, die danach gekommen waren. Marlene, die ihren geschwächten Körper kaum noch wahrnahm, spürte ein süßes Ziehen zwischen den Beinen. Mit letzter Kraft schob sie die Hand zwischen ihre Schenkel und berührte sich dort, wo er sie damals berührt hatte. Vor über 30 Jahren. In einem anderen Leben.

NEUNZEHNTES KAPITEL

Konstanz

»Aber ich war das nicht«, keuchte Jolanda Noack, als Monja Grundel sie in Handschellen in den Vernehmungsraum führte. »Ich schwörrre.«

»Ach ja?«, brummte die resolute Polizistin. »Da gibt es aber verdammt viele Indizien, die das Gegenteil sagen.«

»Was denn für Indizien?«, fragte Jolanda und versuchte, sich aus den Handschellen zu befreien.

»Stillhalten, Mädchen, du tust dir ja nur selber weh«, sagte Monja.

»Hörrren Sie auf, mich zu duzen«, zischte Jolanda. »Nur, weil ich Putzfrau bin, brauchen Sie mich nicht so herablassend zu behandeln. Dazu Sie haben nicht das Recht.«

»Oh, da ist ja jemand ganz schön jähzornig«, brummte Monja Grundel und zwang das junge Mädchen, sich auf einen der Plastikstühle am Vernehmungstisch zu setzen. »Hat Sie der Jähzorn auch gepackt, als Sie die arme alte Frau Meierle ermordet haben?«

»Ich war das nicht, ich schwörrre«, versicherte Jolanda wieder.

»Lassen Sie mich mal.« Ole, der von der Verhandlungstaktik seiner Kollegin rein gar nichts hielt, drängte sie beiseite und ignorierte ihr giftiges Schimpfen.

»Leider spricht eine ganze Menge gegen Sie«, erläuterte er ruhig. Er setzte sich ihr nicht gegenüber, sondern lehnte sich an die Wand, verschränkte die Arme und sah die junge Frau mit den wilden schwarzen Locken und den blitzenden blauen Augen aufmerksam an. Sie war tatsächlich ziemlich aufgetakelt, da hatte Beate Gruber schon recht. Ihre Lippen waren feuerrot geschminkt, auf ihren Lidern schimmerte viel zu viel grellblauer Lidschatten und an den Ohren hingen riesige, billig wirkende Creolen. Ole ließ seinen Blick zu ihren Fingernägeln schweifen. Sie waren entsetzlich lang, vorne gerade geschnitten und mit allerlei Glitzer verziert. Wie man mit diesen Fingernägeln vernünftig arbeiten sollte, das wollte sich auch Ole nicht erschließen. Allerdings hatte er derartige Gebilde auch schon an den Händen von Sekretärinnen gesehen, die schließlich eine Computer-Tastatur bedienen mussten.

Auch das ging anscheinend irgendwie. »Was spricht gegggen mich?«, riss Jolandas Stimme ihn aus seinen Betrachtungen. »Nun sagggen Sie schon? Sie können mich nicht hierher schleppen und dann nicht mit mir sprechen. Mich nur anglotzen!« Sie starrte Ole empört an.

»Nun«, sagte Ole ruhig. »Da wäre zum einen Ihr falsches Alibi. Sie haben in der ersten Vernehmung gesagt, Sie seien – alleine – im Kino gewesen. Das haben wir Ihnen nach einem Blick ins Kinoprogramm zunächst geglaubt, aber aufgrund der neuen Informationen nochmals nachrecherchiert. Und: Pech für Sie, liebe Frau Noack, dass der Film gerade an jenem Abend wegen Problemen mit der Technik ausgefallen ist.«

»Ich …« Jolanda blickte auf ihre langen Fingernägel und schien zu überlegen. Dann riss sie den Kopf ruckartig hoch und starrte Ole an. »Ich war bei meinem Freund.«

»Ach! Und warum haben Sie das nicht gleich gesagt? Nachgeschobene Alibis haben wir hier nicht so gern, junges Fräulein«, mischte Monja Grundel sich wieder ins Gespräch.

»Wir … Er hat Familie und er stehen in Öffentlichkeit. Niemand darf wissen von uns.« Jolanda sah Ole flehend an. »Bitte, sagen Sie ihm nicht, dass ich gesagt habe. Und sagen Sie seine Frau nichts. Und auch nicht Zeitung.«

Sieh an, sieh an, dachte Ole. Dann hatte die Gruber also recht. So eine flotte Biene hätte ich dem biederen Häberle gar nicht zugetraut. Aber Macht macht ja bekanntlich sexy. Laut sagte er: »Wie sollte ich Ihrem Freund denn etwas sagen, wenn Sie mir noch gar nicht verraten haben, um wen es sich handelt? Was Sie freilich noch nachholen müssen. Wir brauchen den Namen und die Anschrift Ihres Freundes, damit wir das überprüfen können.«

»Nein«, Jolanda schüttelte wild den Kopf. »Das sage ich nicht.«

»Dann können wir dir auch nicht helfen, Mädchen«, pampte Monja Grundel. »Dann stehst du unter Mordverdacht.«

Jolanda schluchzte auf, presste ihre Lippen aber fest aufeinander. Ole war beeindruckt, wie unbeirrbar sie hinter Häberle stand. Klar, dass der im Wahlkampf keinen Skandal brauchen konnte, ebenso wenig wie Gruber. Ole schüttelte langsam und nachdenklich den Kopf. Zwei OB-Kandidaten, die mit dem Mord in irgendeinem Zusammenhang standen. Das konnte doch fast kein Zufall sein. Was, wenn Häberle und Jolanda den Mord gemeinsam begangen hatten und den Verdacht bewusst auf seinen Gegenkandidaten lenkten? Was, wenn er Jolanda schon wesentlich länger kannte und sie sich damals bei den Grubers eingeschleust hatte, um im Wahlkampf gegen sie zu arbeiten und gewissermaßen als Spionin zu fungieren? Dazu passte die Verwandlung, der sich Jolanda laut Aussagen Frau Grubers erst in den letzten Wochen unterzogen hatte, zwar nicht ganz, die sprach eher dafür, dass Jolanda frisch verliebt war, aber das hatte nicht unbedingt was zu sagen. Frauen waren unergründlich, was Modeticks anging.

»Es gibt noch weitere Indizien, die gegen Sie sprechen«, verkündete Ole.

»Ach ja? Welche denn?«, fragte Jolanda trotzig.

»Ihr Parfüm. Die Zeugin hat es am Tatort gerochen und es eindeutig als Ihres wiedererkannt.«

»Kann gar nicht sein«, erklärte Jolanda. »Zeugin kann gar nicht wissen, wie ich riechen. Meine Parfüm steht in Bad.«

»Doch«, sagte Ole. »Sie glauben ja gar nicht, wie schnell meine Kollegen arbeiten können. Das Parfüm ist längst sichergestellt und der Zeugin sozusagen unter die Nase gehalten worden. Sieht nicht gut aus für Sie. Zumal es noch ein weiteres Indiz gibt.«

»Welches?«, zischte Jolanda.

»Fingerabdrücke«, ließ Ole sie knapp wissen. »Beim ersten Mal haben wir nichts gefunden. Aber bei der zweiten Untersuchung sind wir fündig geworden. Wir haben Ihre Fingerabdrücke auf einem Glas auf dem Schiff sichergestellt.«

»Wird jemand haben hineingestellt Glas nachträglich«, fauchte Jolanda.

»Und wie soll derjenige, bitte schön, das Polizeisiegel durchbrochen haben?«, wollte Ole wissen.

Darauf wusste selbst die schlagfertige Jolanda keine Antwort mehr. »Ich haben geputzt Boot in Frühjahr, wenn Herr Gruber bringen Schiff in Wasser«, sagte sie lahm.

»Das hätten Sie doch gleich sagen können, bevor Sie diese abstruse Idee geäußert haben, jemand müsse das Glas nachträglich an Bord gebracht haben«, mischte sich Monja Grundel ein und Ole musste ihr im Stillen recht geben. »Tut mir leid, Sie bleiben vorläufig in Untersuchungshaft«, beschied er Jolanda.

Und Gruber musste er wohl freilassen. Auch wenn ihm das ganz und gar nicht passte.

ZWANZIGSTES KAPITEL

Konstanz

Beate Gruber strahlte. Dort oben auf der Bühne stand ihr Mann, ihr Wolfgang, und hielt eine Rede, die sich gewaschen hatte. Verstohlen sah sie sich im Zuschauerraum im Konstanzer Konzil um. Die Leute hingen an seinen Lippen, vor allem einige der Frauen, wie Beate missbilligend feststellen musste. Sie spürte, wie sich die altbekannte Eifersucht wie ein eiserner Stachel in ihre gute Laune bohrte. Sie wusste, dass sie mit diesen aufgedonnerten jungen Weibern nicht mithalten konnte. Der Herrgott hatte sie nicht mit sonderlich vielen Schönheitsattributen gesegnet. Sie war eine unscheinbare graue Maus. Aber sie hatte ihrem Wolfgang dazu verholfen, dass er heute Abend hier sein konnte, und darauf war sie stolz. Auch dass die Presse keinen Wind von der Sache bekommen hatte, war mit ihr Verdienst. Schließlich hatte sie den Kommissar gebeten, seine Verhaftung diskret zu behandeln. Und nicht nur das, sie hatte dem Beamten auch noch eine Tatverdächtige auf dem Silbertablett servieren und somit die Freilassung ihres Gatten erwirken können. Sie hatten nicht darüber gesprochen, aber sie wusste, dass er es wusste, und hoffte, er werde in Zukunft etwas freundlicher zu ihr sein und ihr endlich die Liebe und die Anerkennung, um die sie schon seit 25 Jahren kämpfte, geben.

Applaus brandete auf. Sie hatte nicht zugehört, aber anscheinend hatte ihr Wolfgang gerade etwas gesagt, das die Wählerherzen erfreute. Nicht ein einziges Mal hatte sich während seiner Rede Unmut im Saal breitgemacht; das war bei den anderen Kandidaten nicht so gewesen. Das Weib, diese Pseudokandidatin, hatte unsinniges Zeug geplappert und dabei mit ihrem Busen gewackelt und der Häberle war ganz eindeutig unsicher gewesen. Klar, wahrscheinlich hatte er schon erfahren, dass seine kleine Jolanda wegen Mordverdacht einsaß. Dafür hatte schließlich sie, die graue Maus, gesorgt. Und sie würde *auch* dafür sorgen, dass die Presse davon Kenntnis bekam. Nicht heute Abend und nicht persönlich, sie wusste ja, dass es nicht gerade gut ankam, wenn die Gattin des einen Kandidaten den anderen Kandidaten schlechtmachte. Aber sie hatte schon ihre Mittel und Wege, um der Presse die Informationen subtil zukommen zu lassen und sie so zu instrumentalisieren. Vielleicht könnte sie ihre Freundin Maria fragen, ob sie der Presse das stecken könnte. Ihre Freundschaft war in der Öffentlichkeit nicht bekannt, also würde auch kein Verdacht entstehen. Sicher, die Journalisten prüften jede Aussage auf ihren Wahrheitsgehalt, aber schließlich war es eine Tatsache, dass Häberle eine Geliebte hatte und dass die im Verdacht stand, den Mord begangen zu haben, der die ganze Region erregte. Die Presse würde sich darauf stürzen, wenn sie davon Wind bekäme, das war so gut wie sicher. Sie wusste doch, wie sie tickten, diese Reporter. Wolfgang würde die Wahl gewinnen. Alles würde gut werden.

Stolz lächelte sie ihrem Mann zu, als er den Schlussapplaus entgegennahm. Sie lächelte, als er die Stufen in den Zuschauerraum hinabstieg, sie lächelte, als er sich neben sie setzte. Dass er sie die ganze Zeit über nicht ein einziges Mal ansah, ignorierte sie stoisch. Ihr Mann sah sie nie an, das war nichts Besonderes. Doch wenn er endlich Oberbürgermeister wäre, dann würden zumindest *alle anderen* sie ansehen. Als Frau Oberbürgermeister. Dann wäre sie endlich auch jemand. Strahlend erhob sie sich, als der Chefredakteur des Südkurier den offiziellen Teil beschloss und zum Sektempfang im Foyer einlud. An der Seite ihres Gatten schritt sie siegesgewiss von Gesprächspartner zu Gesprächspartner, parlierte, machte Komplimente und sonnte sich in der allgemeinen Aufmerksamkeit.

Ebenso wie ihrem Mann entging ihr dabei völlig, dass zwei Menschen im Saal sie ständig beobachteten. Sie hatten wie sie in der ersten Reihe gesessen und kaum je einen Blick von den Grubers gewendet. Die beiden waren Ole Strobehn und Alexandra Tuleit.

»Lass uns hier abhauen«, flüsterte Ole Alexandra zu. »Ich glaube, hier passiert nicht mehr viel.«

»Gute Idee«, wisperte Alexandra zurück. »Ich hole nur noch schnell meine Jacke.«

Wenig später saßen sie in Oles Auto und fuhren über die Rheinbrücke stadtauswärts in Richtung Fähre Konstanz-Meersburg. Sie hätten auch um den See herumfahren können, das hätte nur wenig länger gedauert. Aber Alexandra freute sich darüber, dass Ole die Variante der Fährfahrt gewählt hatte. Es war romantischer. »Die Gruber ist eine komische Frau, findest du nicht auch?«, fragte Ole und warf ihr einen raschen Seitenblick zu.

»Sie hat die ganze Zeit gegrinst wie ein Honigkuchenpferd. Aber dazu hatte sie ja auch allen Grund. Schließlich wäre ihr Göttergatte heute Abend fast nicht da oben gestanden, sondern hätte im Knast gesessen. Insofern fand ich ihr Verhalten nicht komisch.«

»Mit dieser Frau stimmt etwas nicht«, beharrte Ole. »Als sie zu mir ins Revier kam, war sie erst total schüchtern. Dann sprudelte regelrecht glühender Hass aus ihr heraus, als sie gegen diese Putzfrau wetterte, und heute Abend war sie die perfekte, strahlende Gattin.«

Ole lenkte seinen alten Mercedes auf die Fähre und kurbelte das Fenster runter, um die Überfahrt zu bezahlen.

»10,50 Euro«, sagte der Ticketverkäufer.

Ole kramte seinen Geldbeutel aus der hinteren Hosentasche, reichte dem Mann einen Zwanziger und nahm das Wechselgeld entgegen.

»Willst du sitzen bleiben oder aussteigen?«, fragte er, nachdem er seinen Geldbeutel wieder verstaut hatte.

»Lieber sitzen bleiben, wenn du nichts dagegen hast«, sagte Alexandra. »Dann können wir ungestört noch ein bisschen reden.«

Dass sie es einfach genoss, neben ihm in dem engen Auto zu sitzen, verschwieg sie ihm.

»Glaubst du denn wirklich, dass diese Jolanda es war?«, forschte Alexandra und löste den Sicherheitsgurt, um sich ihm besser zuwenden zu können.

»Schwer zu sagen«, bekannte Ole und starrte auf den nächtlichen See. »Wenn ich das immer so genau wüsste, hätte ich ein extrem entspanntes Leben. Die Beweise sprechen eindeutig gegen sie, die Beweislast gegen sie ist hundertmal höher als die gegen Gruber. Und du hast ja das Parfüm eindeutig identifiziert.«

»Ja«, bekräftigte Alexandra. »Ich fürchte, diesen Geruch bekomme ich nicht mehr so schnell aus der Nase. Aber ganz ehrlich, Ole. Dieses Parfüm gibt es in jedem Kaufhaus. Nachdem ich wusste, wie es heißt, bin ich heute mal auf Tour gegangen. Es steht wirklich in jeder Drogerie.«

»Ja, schon, aber die Kombination ist doch merkwürdig, oder?«, meinte Ole und hakte noch mal nach: »Und du bist sicher, dass es dieser Duft war?«

»Absolut«, versicherte Alexandra.

Die Fähre legte am Meersburger Ufer an. »Sollen wir noch einen kleinen Spaziergang machen?«, fragte Ole.

Alexandras Herz begann wild zu klopfen, die Nacht war sanft und verheißungsvoll, ein einziges stummes Versprechen. »Gern«, sagte sie leise und Ole lenkte den Wagen auf den großen Unterstadt-Parkplatz. Sie gingen durch die Stadt in Richtung Therme, immer weiter gen Osten. Gänse schnatterten am Ufer. Ole und Alexandra schwiegen und in dem Schweigen lag zu viel, was keiner der beiden auszusprechen wagte, als dass es hätte entspannt sein können. »Schau mal, wie schön die Lichter auf der anderen Seeseite leuchten«, unterbrach Alexandra das Schweigen, nur um irgendetwas zu sagen.

»Ja«, antwortete Ole nur.

Und dann verfielen sie wieder in Schweigen und gingen lange stumm nebeneinander her. »Da vorne ist die Therme«, sagte Alexandra, als die Stille zwischen ihnen zu brennen begann, und deutete auf ein flaches Gebäude.

»Welche gefällt dir besser, die Meersburger oder die Überlinger Therme?«, fiel Ole in den Small Talk ein und trug mit seinen Worten dazu bei, die Flammen der Stille zu löschen.

Alexandra zuckte die Achseln. »Ich mag beide«, gab sie dann zurück. »Aber ich gehe ohnehin lieber weiter weg, wenn ich in die Sauna gehe. Ich habe keine Lust, dass meine Leser mich nackt sehen.«

»Kann ich verstehen«, pflichtete Ole ihr bei.

Wieder Schweigen. Alexandra hörte Oles Atem, spürte

die warme Luft, die ihr Gesicht streichelte, roch den Duft irgendeiner blühenden Blume. Ihre Sinne waren messerscharf und gleichzeitig fühlte sie sich, als könne sie keinen klaren Gedanken fassen. Es war, als sei sie in dicke Watte gehüllt und nehme jede einzelne Faser auf ihrem Körper mit einer Intensität wahr, die beinahe schmerzhaft war.

Hinter der Therme zog sich eine Grünfläche am Ufer entlang. Mehrere Bänke standen dort und luden zum Verweilen ein. »Schau mal, das ist unsere«, sagte Ole und bevor Alexandra wusste, wie ihr geschah, hatte er sich auf die Bank fallen lassen und sie gleichzeitig auf seinen Schoß gezogen. Seine Lippen schmeckten fremd und zugleich vertraut, sein Dreitagebart kratzte auf ihrer Haut, sein herber Duft brannte sich in ihre Nase. Sie gab sich seinen Küssen hin, die immer wilder und leidenschaftlicher wurden, und dachte nur flüchtig an Ralf und dass sie Ole spätestens jetzt sagen müsste, dass sie einen Freund hatte. Doch dann würde sie diesen Moment zerstören. Später war dazu genug Zeit.

Als sie wieder daran dachte, lag Ole bereits schlafend neben ihr. Lange hatten sie sich am Seeufer geküsst, dann schafften sie es endlich, sich voneinander zu lösen, aber nur, um zu ihm nach Hause zu fahren. Sie hatten sich zwischen Stapeln von Umzugskartons auf einer einsamen, auf dem Boden liegenden Matratze geliebt, hatten wundervolle, berauschende Stunden erlebt, voller Staunen, Leidenschaft, Zärtlichkeit und Hingabe.

Morgen, dachte Alexandra. Morgen werde ich es ihm sagen. Und ich werde mit Ralf reden und mich von ihm trennen. Das ist längst fällig.

EINUNDZWANZIGSTES KAPITEL

St. Tropez, Frankreich

Charles Didier war außer sich vor Sorge. Zwei Tage war Marlene nun schon vermisst und die Angst um seine Gattin schnürte ihm die Kehle zu. Für ihn stand mittlerweile außer Frage, dass ihr etwas Schlimmes, etwas Grauenhaftes zugestoßen war. Den Gedanken, dass sie tot sein könnte, verbot er sich, doch manchmal konnte er sich des Gedankens nicht erwehren, dass es besser wäre, seine Frau sei tot, als dass sie vielleicht Höllenqualen erleiden musste. Er hatte Angst, dass sie in *seinen* Händen war. In seinen unbarmherzigen, grauenhaften Händen. Doch er konnte nichts tun. Sie hatte ihm seinen Namen nie genannt und daher hatte er keinen Anhaltspunkt, wo er suchen könnte. Nicht den geringsten. »Ich will nicht mehr davon sprechen, hörst du?«, hatte sie gesagt, als er sie nach dem Namen gefragt hatte. »Nie, nie mehr. Ich will das alles vergessen.«

Ihre Stimme, ihre stets so einsam und verloren klingende Stimme, die in den letzten Jahren eine künstliche Färbung angenommen hatte, klang ihm in den Ohren, als ertöne sie unmittelbar neben ihm. Charles kratzte sich gedankenverloren am Hinterkopf. Die Polizei vor Ort hielt sich sehr bedeckt, was die in Deutschland andauernden Ermittlungen anging. Und auch im Internet fand er nichts über den Mord vom Bodensee, lediglich der Südkurier schrieb, dass es zwei Tatverdächtige gebe oder gegeben habe, die Identität der Personen aber noch nicht preisgegeben werden könne. Didier brummte verärgert und griff zum Telefon. Er war niemand, der seine Beziehungen ausnutzte. Normalerweise beschritt er strikt den Weg, den jeder andere Bürger auch nehmen musste. Sei es nun hinsichtlich des Schlange Stehens vor einem bekannten Restaurant, des Wartens beim Arzt oder eben in Angelegenheiten, die die Polizei betrafen. Aber hier ging es schließlich um das Leben seiner Frau. Und da wäre es fast schon sträflicher Leichtsinn, wenn er die Beziehungen nicht nutzte, über die er nun mal verfügte. Zumal er nicht das Gefühl hatte, dass das, was er den beiden Polizisten bei deren Besuch über die Vergangenheit seiner Frau erzählt hatte, sonderlich großen Eindruck auf sie gemacht hatte. Sicher, die Beamten hatten besorgt dreingeblickt, waren aber ganz offensichtlich mit der Situation überfordert gewesen und hatten seine Ausführungen zu einem Mordfall, der sich vor über 30 Jahren am Bodensee ereignet hatte, nicht so ganz mit dem Verschwinden seiner Frau aus St. Tropez in Verbindung bringen können. Stattdessen hatten sie, das hatte Didier an ihren Fragen gemerkt, sogar den Verdacht, dass Marlene ihre Mutter ermordet haben könnte. Dass sie jeden Kontakt zu ihrer Mutter abgebrochen hatte, schien den Beamten wohl ein Indiz zu sein. Und keiner hatte sie an jenem Abend gesehen, Marlene hatte zur Tatzeit also kein Alibi und auch für die Stunden davor und danach nicht. Sie war, wie so oft, alleine in ihrem Zimmer gewesen und hatte am Mordtag kein Mittagessen und kein Abendessen zu sich genommen. Sie war ständig besorgt um ihre Figur und aß selten, wenn er, wie am Mordtag, bis spätnachts außer Haus war. Da sie getrennte Schlafzimmer hatten, konnte er ihr nicht einmal für die Nacht ein Alibi geben. Erst am Morgen nach dem Mord hatte Jean-Luc, der Chauffeur, sie gesehen und zu Chanel gefahren. Und am selben Tag, darüber hatten die Polizisten ihn inzwischen informiert, sei sie sturzbetrunken in einer Nobelbar am Hafen gesehen worden. Die Kellner hätten ausgesagt, dass sie Marlene Didier schon oft zu Gast gehabt hätten, sie jedoch noch nie auch nur beschwipst erlebt hatten, geschweige denn völlig betrunken.

Charles konnte sich seine unterkühlte Frau, die stets die Contenance zu wahren wusste, nur schwer sturzbetrunken vorstellen. Die Kellner mussten sie verwechseln. Oder aber sie hatte schon zuvor vom Mord an ihrer Mutter erfahren und deshalb so viel Alkohol konsumiert. Diese Vermutung hatte er auch dem ermittelnden Beamten gegenüber geäußert, aber Dupont hatte bedauernd den Kopf geschüttelt. »Wir haben die Telefon- und Mobilfunknummer Ihrer Frau ebenso überprüft wie ihren Rechner. Sie hatte in jenen Tagen keinerlei Kontakte nach Deutschland.«

Immerhin hatten sie ihr Handy und ihre Mails überprüft, aber das war auch schon alles. Er hatte nicht das Gefühl, dass sich die Polizei sonderlich Mühe gab, seine Frau zu finden. Und das machte ihn unsagbar wütend.

Immer noch hielt er den Telefonhörer in der Hand. Er holte tief Luft und tippte eine Nummer ein. Es war die Handynummer des Polizeipräsidenten.

»Charles, mein lieber Freund, wie schön, dich zu sehen!« Pierre Crossier segelte mit weit ausgebreiteten Armen auf Didier zu, als dieser sein Büro betrat. »Schreckliche Sache, das mit deiner Frau. Aber du kannst beruhigt sein, wir arbeiten mit Hochdruck an dem Fall«, versicherte der Polizeichef eifrig und etwas in der Art, wie er ihn ansah, beunruhigte Charles. War es Mitgefühl? Bedauern?

Er glaubt auch, dass sie ihre Mutter ermordet hat, dachte Charles niedergeschlagen.

»Aber bitte, setz dich doch«, sagte Pierre und deutete auf die bequeme Sitzgruppe. Dunkelbraune, durchgesessene Ledersessel, ein glänzender brauner Furniertisch mit einem Kristallaschenbecher darauf. Charles ließ sich in das weiche Leder sinken, Crossier nahm ihm gegenüber Platz. »Was kann ich für dich tun?«, fragte er.

»Du bist über die Vergangenheit meiner Frau informiert?«

Crossier nickte schwer. »Ja, und es tut mir sehr leid. Hut ab, mein Freund, wie du sie damals da rausgeholt hast. Ich vermute, ohne dich wäre sie zerbrochen.«

»Möglich«, erwiderte Charles und starrte auf seine ineinander verschränkten Finger, die auf seinem Schoß lagen. »Aber das hilft mir momentan auch nicht weiter.«

Crossier blickte seinen Freund über den Rand seiner dicken Hornbrille hinweg abwartend an.

»Ich habe den Eindruck, dass ihr nicht sonderlich intensiv nach ihr sucht. Und ich habe das Gefühl, deine Männer glauben, meine Frau habe ihre Mutter ermordet«, presste Charles heraus.

Crossier erhob sich, ging zum Fenster und sah hinaus. Charles kannte seinen Freund gut genug, um zu wissen, wie unangenehm ihm die Situation war. Ihre Freundschaft war eine Freundschaft der guten Tage. Man war befreundet, weil man der besseren Gesellschaft von St. Tropez angehörte, ging zusammen Golf spielen oder traf sich bei Empfängen und tanzte dort ein Anstandstänzchen mit der Gattin des jeweils anderen. Eine Welt jenseits des schönen Scheins hatte es zwischen ihnen bisher nicht gegeben.

»Du weißt, wie sehr ich deine Frau schätze, mein lieber Freund«, sagte Crossier ausweichend. »Und du kannst sicher sein, dass wir alles tun, um sie zu finden. Ob sie allerdings etwas mit dem Mord an ihrer Mutter zu tun hat …«, er drehte sich um und breitete die Hände aus, »das zu ermitteln ist Sache der deutschen Kollegen oder, wenn es denn so weit kommt, Aufgabe von Interpol. Aber ja, ich will dir nichts vormachen. Die Indizien sprechen eindeutig gegen sie. Es tut mir leid.« Crossier musterte seinen Freund aufmerksam. Charles hatte den Kopf aufstöhnend in den Händen vergraben. Crossier fühlte mit ihm. Langsam durchschritt er den Raum und legte Charles die Hand auf die Schulter. Der blickte zu ihm auf. Die Verzweiflung hatte tiefe Kerben in sein Gesicht gegraben, die Linien um seinen Mund traten schärfer hervor. »Sie war es nicht. Du musst mir glauben. Sie wäre zu so etwas einfach nicht in der Lage.«

Crossier sah ihn bedauernd an und setzte sich wieder. »Das, mein Lieber, glauben wohl die meisten Ehemänner von ihren Ehefrauen.«

»Was sagen denn deine Kollegen in Deutschland? Haben die denn keinen Tatverdächtigen?«

»Doch, eine Frau«, sagte Crossier. »Aber der ermittelnde Kollege, ein Ole Strobehn, hat uns gegenüber durchblicken lassen, dass sie nicht an ihre Schuld glauben. Zu viele Ungereimtheiten.«

»Und wissen die deutschen Kollegen auch, dass meine Frau verschwunden ist und ihr sie verdächtigt?«

»Dass sie verschwunden ist, wissen sie, inwieweit sie

ansonsten eingeweiht sind, kann ich nicht sagen, das müsste ich meine Sachbearbeiter fragen«, informierte ihn Crossier.

»Und sonst gibt es keine Tatverdächtigen? Keinen Mann?«, hakte Charles nach.

»Es gab mal einen, aber den haben sie wieder freigelassen. Kandidiert wohl in Konstanz als Oberbürgermeister.«

Charles' Kopf fuhr hoch. »Und warum haben sie ihn wieder freigelassen?«

»Es ging darum, dass der Mörder mit dem Boot über den See kam und das Boot dieses Mannes war das einzige, das in jener Nacht den Konstanzer Hafen verlassen hat.«

»Wie ist das möglich? Nur ein Boot in einer ganzen Nacht auf dem großen Bodensee?«, wollte Charles wissen.

»Es war ungewöhnlich dichter Nebel und Sturmwarnung auf dem See«, erklärte Crossier. »Jedenfalls konnten die Kollegen wohl später nachweisen, dass die Putzfrau mit dem Boot gefahren ist. Die Beweise reichten aus, um sie zu verhaften und ihn freizulassen.«

»Wie heißt der Mann, der verhaftet wurde?«

»Das darf ich dir nicht sagen. Und ich weiß es auch gar nicht. Ich müsste es selbst erst recherchieren.«

»Bitte, Pierre. Es geht um das Leben meiner Frau«, flehte Charles.

»Tut mir leid.« Crossier presste die Lippen aufeinander und verschränkte die Arme. Ein sicheres Zeichen, dass er den Namen nicht preisgeben würde.

»Soll ich dir was sagen, Pierre?«, fragte Charles und richtete sich aus seiner bisher gebeugten Haltung auf. »Ich bin mir sicher, dass der Mörder von Carlo Bader auch der Mörder von Marlenes Mutter ist. Ihre Mutter war die Einzige, die den Namen von Carlo Baders Mörder kannte. Außer Marlene. Die kennt ihn auch. Marlenes Mutter wurde ermordet. Damit ist von den Menschen, die den Namen kennen, nur noch Marlene übrig. Jetzt ist sie verschwunden. Und anstatt alles zu tun, um sie zu schützen, verdächtigt ihr meine Frau, ihre eigene Mutter ermordet zu haben.«

Charles hatte sich richtig in Rage geredet und war inzwischen aufgesprungen. »Ich sage dir was, Pierre. Ich habe eure Untätigkeit und eure falschen Verdächtigungen satt. Seit Tagen beknie ich schon deine Kollegen, endlich Dampf in die Suche nach meiner Frau zu bringen, beiße aber auf Granit. Wenigstens von dir hätte ich mir mehr Hilfe erwartet. Und ein bisschen mehr Verstand.«

»Also, erlaube mal …«, versuchte Crossier, dem Wortschwall etwas entgegenzusetzen.

»Nein, ich erlaube nicht!«, brüllte Charles. »Ich fahre jetzt nach Hause und tue, was ich sonst nie tun würde: Ich durchsuche die Sachen meiner Frau nach irgendwelchen Hinweisen. Eine Arbeit, die deine Leute meiner Ansicht nach schon längst hätten tun müssen. Und dann fahre ich nach Deutschland und suche diesen Beamten auf.«

Mit diesen Worten stürmte Charles Didier aus dem Büro des Polizeipräsidenten, verließ eilig das Polizeigebäude, startete auf dem Parkplatz seinen Maybach und fuhr mit quietschenden Reifen in Richtung seines Anwesens.

ZWEIUNDZWANZIGSTES KAPITEL

Überlingen

In Ralfs Junggesellenbude roch es, als sei seit Monaten nicht gelüftet worden. Der Gestank setzte sich aus einer Mischung aus stinkenden Socken, verschimmelndem Essen und verschüttetem Bier zusammen. Wohin Alexandra auch blickte: Sie sah leere Pizzakartons mit Pizzaresten, Chipstüten, umgekippte Bierflaschen und schmutzige Wäsche. Und mittendrin saß Ralf in einem dreckstarrenden T-Shirt und stank nach Schweiß.

Ralf gehörte zu den Menschen, die es mit der Körperpflege nicht allzu genau nahmen, doch so schlimm wie heute hatte Alexandra es nie empfunden. Lag es an ihr und daran, dass sie seinen Geruch nun, frisch aus Oles herrlich duftenden Armen kommend, nicht mehr ertragen konnte? Oder lag es an ihm, ließ er sich mehr gehen als sonst?

»Ach, lässt du dich auch mal wieder blicken«, maulte er, als sie zur Wohnungstüre hereinkam. Sie hatte von ihrem Schlüssel Gebrauch gemacht, zuvor aber geklingelt. Was untypisch für sie war.

»Wir haben ein bisschen gefeiert. Du warst ja nicht da«, sagte Ralf, halb anklagend, halb entschuldigend, als er den entsetzten Blick sah, mit dem sie sich in der Wohnung umschaute. »Das mit dem Feiern ist aber schon ein paar Tage her«, kommentierte Alexandra angesichts des Zustands der Pizzareste.

»Ja und?«, pampte Ralf. »Ich arbeite den ganzen Tag

hart in der Werkstatt, schon vergessen? Andere Männer kommen abends in ein aufgeräumtes Haus zurück und ein ordentliches Essen steht auf dem Tisch.«

Alexandra staunte, wie kühl sie innerlich blieb. Noch vor ein paar Wochen hätte sie dieses machohafte Gehabe zur Weißglut gebracht. »Andere Männer haben auch andere Frauen«, konterte sie deshalb gelassen und begann mechanisch, die Pizzakartons zusammenzuräumen und die Reste in den überquellenden Biomüll unter der Spüle zu stopfen. Dann richtete sie sich auf, wischte sich die Hände angeekelt an ihren Jeans ab und verkündete: »Und wenn du so eine Frau willst, Ralf, dann bist du bei mir an der falschen Adresse. Ich wünsche dir viel Glück bei der Suche.«

Als Ralf merkte, wie ernst es ihr war, sprang er auf und versuchte, sie in seine Arme zu ziehen. »Hey, Süße, so war das doch nicht gemeint. Komm, sei nicht beleidigt und gib mir einen Kuss.« Sein Atem roch nach Alkohol, seine Hände grapschten gierig nach ihrem Busen. Angeekelt schob Alexandra ihn weg. »Ich meine das ganz ernst, Ralf«, sagte sie kühl. »Such dir eine andere. Ich hab dich und dein machohaftes Gehabe schon lange satt.« Mit diesen Worten legte sie ihm den Wohnungsschlüssel auf den Tisch und verließ die Wohnung. Als sie fast ganz unten angekommen war, wurde oben, in Ralfs Dachwohnung, die Türe aufgerissen. »Alexandra! Das kannst du nicht machen!«, rief Ralf ihr hinterher.

Sie schwieg. »Also gut«, brüllte Ralf. »Dann geh doch dahin, wo der Pfeffer wächst. Aber glaub ja nicht, dass du dann wieder angekrochen kommen kannst.«

Alexandra lächelte. Diese Gefahr bestand nicht.

Sie ließ die Haustüre hinter sich ins Schloss fallen und ging beschwingt in Richtung Uferpromenade.

DREIUNDZWANZIGSTES KAPITEL

An einem unbekannten Ort

Marlene hatte Hunger und Durst. Ihr Gefängniswärter kam nicht mehr. Sie hatte jedes Zeitgefühl verloren, aber sie war sich absolut sicher, dass es nun schon ungewöhnlich lange her war, dass er sie das letzte Mal aufgesucht und ihr etwas zu trinken und zu essen gebracht hatte. Sie wimmerte leise, als sie an die Drohung dachte. Dass ihr das Gleiche blühen würde wie ihrer Mutter. Nur: Was war das Gleiche? Die Ungewissheit raubte ihr schier den Verstand. Ob man ihre Mutter auch gefangen hielt? Mit einem Mal verlor Marlene jede Hoffnung auf ein gutes Ende. Sie war sich sicher, dass sie hier, in diesem Keller, verhungern würde. Plötzlich sehnte sie sich nach Charles. Nach seinem Schutz, nach seinen starken, sie umfangenden Armen. Nach der Geborgenheit, die er ihr immer vermittelt hatte und die sie nie wirklich wertgeschätzt hatte. Wie war er für sie da gewesen, in jenen harten Jahren. Er hatte sie mit ihrer Vergangenheit und all ihren Narben, die sie davongetragen hatte, selbstverständlich geliebt und ihr ein Leben ermöglicht, um das sie viele beneidet hätten. Ein Leben in Luxus und Reichtum. Und was hatte sie getan? Ihn am langen Arm emotional regelrecht verhungern lassen, ihm zumindest innerlich den Rücken zugekehrt. Wie sie auch ihrer Mutter den Rücken gekehrt hatte. Und allen anderen, die ihr helfen wollten. Dabei war Charles so liebevoll gewesen, so aufmerksam, verständnisvoll und so gütig. Und er, der große Kinderfreund, hatte sogar akzeptiert, dass sie keine Kinder mehr haben wollte nach allem, was passiert war. Anfangs hatte er wieder und wieder vorgeschlagen, die Kleine nach Frankreich zu holen, hatte aber letztendlich, von Marlenes heftiger Abwehr erschrocken, aufgegeben. Die Kleine. Die Kleine, die jetzt schon so groß sein musste. Auch von ihr hatte sie sich abgewendet. Nach der Geburt hatte sie das winzige, schreiende Würmchen nicht einmal angesehen. Sie hatte Angst, dass ihr aus dem unschuldigen Gesichtchen *seine* Augen entgegenblicken würden. Die Augen des Grauens. Denn das kleine Mädchen war nicht Carlos Tochter, kein Kind der Liebe, sondern ein Kind des Schreckens. Mit ihrem geliebten Carlo hatte sie nie geschlafen. Sie hatten sich innig geküsst, sich überall gestreichelt, aber mehr war nicht geschehen. Sie wollten sich Zeit lassen. Zeit, die sie nicht mehr hatten, was sie in jenen unbeschwerten Sommertagen freilich nicht wissen konnten. Golden und verheißungsvoll lag die Zukunft vor ihnen und sie schmiedeten eifrig Pläne auf ihren vielen Spaziergängen. Erst sollte Marlene ihr Abitur ablegen, dann wollten sie gemeinsam reisen, überall dorthin, wo Carlo ein Engagement bekam. Die ganze Welt wollten sie zusammen erobern.

Doch nicht immer waren ihre Gespräche unbeschwert. Beide waren sie gebunden, Carlo sogar verlobt. Aber sie wussten, dass sie zusammengehörten, dass die Liebe einfach zu groß war, um sie wieder loszulassen. Wenn der Sommer vorbei war, wollte sich Carlo von seiner Verlobten trennen. Marlene wollte den Schlussstrich schon früher ziehen, ihr Freund lebte in Konstanz und sie sahen sich in der Regel mindestens zwei Mal in der Woche.

Zwei Mal hatte sie ihn wegen Carlo schon versetzt und sie wusste, dass sie ihm ein drittes Mal nicht würde ausweichen können. Wenn sie daran dachte, dann zog sich ihr Magen unangenehm zusammen. Sie hatte Angst davor, Schluss zu machen, Angst vor ihm, Angst vor seinem Jähzorn, dem sie schon manches Mal hilflos ausgeliefert gewesen war. Doch sie wusste, dass sie den Schritt machen musste. Für Carlo. Für sich. Sie wusste, dass dieser Schritt darüber entschied, wie ihr weiteres Leben verlaufen sollte.

Dass sie nicht mehr dazu kommen sollte, ihn zu machen, das wusste sie allerdings damals noch nicht.

VIERUNDZWANZIGSTES KAPITEL

Konstanz

»Wie lange arbeitet Jolanda eigentlich schon bei Ihnen?«, fragte Ole, nachdem er wieder einmal auf den dunklen Nussbaumbänken im Gruberschen Haus Platz genommen hatte. Diesmal war er allerdings nicht von einem muffligen Wolfgang Gruber, sondern von seiner aufmerksamen Frau Beate empfangen worden, die ihm sogleich einen Cappuccino angeboten hatte.

»Seit drei Jahren. Warum fragen Sie das?«, wollte Beate Gruber wissen und setzte sich ihm gegenüber.

Ole antwortete nicht. »Und wann hat Ihr Mann sich entschieden, als Oberbürgermeister zu kandidieren?«, fragte er stattdessen.

Beate überlegte. »Eigentlich schon ziemlich früh. Es war ja klar, dass der bisherige OB aus Altersgründen nicht mehr kandidieren würde.«

Logisch, dachte Ole. Gegen einen Amtsinhaber anzutreten, war riskant, da waren die Gewinnchancen wesentlich kleiner. Und wenn man, so wie Gruber, in der Stadt ›jemand war‹ und noch dazu im Gemeinderat saß, dann konnte man sich eine Niederlage eigentlich nicht erlauben. Zumindest dann nicht, wenn man so eitel und charakterschwach war wie Gruber. Stärkere Persönlichkeiten hätten mit der ›Schande‹ sicherlich eher umgehen können. Wenn aber schon früh klar gewesen war, dass Gruber kandidieren würde, dann konnte es tatsächlich auch sein, dass Häberle Jolanda schon früher gekannt und bei seinem potenziellen Gegner eingeschleust hatte. Ole traute Häberle so etwas eigentlich nicht zu, er war der Kandidat, den er am meisten schätzte, weil er ihn für ehrlich und fair hielt, aber andererseits kannte er ihn nur flüchtig und das auch erst seit Kurzem. Und sein Beruf hatte ihn gelehrt, dass man sich in absolut jedem Menschen täuschen konnte. Und zwar zu hundert Prozent. Und wenn die Kandidatur für Gruber schon länger feststand, dann konnte es gut sein, dass sich auch Häberle schon vor Jahren dafür entschieden hatte.

»Wissen Sie, seit welchem Zeitpunkt bekannt war, dass Häberle ebenfalls kandidieren würde?«

Beate Gruber schnaubte verächtlich. »Schon lange war klar, dass dieser … dieser Versager gegen meinen Wolfgang antreten würde.« Sie presste missbilligend die Lippen aufeinander und verschränkte die Arme mit einer vorwurfsvollen Geste vor der Brust.

»Frau Gruber, bitte, Sie müssen versuchen, die Emotionen draußen zu lassen. Das ist für die Ermittlungen wichtig.«

»Aber ich denke, Sie haben Jolanda bereits verhaftet. Was müssen Sie denn jetzt noch ermitteln?«, fragte Beate Gruber und ihre Stimme klang mit einem Mal sehr spitz und sehr schrill.

»Sicher«, reagierte Ole ruhig und beobachtete, dass Beate Gruber ständig irgendwelche imaginären Krümel vom Tisch wischte. Er hatte sie von Anfang an als nervöse Frau wahrgenommen, aber *diese* Nervosität schien ihm nun unnatürlich.

»Sicher haben wir Frau Noack verhaftet und wir zweifeln auch nicht an ihrer Schuld«, sagte er. »Aber uns fehlt noch das Motiv. Wir konnten Frau Noack keinerlei Verbindung zu der Ermordeten nachweisen. Insofern müssen wir tatsächlich davon ausgehen, dass der Mord politisch motiviert war.«

Aber auch dann fügten sich die Mosaiksteinchen nicht wirklich schlüssig ineinander. Warum ausgerechnet Elisabeth Meierle und ausgerechnet an einem Tag, an dem sie Alexandra etwas von einem Mord erzählen wollte, der sich vor über 30 Jahren in Überlingen ereignet hatte?

»Bitte versuchen Sie, sich daran zu erinnern seit welchem Zeitpunkt Sie wussten, dass Häberle auch kandidieren würde. Und versuchen Sie, die Emotionen rauszulassen«, bat er.

Beate Gruber überlegte. »Das ist sicherlich drei Jahre her«, sagte sie.

»Und seit wann ist öffentlich bekannt, dass Ihr Mann kandidieren würde?«

»Mindestens ebenso lange. Wir haben nie ein Geheimnis daraus gemacht.«

Dann war es also durchaus möglich, dass Häberle Jolanda als Spionin in den Gruberschen Haushalt eingeschleust hatte.

»Wie haben Sie Frau Noack damals eigentlich gefunden?«, fragte er.

Beate Gruber blickte ihn verständnislos an. Er hatte das Gefühl, dass sie mit ihren Gedanken gerade ganz woanders gewesen war. »Haben Sie auf eine Zeitungsanzeige reagiert oder hing irgendwo ein Zettel aus, auf dem Jolanda ihre Dienste anbot?«, konkretisierte er seine Frage.

»Nein«, sagte Beate Gruber. »Sie stand eines Tages einfach vor unserer Tür und sagte, sie hätte gehört, dass wir eine Putzfrau suchen.«

»Und Sie haben nicht gefragt, von wem sie das weiß?«

»Nein, das erschien mir nicht wichtig. Und es war irgendwo logisch, dass jemand bei uns klingelte und uns anbot, bei uns zu putzen. Ich habe überall erzählt, dass wir eine gute Putzfrau suchen.«

Ole nickte. »Vielen Dank, Frau Gruber«, sagte er und machte Anstalten, sich zu erheben. »Ach, eine Frage habe ich noch: Wie haben Sie Ihren Mann eigentlich kennengelernt?«

Er hatte die Frage eigentlich nur aus Neugierde gestellt. Die Grubers passten so gar nicht zusammen, wie er fand.

Und er konnte sich nicht vorstellen, was der gut aussehende, charmante Gruber, dem die Frauen in Scharen hinterherliefen, mit der farblosen, leicht neurotischen Beate wollte. Na ja, wer wusste schon, was die beiden verband.

Da die Frage in seinen Augen so harmlos gewesen war, kam Beate Grubers Reaktion umso überraschender. Sie war leichenblass geworden. »Warum wollen Sie das wissen?«, fragte sie und starrte ihn aus weit aufgerissenen Augen hinter ihren Brillengläsern entsetzt an.

FÜNFUNDZWANZIGSTES KAPITEL

Villingen-Schwenningen/Überlingen

Unter Andreas' liebevoller Fürsorge kehrte Stefanie langsam wieder ins Leben zurück, aber sie war nur noch ein Schatten ihrer selbst. Die Kinder waren nach wie vor bei der Großmutter und wenn Stefanie auch versuchte, ihren Mann bei der Suche nach der Wahrheit zu unterstützen, so tat sie das mehr ihm zuliebe als aus eigenem Interesse. Drei schwere Schocks nacheinander, das war zu viel gewesen. Der schlimmste war ohne Frage der

Tod ihrer Mutter. Ja, sie nannte sie immer noch so, auch wenn bewiesen war, dass Elisabeth Meierle nicht Stefanies leibliche Mutter, sondern ihre Großmutter war. Und das war der nächste Schock. Ein Leben lang hatte Elisabeth Meierle sie belogen. Warum nur hatte sie das getan? Stefanie kam damit nicht klar, das war fast schlimmer als die Tatsache, dass sie nicht ihre leibliche Mutter war. Und dann war ihre tatsächliche Mutter auch noch spurlos verschwunden, wie ein sichtlich um Worte verlegener Ole Strobehn ihr beigebracht hatte. Selbst seine bärbeißige Kollegin hatte nichts zu sagen gewusst und nur auf den Boden gestarrt.

Stefanie verstand die Welt nicht mehr und sie sah auch keinen Sinn mehr im Leben. Alles, worauf sie sich gestützt hatte, war in Scherben zerbrochen. Sie wusste nicht, wer sie war, woher sie kam und schon gar nicht, wohin sie gehen und was aus ihr werden sollte. Dabei gab es so viele Dinge zu tun. Die Leiche ihrer Mutter war endlich zur Beerdigung freigegeben worden, dann galt es, den Nachlass zu regeln und zu entscheiden, was mit dem Haus ihrer Mutter geschehen sollte, das sie ihr vermacht hatte. Sie wollte es nicht. Und sie wollte auch das Geld nicht. Und vor allem wollte sie diese scheußliche Beerdigung nicht, am liebsten hätte sie sich davor gedrückt. Aber sie wusste, dass das nicht ging.

Wenn dieser Tag doch nur schon vorbei wäre.

Die Aussegnungshalle auf dem Überlinger Friedhof quoll über vor Menschen, die Elisabeth Meierle die letzte Ehre erweisen wollten. Und die sich durch einen Besuch an ihrem Grab ganz still und leise eine Antwort auf die Frage nach dem ›Warum‹ erhofften. Der Mord an der alten Frau hatte die kleine Stadt zutiefst erschüttert. Zumal Elisabeth Meierle ein echtes Überlinger Urgestein gewesen war. Jeder kannte sie, sie hatte zum Stadtbild gehört, man hatte ihr feines Wesen und ihren Sinn für Humor ebenso geschätzt wie die Spenden, die sie mit großer Zuverlässigkeit alljährlich an Weihnachten an die Überlinger Vereine verteilte. Gleichermaßen hatten die Überlinger Stefanie in ihr Herz geschlossen. Sie war immer noch eine von ihnen, auch wenn sie der Liebe wegen vor Jahren nach Villingen-Schwenningen gezogen war. Vielen der anwesenden Trauergäste schnitt der Schmerz, der das Gesicht der jungen Frau beherrschte, tief ins Herz. Sowohl der Südkurier als auch der Pfarrer hatten den Wunsch der Trauernden kundgetan, von Beileidsbezeugungen am Grabe abzusehen, und die Überlinger hielten sich daran. Stefanie war froh darum. Nicht nur wegen ihrer Trauer, sondern auch wegen ihrer Wut, ihrer Enttäuschung, ihrer Fassungslosigkeit. In die entsetzliche, abgrundtiefe Trauer um die Frau, die sie ein Leben lang für ihre Mutter gehalten hatte, mischte sich eben jenes Gefühl der Wut und der Enttäuschung. Sie hatten es gewusst. Zumindest die Älteren von ihnen. Sie *mussten* gewusst haben, dass Stefanie nicht das Kind, sondern das *Enkel*kind von Elisabeth Meierle gewesen war. In einer Stadt wie Überlingen konnte keine Frau eine Schwangerschaft vortäuschen, dessen war Stefanie sich sicher. Doch sie hatten geschwiegen, nie ein Wort verraten. All die Jahre über hatten sie ihr ins Gesicht gelogen, wenn sie von Elisabeth als von ›deiner Mama‹ sprachen. Stefanie fand sich in ihrer Welt nicht mehr zurecht. Das Kartenhaus, in dem sich ihr Leben abgespielt hatte, war zusammengebrochen. Sie suchte Schuldige und fand sie in all den Trauernden, die sich am Grab Elisabeth Meierles einfanden und denen sie stumm grollte, die sie innerlich verteufelte. Dass sie geschwiegen hatten, um sie vor dem Schmerz zu schützen, den ein Kind empfindet, wenn es erfährt, dass seine Mutter es verlassen hat, auf die Idee kam sie nicht.

SECHSUNDZWANZIGSTES KAPITEL

Überlingen

Draußen ging die Welt unter. Alexandra saß in der Redaktion und starrte hinaus. Es war ihr erster Arbeitstag. Nach dem Tod von Elisabeth Meierle war sie zunächst krankgeschrieben gewesen. Der See lag schwarz und düster inmitten einer regennassen Landschaft. Es hagelte, donnerte und blitzte.

Alexandra konnte sich nicht konzentrieren, dabei musste sie sich dringend beeilen; bis Redaktionsschluss blieben ihr noch exakt zwei Stunden. Meinwald wollte einen Text von ihr haben. Über die Mordnacht. Geschrieben aus der Ich-Perspektive. Damit quälte sie sich nun schon den ganzen Tag. Was ungewöhnlich war. Normalerweise brauchte sie für einen Aufmacher, wenn sie nicht mehr recherchieren musste, höchstens eine Stunde. Zum Glück war der Artikel der einzige, den sie für die morgige Ausgabe der Zeitung schreiben musste. Was ebenfalls ungewöhnlich war. Drei Artikel pro Tag waren normal, hinzu kamen noch das Bearbeiten von Pressemitteilungen und zahlreiche Telefonanrufe.

Sie zuckte zusammen, als ihr Handy piepte und den Eingang einer SMS meldete. Bestimmt wieder Ralf, dachte sie genervt. Seit ihr Exfreund seinen Zorn und auch seinen Stolz heruntergeschluckt hatte, bombardierte er sie mit SMS und Anrufen, in denen er ihr seine Liebe schwor und sie bat, zu ihm zurückzukehren. Unzählige Male hatte Alexandra ihm schon erklärt, dass sie keineswegs gedenke, sich wieder auf ihn einzulassen, und nachdem ihr Handy den ganzen Tag über weder eine SMS noch einen Anruf von Ralf gemeldet hatte, hatte sie eigentlich gehofft, er habe es endlich begriffen. Seufzend nahm sie das weiße iPhone in die Hand, um die Nachricht zu lesen und stellte überrascht fest, dass sie von Ole und nicht von Ralf war. Ole schrieb eher selten SMS. Er hatte ihr gleich nach ihrem ersten Kuss erklärt, dass er »nicht so der SMS-Typ« sei.

Sie klickte auf ›Nachrichten‹ und las Oles Zeilen. ›Muss dich unbedingt sehen‹, schrieb er. Lächelnd tippte Alexandra: ›Ich dich auch – du fehlst mir.‹ Die Antwort kam postwendend: ›Du fehlst mir auch. Und wie! Hab Dir aber auch was Wichtiges zu erzählen. Wann kannst du Schluss machen?‹

Alexandra warf einen Blick auf die Uhr auf ihrem Bildschirm. Schon 17.15 Uhr. Verdammt. Dann hatte sie also tatsächlich eine ganze viertel Stunde damit verbracht, aus dem Fenster zu starren. Sie musste sich beeilen. ›Bin um 19 Uhr hier fertig. Wo sollen wir uns treffen? Bei mir?‹

›Nein, ich hole dich ab, dann wirst du nicht nass‹, schrieb Ole zurück. Alexandra lächelte. Oles Fürsorglichkeit war eines der vielen Dinge, die sie an ihm mochte. Er war durch und durch ein Gentleman und das gefiel ihr. Er half ihr in die Jacke, hielt ihr die Tür auf – oder holte sie ab, wenn sie zu Fuß unterwegs war und es regnete. Alexandra war eine selbstständige Frau und wünschte sich einen Partner, der das akzeptierte. Gleichzeitig wollte sie aber auch einen Mann, der sie umschmeichelte, umgarnte, charmant war und zu dem sie aufschauen konnte. Ole war dieser Mann. Ganz eindeutig. Und er war ungemein verständnisvoll. Als sie ihm gebeichtet hatte, dass sie noch mit Ralf zusammen gewesen war als sie ein Paar wurden, hatte er sie in die Arme gezogen, sie geküsst und gemurmelt: »Hätte ich auch nicht gedacht, dass so eine tolle Frau wie du solo ist.« Sie lächelte in der Erinnerung, tippte ein ›Freu mich, bis später‹ in ihr Handy und stand auch tatsächlich Punkt 19 Uhr fix und fertig am Seitenausgang der Redaktion. Der Haupteingang, durch den man in die Geschäftsstelle und von hier aus durch eine Verbindungstür in die Redaktion gelangte, war bereits geschlossen. Nach Oles SMS hatte sie in die Tasten gehauen und was dabei herausgekommen war, gefiel ihr gut, und auch Meinwald, der den Artikel noch überflogen hatte, hatte ihre Arbeit gelobt. Allerdings wurde durch das Schreiben alles noch einmal aufgewühlt. Sie spürte wieder den zwanghaften Drang, sich die Hände zu waschen, der in den letzten Tagen immerhin etwas abgenommen hatte. Dank Ole und dank der Psychologin, mit der sie jene schrecklichen Stunden aufarbeitete.

Als sie Oles Wagen vorfahren sah, fühlte sie sich gleich besser. Er hielt am Straßenrand, stieg aus und nahm sie in die Arme. »Schön, Dich zu sehen«, murmelte er und gab ihr einen Kuss.

Alexandra spürte, wie ihre Knie weich wurden, doch Ole ließ sie los und hielt ihr die Wagentür auf. »Wie geht es dir?«, fragte er, nachdem sie nebeneinander im Wagen saßen.

»Gemischt«, antwortete sie und starrte in den Regen, der in Sturzbächen über die Scheibe rann und Muster und Linien malte, die der Scheibenwischer kurz darauf erbarmungslos zerstörte. Sie erzählte ihm von dem Artikel, den sie hatte schreiben müssen. Ole nahm ihre Hand und steuerte den Wagen mit der freien Hand durch die Stadt. Die Scheinwerfer spiegelten sich auf der regennassen Fahrbahn, Menschen hasteten über die Straße, auf dem Weg nach Hause, in eine warme, schützende Hülle. »Was musst du mir denn erzählen?«, fragte Alexandra neugierig. »Später«, vertröstete Ole sie. »Wenn wir bei dir sind.«

Zu Hause angekommen, holte Alexandra eine Flasche Rotwein aus der Küche, legte eine CD von Enya in die Stereoanlage, zündete die Kerze auf dem Couchtisch an und schenkte den Wein in die langstieligen Kristallgläser, die sie von ihrer Mutter zu Weihnachten bekommen hatte. Ole saß auf ihrem großen, weißen Sofa, das über und über mit bunten Kissen geschmückt war, und streckte die Arme nach ihr aus. Seufzend ließ Alexandra sich hineinsinken. Ein Gefühl des Nachhausekommens bemächtigte sich ihrer, ein Gefühl, das sie bisher nicht gekannt hatte. »Jetzt erzähl endlich«, sagte sie, angelte nach den Weingläsern auf dem Couchtisch und reichte Ole eines davon.

»Ich habe mich mit der Frau befasst, die seinerzeit mit Carlo Bader verlobt war.«

»Und?« Alexandra richtete sich gespannt auf.

»Du wirst es nicht glauben«, spannte Ole sie noch weiter auf die Folter.

»Jetzt sag schon endlich!«

»Die Frau heißt – oder hieß – Beate Lieber.«

»Ja, und?« Alexandra konnte mit dem Namen nicht das Geringste anfangen. Sie hatte ihn noch nie zuvor gehört.

»Wolfgang Grubers Frau hieß vor ihrer Heirat auch Lieber. Und ihr Vorname ist Beate.«

»Nein!« Alexandra sprang auf. Der Rotwein schwappte aus dem Glas und hinterließ blutrote Flecken auf dem weißen Sofa und auf ihrer weißen Cargohose. »Mist!«, schimpfte sie, zog sich die Hose vom Leib und wischte damit das Sofa.

»Wenn mich der Anblick deines fast nackten Hinterns nicht so anmachen würde, würde ich dich fragen, warum du deine Hose und nicht einen Lappen als Putztuch nimmst«, kommentierte Ole.

»Die Hose ist doch eh schon fleckig, da kann ich auch gleich das Sofa damit putzen. Und einen Lappen zu holen, würde viel zu lange dauern«, argumentierte Alexandra, legte die rotweingetränkte Hose auf den gläsernen Couchtisch, stemmte die Arme in die Hüften und starrte Ole an. »Das kann doch kein Zufall sein!«

»Das denke ich allerdings auch«, schmunzelte Ole.

»Hmmm«, nachdenklich ließ sich Alexandra wieder auf das Sofa sinken und verschränkte die Beine im Schneidersitz. »Irgendwie ergibt das alles trotzdem keinen Sinn. Vor über 30 Jahren wird ein Mann umgebracht. Dessen Verlobte taucht im Zusammenhang mit einem weiteren Mord wieder auf – aber nicht als Tatverdächtige, sondern erst als Ehefrau des Verdächtigen und dann als Arbeitgeberin der vermeintlichen Täterin. Das macht doch alles keinen Sinn.«

»Nicht wirklich«, stimmte Ole ihr zu und nahm nachdenklich einen Schluck Wein. »Es fehlen noch mehrere Puzzleteilchen. Aber ich bin überzeugt, dass Beate Gruber eine Schlüsselfigur ist. Und die verschwundene französische Tochter des Mordopfers auch. Und ich bin ebenso überzeugt, dass Jolanda Noack unschuldig ist.«

SIEBENUNDZWANZIGSTES KAPITEL

St. Tropez

Gegen Mitternacht brach Charles Didier die Suche nach Spuren aus der Vergangenheit seiner Frau frustriert ab. Er hatte unter den verstörten Blicken seiner Dienstboten, deren mehrfach angebotene Hilfe er stets abgelehnt hatte, das Unterste zuoberst gekehrt, hatte in Schmuckkassetten, Unterwäscheschränken und sogar unter dem Bett nachgesehen – vergebens. Kein Brief, kein Zettel, kein Tagebucheintrag, nichts. Was ihn eigentlich auch nicht wirklich wunderte. Marlene hatte mit ihrer Vergangenheit gebrochen und war darin sehr konsequent gewesen. Sie wollte durch nichts und niemanden an die Gräueltaten erinnert werden, die sie damals erlebt hatte. Es war nur logisch, dass da nichts war, was Aufschluss über die Identität des Täters gab. Doch dadurch konnte er ihr nicht helfen. Ihm waren die Hände gebunden und das machte ihn schier wahnsinnig. Das Einzige, was er tun konnte, war, nach Deutschland zu fahren und diesen Polizisten aufzusuchen. Ole Strobehn. Er hatte sich den Namen gemerkt. Und er konnte Marlenes Tochter suchen, Strobehn wusste sicher, wie sie hieß und wo sie wohnte. Vielleicht hatte Marlenes Mutter ihrer Enkeltochter irgendwann alles erzählt. Vielleicht kannte sie Namen. Namen, die die Rettung Marlenes bedeuten konnten. Charles war sich mittlerweile sehr sicher, dass seine Frau sich in den Händen dieses Wahnsinnigen befand. Was wiederum ihn fast in den Wahnsinn trieb. Weil er wusste, wie grausam er sein konnte. Ein zweites Mal, das wusste Charles, würde Marlene, seine geliebte Marlene, das nicht überleben. Er musste sie beschützen. Koste es, was es wolle.

Er blickte sich noch einmal im Schlafzimmer seiner Frau um und stellte zum ersten Mal fest, wie unpersönlich der Raum eingerichtet war. Unpersönlich, aber geschmackvoll. Wie die Suite eines Luxushotels. An den Fenstern bauschten sich cremefarbene Seidenvorhänge, über dem Bett lag, ohne jede Falte, eine cremefarbene Tagesdecke mit Rosenstickerei. Dazu passende Kissen, akkurat geordnet. Ebenso akkurat standen die vielen Tiegel, Tuben und Fläschchen auf Marlenes Schminktisch in Reih und Glied. Zumindest hatten sie das getan, bevor er mit seinen suchenden Fingern durchs Zimmer geirrt war, jetzt war der Schminktisch etwas in Unordnung geraten. Cremedosen, die ewige Schönheit versprachen, standen neben Spezialcremes für eine faltenfreie Augenpartie, Nagellack in allen Farben und mindestens einem Dutzend verschiedener Parfümflaschen.

Ansonsten: nichts. Kein Buch, keine Zeitschrift, kein Foto, kein persönlicher Gegenstand. Das Zimmer, dachte Charles traurig, war so unpersönlich, wie Marlene selbst sich gab.

Seufzend verließ er die Räumlichkeiten seiner Frau und ging nach nebenan, in sein eigenes Reich. Hier dominierte herbe, exklusive Männlichkeit. Dunkle Farben, weiches Leder, teure Kunst an den Wänden, die Farbakzente setzte. Wieder wehrte Charles das Angebot der Bediensteten, ihm beim Packen zu helfen, ab. Lediglich seinen großen, dunkelbraunen Lederkoffer ließ er sich bringen. Wahllos warf er ein paar Anzüge und Hemden aus seinem begehbaren Kleiderschrank hinein. Sie wären bei seiner Ankunft verknittert, aber das war ihm egal. Alles war ihm egal, wenn er nur seine Marlene wiederfände. Socken, Unterwäsche, Kosmetika, das war alles. Er zog sein Handy aus der Tasche und rief seine persönliche Assistentin an.

»Veronique? Rufen Sie bitte beim Flughafen an und erkundigen Sie sich, wie ich am schnellsten an den Bodensee komme … Wie? Nein, nein, noch nicht buchen. Ich muss erst wissen, wie lange es dauert. Zur Not fahre ich mit dem Auto. Und sagen Sie bitte auch für die kommende Woche alle Termine ab, ich weiß nicht, wie lange ich unterwegs sein werde.«

Während er auf den Rückruf seiner Assistentin wartete, bat er alle seine Angestellten zu sich. Mit gesenkten Köpfen und bedrückten Mienen standen sie vor ihm und lauschten seinen Anweisungen, das Telefon nie außer

Hörweite zu lassen und ihn sofort zu informieren, wenn man etwas von Marlene hören würde. Er erklärte ihnen, dass er nach Deutschland fahre, um sie zu suchen, weil sie ja aus Deutschland komme. Die Bediensteten schienen das nicht weiter verwunderlich zu finden.

Als er geendet hatte, räusperte sich Jean-Luc und trat einen Schritt vor. Als Dienstältestem stand es ihm zu, im Namen der Angestellten zu sprechen. »Sie können sich auf uns verlassen, Monsieur. Wir sind in Gedanken bei Ihnen und wir werden dafür beten, dass Sie die Madame wohlbehalten zu uns zurückbringen.«

Charles lächelte ihm dankbar zu. In diesem Moment klingelte sein Handy. ›Bureau‹, leuchtete es auf dem Display. Er nahm ab und bedeutete seinen Bediensteten mit einer Handbewegung, dass die Unterredung beendet war. »Oui, Veronique?«, meldete er sich. Sein Blick verdüsterte sich. Es gab heute keine freien Flüge mehr nach Süddeutschland oder in die angrenzende Schweiz. »Gut, dann nehme ich den Wagen«, sagte er und verabschiedete sich von Veronique.

Jean-Luc hatte das Auto bereits in der Auffahrt geparkt. »Und Sie sind sicher, dass ich Sie nicht fahren soll, Monsieur?«, fragte er. »Es ist eine lange Strecke, und …«

»Ganz sicher, Jean-Luc. Und machen Sie sich keine Sorgen, ich passe schon auf Ihr Heiligtum auf.«

Jean-Luc wurde rot. »So habe ich es nicht gemeint, Monsieur, ich …«

»Schon gut«, lachte Charles und klopfte seinem Chauffeur auf die Schulter. »Bis bald, Jean-Luc, und achten Sie mir gut auf das Haus.«

Mit diesen Worten setzte sich Charles hinter das Steuer und fuhr über den knirschenden Kies in Richtung Ausfahrt. Das riesige Tor in der imposanten Mauer öffnete sich und Charles fädelte sich in den dichten Verkehr der Uferstraße ein. In Richtung Deutschland. In Richtung der Heimat seiner Frau.

Es war drei Uhr morgens, als Charles Didier in Überlingen ankam. Die Fahrt war lang und anstrengend gewesen, bis auf eine kurze Pause, bei der er sich in einer einsamen Autobahnraststätte einen doppelten Espresso und ein Croissant gegönnt hatte, war er durchgefahren. Er hatte keine Zeit zu verlieren. Ob in dieser kleinen Stadt um diese Uhrzeit ein Hotel geöffnet hatte? Charles bezweifelte es und beschloss, es gar nicht erst zu versuchen. Stattdessen lenkte er den Wagen durch die menschenleere Stadt, parkte auf dem großen Parkplatz am Bahnhof Mitte und ging durch den Stadtgraben in Richtung Innenstadt. Zum Glück konnte er deutsch, heimlich hatte er es gelernt, um Marlene zu verstehen, wenn sie wieder einmal schreiend aus dem Schlaf erwachte. Er hatte sie dann in die Arme genommen und getröstet. Ein sehnsüchtiges Lächeln stahl sich auf seine Lippen. Wie lange war es her, dass er seine Frau so gehalten hatte. Sie hatte sich schon vor Jahren aus dem gemeinsamen Schlafzimmer verabschiedet. Er schnarche und dann könne sie nicht schlafen, hatte sie ihren Auszug aus dem Ehebett begründet. Er wusste, dass es ein Vorwand gewesen war, und das verletzte ihn. Aber er konnte dem nichts entgegensetzen. Nie wäre es ihm eingefallen, seine Frau zu nötigen. Außerdem schnarchte er tatsächlich. Aber das hatte sie früher auch nicht gestört. Nicht im Geringsten. Im Gegenteil, sie hatte damals sogar versichert, dass sie sein Schnarchen gemütlich finde. »So kann ich nicht nur fühlen, sondern auch hören, dass du bei mir bist, dass ich nicht allein bin«, hatte sie gesagt und sich vertrauensvoll an ihn geschmiegt.

Wenig später kam Charles am Seeufer an und setzte sich auf eine Bank. Das also war das Wasser, das seine Frau gleichermaßen so liebte und fürchtete. Liebte, weil es den Geschmack der Heimat, des Geborgenseins barg. Weil ihm Kinderlachen, glückliche Tage am Seeufer und der Geschmack nach Himbeereis, wie es nur am Bodensee schmeckte, innewohnten. Und fürchtete, weil es die Farbe des Blutes in sich trug und weil in dem leisen Plätschern, mit dem es gegen das Ufer schlug, das Geräusch des Schreckens lag. Das Wasser des Schreckens. So hatte sie einmal gesagt.

Es war nicht direkt am Bodenseeufer geschehen, so viel wusste er. Der Stadtgarten war der Ort des Verbrechens gewesen. Aber in den Bodensee war sie danach gestiegen, um sich die Schande vom Körper zu waschen. In einer ihrer seltenen offenen Stunden hatte sie ihm erzählt, wie sie die Hände verzweifelt aneinandergerieben und ihren Körper im Bodenseewasser geschrubbt habe in der Hoffnung, sie könne »wieder rein werden«, wie sie gesagt hatte. Und als es ihr nicht gelang, versuchte sie, im Bodenseewasser zu sterben, bis ein morgendlicher Schwimmer sie fand und sie in ein Leben zurückholte, das sie nicht leben wollte.

Charles überlegte, ob er in den Stadtgarten gehen sollte, doch er zögerte, diesen Ort des Schreckens aufzusuchen. Irgendwie, er wusste nicht warum, wollte er das nicht ohne das Einverständnis seiner Frau tun. Stattdessen machte er sich auf die Suche nach dem örtlichen Polizeirevier. Es konnte nicht schaden, wenn er in Erfahrung brächte, um wie viel Uhr Ole Strobehns Dienst begann. Charles

Didier lenkte seine Schritte stadteinwärts, über alte Pflastersteine, die tausende Stiefel und Schuhe blank poliert hatten. Er überquerte die Hofstatt und umrundete einmal das Münster. Plötzlich überkam ihn, der sich fast schon Atheist nannte, der übermächtige Drang zu beten. Und so kniete er vor dem verschlossenen Gotteshaus nieder und flehte den Herrgott mit gesenktem Kopf und gefalteten Händen um Gnade für seine Frau an.

ACHTUNDZWANZIGSTES KAPITEL

Konstanz

»Guten Tag, Frau Lieber, darf ich hereinkommen?«

Beate Grubers Gesichtszüge entgleisten, als Ole sie mit ihrem Mädchennamen ansprach. Die Wangen wurden noch ein wenig fahler, die grellrot geschminkten Lippen öffneten sich zu einem stummen Schrei, die rechte Hand fuhr unversehens an den Mund.

»Sie hießen doch einmal Lieber mit Nachnamen, oder?«, vergewisserte sich Ole mit ausgesuchter Höflichkeit.

»J… j… ja, schon, a… aber«, stammelte Beate Gruber, sichtlich um Fassung ringend, sammelte sich dann und fragte schnippisch: »Aber ich sehe keinen Sinn darin, dass Sie mich auf einmal Lieber nennen? Wie Ihnen nicht entgangen sein dürfte, bin ich verheiratet und trage den Namen meines Mannes.«

»Das will ich Ihnen gerne sagen, Frau *Gruber*.« Ole betonte ihren Name mit leichtem Spott. »Aber mir persönlich wäre es angenehmer, wenn wir das nicht vor Ihrer Haustüre diskutieren müssten. Und Ihr Herr Gatte würde es sicherlich auch nicht sonderlich schätzen, wenn die Polizei seine Frau vor seiner Haustüre vernähme. So mitten im Wahlkampf. Nicht auszudenken, wenn die Presse das mitbekäme.«

Beate Gruber wurde, wenn möglich, noch blasser und winkte Ole rasch zu sich ins Haus. »Bitte. Sie kennen ja den Weg«, sagte sie kühl und ließ ihn an sich vorbeigehen. Ole setzte sich auf die braune Nussbaumbank.

Diesmal bot sie ihm keinen Cappuccino an und auch kein Wasser.

»Also«, wiederholte Beate Gruber ihre Frage und Ole fand, dass sie etwas Oberlehrerhaftes hatte. »Warum nennen Sie mich plötzlich bei meinem Mädchennamen?« Sie setzte sich ihm gegenüber und sah ihn streng an.

»Nun«, Ole lehnte sich zurück und verschränkte die Arme. »Sagen wir mal so: Ich habe mich etwas über Ihre durchaus sehr interessante Vergangenheit informiert.«

»Wie kommen Sie dazu?«, fauchte Beate Gruber. »Haben Sie nichts Besseres zu tun, als im Leben unbescholtener Bürger herumzustochern?«

»Das, meine liebe Frau Gruber, gehört nun mal zu meinem Beruf. Ich wäre ein schlechter Polizist, wenn ich es nicht täte.«

»Dann haben Sie nun also herausgefunden, dass ich

Lieber hieß. Tolle Erkenntnis. Ich gratuliere. Und was haben Sie nun davon?«, fragte Beate Gruber pampig.

»Davon hätte ich in der Tat nichts. Die Tatsache, dass eine verheiratete Frau einen Mädchennamen hat, ist durchaus nicht überraschend«, stimmte Ole ihr leutselig zu und bedachte sein Gegenüber mit einem breiten, jungenhaften Lächeln.

»Also, dann können Sie jetzt ja wieder an Ihre Arbeit gehen und sinnvollere Dinge tun, als unsere Steuergelder mit derartigen Albernheiten zu verschwenden«, sagte Beate Gruber schnippisch.

»Eine gute Idee«, sagte Ole. »Das würde ich auch sofort tun, wenn da nicht noch ein anderer, klitzekleiner Umstand wäre, der mich irritiert.«

Beate Gruber nahm ihre Brille von der Nase und polierte sie energisch. »Und der wäre?«, fragte sie, angestrengt auf ihre Brille starrend.

»Finden Sie es nicht komisch, Frau Gruber, dass Sie ausgerechnet mit dem Mann verlobt waren, der vor 32 Jahren ermordet wurde und dessen Name nun im Zusammenhang mit dem Mord an Elisabeth Meierle wieder auftaucht? Einem Mord, den ausgerechnet *Ihre* Putzfrau begangen haben soll? Meine liebe Frau Gruber, das kann doch kein Zufall sein.«

Beate Gruber hatte ihre frisch polierte Brille wieder auf ihrer Nase platziert und musterte Ole feindselig, wobei sie ihre Lippen so fest aufeinanderpresste, dass sie zu einem sehr dünnen Strich wurden. »Ich weiß nicht, was Sie meinen«, sagte sie vorwurfsvoll, nachdem sie sich entschlossen hatte, ihren Lippen wieder etwas Entspannung zu gönnen, und sie voneinander löste.

»Kein Problem, meine liebe Frau Gruber, dann werde

ich gerne noch ein bisschen mehr Steuergelder verschwenden und Sie darüber aufklären«, reagierte Ole gelassen.

»Wenn Sie sich schon die Mühe machen müssen, darf ich Ihnen dann etwas anbieten? Auch wenn ich Sie äußerst ungern bewirte, möchte ich nicht, dass es nachher heißt, die Frau vom Gruber sei eine schlechte Gastgeberin.«

»Gerne«, sagte Ole ebenso kühl. »Einer Ihrer leckeren Cappuccinos wäre schön.«

Beate Gruber erhob sich und stolzierte in die Küche, die direkt neben dem Wohnzimmer lag. Ole starrte auf ihren schmalen Rücken. Ich wusste gar nicht, dass ein Rücken Empörung ausdrücken kann, dachte er flüchtig.

Er hörte in der Küche die Kaffeemaschine brummen. Der Duft frisch gemahlenen Kaffees zog bis ins Wohnzimmer. Ole atmete tief ein.

Sekunden später stand Beate Gruber wieder vor ihm und knallte den Cappuccino, den sie neben der Zuckerdose auf einem ovalen, versilberten Tablettchen drapiert hatte, vor ihm auf den Tisch.

»Danke.« Ole zog die Zuckerdose zu sich heran und garnierte den perfekten Milchschaum mit einem glänzend weißen Häufchen. »Also«, begann er. »Aus unseren Ermittlungsakten geht ganz klar hervor, dass Sie im Sommer 1980 mit einem gewissen Carlo Bader verlobt waren. Und nicht nur das: Die Hochzeit war bereits geplant, die Einladungen verschickt und Sie erwarteten ein Baby. Und dann starb Ihr Verlobter plötzlich und Sie verloren Ihr Baby. So tragisch die Geschichte ist, ich würde sie ruhen lassen, Frau Gruber, denn es gibt auch keinerlei direkten Zusammenhang mit Ihrer Putzfrau. Aber wissen Sie, was mich wirklich, wirklich stutzig macht?« Ole machte eine Kunstpause und suchte den Blick seines Gegenübers. Die

Frau starrte ihn regungslos an. Ein Gefühl des Unbehagens und der drohenden Gefahr beschlich Ole. Doch es war so schwach und er inzwischen so in Fahrt, dass er es ignorierte und die leise, warnende Stimme mit seinen eigenen Worten übertönte. »Stutzig macht mich …«, fuhr er entschlossen fort, »…dass Frau Meierle ausgerechnet in jener Nacht ermordet wurde, als sie einer jungen Journalistin etwas über den Tod Ihres Verlobten erzählen wollte. Und dass die Spuren zu *Ihnen*, in *Ihr* Haus führen.«

Ole fasste sich an den Kopf. Ihm war ein bisschen schwindelig, der Raum begann sich zu drehen und Beate Gruber sah er nur noch verschwommen … und doppelt. Da waren zwei Gesichter, hässliche, fratzenhafte Gesichter. Und vier riesige Augen hinter funkelnden Brillengläsern, die ihn kalt anstarrten. Sie verschoben sich ineinander, die Augen, und wurden zu einem einzigen Riesenauge. Ob er am Abend vorher zusammen mit Alexandra zu tief ins Glas geschaut hatte? Aber so viel Wein hatten sie doch gar nicht getrunken. Hatten sie die Flasche überhaupt leer gemacht? Und dann hatte Alexandra ja auch noch die Hälfte verschüttet. »Wir werden Ihr Alibi nochmals überprüfen müssen«, lallte er und stellte fest, dass ihm seine Stimme nicht mehr gehorchen wollte. »Von … Ihrem … Wellnesshotel … bis … an den See …«, verwundert starrte er die Frau an, die ihm gegenübersaß. Ihre Augen funkelten noch größer und noch kälter. Sie sieht aus wie eine Eule, dachte Ole. Und dann: Dummer Anfängerfehler, sie hat mir etwas in den Kaffee getan.

Und dann brach Ole Strobehn auf dem blank polierten Esstisch der Grubers zusammen und landete mit dem Gesicht mitten im Milchschaum seines Cappuccinos.

NEUNUNDZWANZIGSTES KAPITEL

Überlingen

»Ich kann mir das wirklich auch nicht erklären.«

Monja Grundel wusste weder ein noch aus, und deshalb kam sie regelrecht freundlich daher. Nur ihrer Verwirrung war es zu verdanken, dass sie den Herrn aus Frankreich, der Ole so dringend zu sprechen wünschte, an ihren Sorgen teilhaben ließ. Normalerweise hätte sie wohl jedem, der Ole in dessen Abwesenheit zu sprechen wünschte, gesagt, er solle gefälligst mit ihr Vorlieb nehmen oder verschwinden. Obwohl – ganz abgesehen von ihrer Verwirrung – hatte dieser Franzose etwas, das sie ganz zahm werden ließ. So freundlich und höflich hatte sie noch keiner behandelt. Ja, dieser Mann gab ihr, Monja Grundel, das Gefühl, eine Schönheit zu sein. Klug und wichtig zu sein. Dieses Gefühl hatte ihr noch nie jemand vermittelt, immer hatte sie sich die Anerkennung und den Respekt ihrer Mitmenschen hart erkämpfen müssen. Und dieser Kampf ließ sie dann noch uncharmanter erscheinen.

»Glauben Sie, dass ihm etwas passiert ist?«

»Durchaus möglich. Er hat in den letzten Tagen immer mal wieder im Alleingang ermittelt.« Monja Grundel spürte den alten Groll in sich aufwallen. Sie mochte es nicht, wenn sich jemand unprofessionell verhielt. Und Oles Verhalten war mehr als unprofessionell. Außerdem fühlte sie sich wieder einmal missachtet und persönlich verletzt, weil er auf ihre Gesellschaft augenscheinlich so gar keinen Wert legte. Egal. Zur Professionalität gehörte es auch, persönlichen Ärger runterzuschlucken. Wenn ihr Kollege in Gefahr war, dann musste sie ihm helfen. »Herr Didier«, sagte sie vorsichtig. »Ich respektiere natürlich Ihren Wunsch, nur mit Herrn Strobehn sprechen zu wollen. Aber möglicherweise … nun, es wäre ja denkbar, dass Ihr Wissen dazu beitragen könnte, Herrn Strobehn zu finden. Wenn ich Sie richtig verstanden habe, sind Sie der Gatte der Tochter der Ermordeten, die in Frankreich verschwunden ist?«

»Ja«, sagte Charles, »da haben Sie recht.« Er war froh um seine Deutschkenntnisse. So konnte er verstehen, was diese durchaus vernünftig wirkende Polizistin sagte.

»Vor allem wollte ich Herrn Strobehn nach dem Namen des Mannes fragen, den er als ersten Tatverdächtigen verhaftet hat. Ich glaube nämlich nicht, dass es eine Frau war.«

»Wolfgang Gruber«, platzte Monja Grundel heraus. »Aber diese Information müssen Sie bitte vertraulich behandeln«, schob sie hastig hinterher.

»Natürlich«, sagte Charles Didier. »Das gilt umgekehrt auch für alles, was ich Ihnen jetzt anvertraue.«

Monja Grundel nickte.

»Wie alt ist dieser Wolfgang Gruber?«

»Moment.« Monja Grundel wandte sich ihrem Computer zu und tippte rasch etwas ein. »Er ist 54«, sagte sie dann.

Didier brummte zufrieden. »Das könnte passen. Wissen Sie, ob er schon immer in Konstanz gelebt hat?«

Monja warf erneut einen Blick auf ihren Computer. »Ja, aber können Sie mir verraten, warum Sie das alles wissen wollen? Normalerweise bin ich hier diejenige, die

die Fragen stellt.« Schon stieg er wieder die Kehle hinauf, der alte, bittere, gallig schmeckende Groll.

Didier, der ein feines Gespür für Menschen besaß, merkte, dass die Stimmung zu kippen begann. Und er spürte auch, dass er es sich mit dieser Frau nicht verscherzen durfte. Sie zum Gegner zu haben, wäre ein ganz entscheidender Nachteil.

»Bitte entschuldigen Sie«, sagte er daher mit einem sonnigen Lächeln. »Ich wollte Sie nicht ausfragen. Das war wirklich nicht meine Absicht. Ich wollte nur sichergehen, ob meine Überlegungen überhaupt Sinn machen, bevor ich Ihre kostbare Zeit damit vergeude.«

»Schon in Ordnung«, brummte Monja und pustete gegen ihre blaue Haarsträhne. Dieser Mann verwirrte sie. Sie war es nicht gewohnt, dass man so freundlich zu ihr war, ja, sich gar bei ihr entschuldigte. Von jungen Tatverdächtigen, die wahrlich kein Blatt vor den Mund nahmen, musste sie sich dann und wann derbe Beleidigungen anhören, die sie wirklich verletzten. Denn mit grausamer Intuition fanden die Tatverdächtigen die einzige Wunde der Beamtin: ihre Unattraktivität und ihre Unbeliebtheit. »Was willst du mir denn sagen, du olle Ziege, dich fasst doch kein Mann mit der Kneifzange an«, hatte eine Hure ihr einmal ins Gesicht geschleudert. Die junge Frau musste sich danach wegen Beamtenbeleidigung verantworten, aber das half Monja Grundel auch nicht. Der Stachel saß tief und tat weh und irgendwie hatte sie auch das Gefühl, dass der Richter und die Staatsanwältin sie mitleidig ansahen, als sie den Vorfall im Prozess gegen die Hure, der vorgeworfen wurde, eine Kollegin bestohlen zu haben, wiedergeben musste. »Erzählen Sie mir jetzt Ihre Geschichte?«, fragte sie Didier.

»Ja«, sagte Charles. »Wissen gegen Wissen. So haben wir es vereinbart.« Er unterbrach sich kurz, zog ein weißes Stofftaschentuch aus der Hemdtasche und tupfte sich die Schweißtropfen von der Stirn.

»Meine Frau hatte im Sommer 1980 einen Freund. Er war Gastmusiker hier in Überlingen. Sein Name war Carlo Bader.«

Monja Grundel atmete scharf ein.

»Die beiden waren wirklich verliebt ineinander. Aber beide waren liiert. Der Freund meiner Frau war sehr jähzornig. Er hatte meine Frau schon öfter geschlagen, vor allem, wenn er unter Alkoholeinfluss stand. Das war einer der Gründe, warum ihr Herz offen für den jungen, charmanten Carlo Bader war und sie sich von ihrem Freund trennen wollte. Bevor sie es ihm aber sagen konnte, hat der Freund meiner Frau sie mit Carlo Bader sozusagen in flagranti erwischt. Sagt man so? Sie verstehen, was ich meine?« Er blickte sie fragend an.

Monja Grundel errötete. Es war ihr peinlich, mit diesem Mann, der ungeahnte Saiten in ihr zum Klingen brachte, über Sex zu sprechen, wenn auch nur sehr andeutungsweise. Sie nickte hastig. »Wo … wo war das?«, fragte sie.

»Im Stadtgarten. Meine Frau sagte etwas von einer Höhle. Vor deren Eingang haben die beiden sich wohl geküsst. Und dann stand auf einmal *er* da. Er hat das Paar auseinandergerissen und wie wild auf Carlo eingedroschen, bis er am Boden lag. Und dann hat er ihm in die Nieren und in die Geschlechtsteile getreten, bis er sich nicht mehr rührte.«

»Oh Gott!« Monja war entsetzt. »Und das alles vor den Augen seiner Geliebten.« 30 Jahre arbeitete sie nun schon in ihrem Beruf und sie hatte sich eine harte Schale zugelegt.

Aber derartige Schicksale machten sie immer noch betroffen. *Zu* betroffen vielleicht. Sie dachte sich immer in die Opfer hinein, fragte sich, wie sie sich fühlten. Das zeigte sie freilich nie, Gefühle ließ sie eigentlich nur dann nach draußen, wenn sie Täter vor sich hatte. Und dann war es Wut, was sie herausließ. »Das muss schrecklich sein. Eben noch glücklich in den Armen des Geliebten und im nächsten Moment zusehen müssen, wie er zu Tode getrampelt wird«, murmelte sie.

»Es kommt noch schlimmer. Leider …«, deutete Didier an.

»Warten Sie«, unterbrach ihn Monja Grundel und hob abwehrend die Hand. »Sie müssen mir natürlich auch noch den Rest erzählen, aber das hat Zeit. Alles, was Sie mir über diesen Mann berichtet haben, reicht aus, um klarzumachen, dass mein Kollege in großer Gefahr schweben könnte. Wir müssen ihn suchen. Sofort. Und wir fangen bei Gruber an. Ich erinnere mich an ein Verhör, bei dem Gruber ganz komisch reagierte, als wir ihn mit dem Namen Carlo Bader konfrontierten.«

»Einverstanden«, sagte Charles. »Kann ich mitkommen?«

Monja schüttelte den Kopf. »Das ist ein Einsatz und zu gefährlich«, erklärte sie. »Ich werde auch nicht alleine gehen, sondern ein oder zwei Kollegen aus Konstanz anfordern.«

»Verstehe. Aber ich bin ein freier Mann. Ich könnte ja dort klingeln und einen Tick schneller sein als Sie.«

»Das kann ich nicht zulassen, das ist zu riskant«, wehrte Monja, die sich stets streng an die Dienstvorschriften zu halten pflegte, ab. Doch dann spürte sie Charles bittenden Blick auf sich und es ehrte sie, dass er sich ihren Segen erbat. Schließlich war die Adresse der Grubers leicht herauszufinden. Allein wollte sie ihn nicht gehen lassen. Und sie wusste, dass es sie ihren Job kosten konnte, was sie jetzt tat. Aber irgendwie hatte sie das Gefühl, dass es richtig war. Deshalb sagte sie: »Also gut, kommen Sie mit. Die Konstanzer Kollegen fordere ich von unterwegs an.«

DREISSIGSTES KAPITEL

Konstanz

Ole Strobehn schlug die Augen auf und sah – nichts. Verwirrt klappte er die Augendeckel wieder zu und wieder auf, doch es blieb dunkel. Stöhnend bewegte er den Kopf. Er fühlte sich an, als wäre er unter einen LKW geraten. Und dann fiel ihm alles wieder ein. Beate Gruber. Die Verlobte des ermordeten Carlo Bader. Seine eigene Dummheit. Es hätte ihm komisch vorkommen müssen, dass sie ihm mitten im Verhör einen Kaffee anbot. Wieso hatte er nicht aufgepasst, verdammt! Und wo war er hier überhaupt? Der Boden war kalt und glitschig, außerdem stank es erbärmlich. Nach Moder, nach Erbrochenem und nach Exkrementen. Er versuchte, seine Hände zu bewegen, um zu überprüfen, ob sein Handy und seine Dienstwaffe noch da waren, und bemerkte erst jetzt, dass er gefesselt war. Fein säuberlich hatte dieses Biest ihm die Hände mit dickem Paketband aneinandergebunden. Ole stieß einen lauten Fluch aus. »Hallo?«, tönte eine dünne Stimme durch die Dunkelheit.

Ole hielt den Atem an. Wieso hatte er nicht gemerkt, dass er nicht allein im Raum war? Irgendwie hatte er das Gefühl, dass er, seit er sich in Alexandra verliebt hatte, nicht mehr so gut arbeitete, nicht mehr so sehr bei der Sache war. Das war wunderschön, aber in seinem Job auch ungemein gefährlich. Er konnte sich das nicht erlauben.

»Polizei. Wer sind Sie?«

»Marlene Didier«, antwortete die dünne Stimme.

Ole schickte ein Dankgebet zum Himmel. Hatte seine Unachtsamkeit also doch ein Gutes: Er hatte die vermisste Tochter der Ermordeten gefunden und sie lebte. Zwar hatte er sich nicht wirklich mit ihrem Verschwinden befasst, die Suche war Sache der Kollegen aus Frankreich gewesen, aber allzu große Chancen, Marlene lebendig wiederzufinden, hatte er sich nicht ausgerechnet. Derjenige, der sie gefangen hielt, hatte mutmaßlich auch schon einen jungen Mann und eine alte Dame auf dem Gewissen. Der zauderte auch bei einer Frau in den besten Jahren nicht. Was Ole die Gefahr, in der auch er sich befand, wieder deutlich vor Augen führte. »Sind Sie verletzt?«, fragte er.

»Isch weiß nischt«, sagte Marlene und Ole stellte fest, dass sie einen leichten französischen Akzent hatte. Kein Wunder, nach 30 Jahren Frankreich. »Ich fühle überhaupt nichts mehr. Ich … ich habe seit Tagen nichts zu essen und zu trinken gehabt. Als sie Sie vor ein paar Stunden brachte, habe ich zum ersten Mal wieder etwas bekommen.« Marlene begann leise zu weinen. Ole robbte zu der Stelle, aus der ihre Stimme kam, was nicht so einfach war. Das Biest hatte ihn auch an den Füßen gefesselt. Der Gestank nahm zu. Wahrscheinlich lag die Frau seit ihrer Gefangennahme in ihrer eigenen Scheiße, dachte Ole mit einer Mischung aus Mitleid und Ekel.

»Keine Sorge, ich bin von der Polizei. Ich werde Sie hier rausholen. Aber Sie müssen mir helfen. Sind Sie gefesselt?«

»No«, sagte Marlene. »Am Anfang war ich es. Aber dann hat sie mich losgebunden. Sonst hätte ich nicht essen können und sie wollte mich nicht füttern, weil ich … weil ich so stinke … Bitte verzeihen Sie, es ist mir wirklich unangenehm.« Man hörte ihr an, dass ihr die Situation ungemein peinlich war. Und dass es sie anstrengte, so viel zu sprechen.

»Das muss Ihnen überhaupt nicht unangenehm sein. Dafür können Sie nichts. Und im Übrigen finde ich auch gar nicht, dass Sie stinken. Ich rieche nur den modrigen Kellergeruch«, log Ole. »Passen Sie auf, es ist gut, dass Sie nicht gefesselt sind. Aus zwei Gründen. Erstens können Sie mich dann losbinden. Und zweitens zeigt es, dass sie beginnt, Fehler zu machen, was darauf hinweist, wie nervös sie ist. Sonst hätte sie damit gerechnet, dass Sie mich losbinden, und Sie auch gefesselt. Sie wird bald den nächsten Fehler machen, glauben Sie mir.«

»Wer ist sie? Warum hält sie uns gefangen? Und was ist mit meiner Mutter?«

»Ich weiß es noch nicht ganz sicher, kann mir aber vorstellen, dass sich ein Sinn ergibt, wenn wir uns gegenseitig alles erzählen, was wir wissen«, beantwortete Ole die ersten beiden Fragen. »Aber während wir reden, müssen

Sie unbedingt versuchen, die Fesseln zu lösen. Wir haben keine Zeit zu verlieren. Schaffen Sie das?«

»Ich will es versuchen.«

Ole war inzwischen ganz zu ihr herangerutscht. Er konnte sie nicht sehen, merkte aber, dass sie lag. »Können Sie sich hinsetzen?«

»Ja.« Stöhnend richtete Marlene sich auf. »Mir ist schwindelig.«

»Machen Sie ganz langsam. Nehmen Sie noch einen Schluck Wasser.« Nachdem Marlene getrunken hatte, streckte Ole ihr seine gefesselten Hände entgegen. »Versuchen Sie, den Anfang des Paketbandes zu ertasten«, forderte er sie auf.

Marlene tat, wie ihr geheißen.

»Ich habe den Anfang gefunden«, sagte sie. »Aber er lässt sich nicht gut lösen. Und meine Finger sind sehr schwach und zittern, ich weiß nicht, ob ich das schaffe.«

»Versuchen Sie es«, ermutigte Ole sie eindringlich. »Es ist unsere einzige Chance.«

Aber er wusste, dass es noch eine zweite Chance gab. Alexandra. Er hatte ihr gestern von der Gruber erzählt. Für heute Abend waren sie verabredet. Wenn er dann nicht kam, würde sie versuchen, ihn auf dem Handy zu erreichen, und nervös werden, wenn er sich nicht meldete. Dann würde sie hoffentlich zu seinen Kollegen gehen. Aber erstens war es bis zum Abend vermutlich noch lang – wenn er auch nicht genau sagen konnte, wie lange er ohne Bewusstsein gewesen war – und zweitens wusste er nicht, wie Alexandra tickte, wenn er sich nicht meldete. Sie war eine sehr stolze Frau, das hatte er schon gemerkt. Möglich, dass sie ihm nicht ›hinterherlaufen‹ würde, wenn er sie ›versetzte‹. Andererseits war sie aber auch intelligent und besaß eine gehörige Portion Intuition. Sie würde sich denken können und vielleicht auch spüren, dass etwas nicht in Ordnung war. Natürlich würden auch seine Kollegen misstrauisch werden, wenn er nicht zum Dienst erschien. Aber sie würden nicht wissen, wo sie nach ihm suchen sollten. Und das war der zweite große Fehler gewesen, den er gemacht hatte. Er hätte Monja Grundel, so bärbeißig sie auch sein mochte, über seine Erkenntnisse informieren müssen und er hätte das Verhör auf gar keinen Fall alleine durchführen dürfen. Das war grob fahrlässig. Aber er hatte keine Lust auf ihre dummen Kommentare gehabt. Und außerdem hatte er oft genug erlebt, wie ihre plumpen Verhörmethoden dazu führten, dass sich das Gegenüber verschloss.

»Tun Sie mir einen Gefallen?«, fragte er.

»Ja?«

»Könnten Sie in meinen Hosentaschen und an meinem Hosenbund tasten, ob mein Handy und meine Dienstwaffe noch an Ort und Stelle sind?«

»Sicher.«

Er fühlte zögernde Finger an seinen Seiten herunterwandern. Erstaunlich zielstrebig fanden sie den Weg zu seinen Hosentaschen. Erst die seitlichen, dann die hinteren. Und dann tasteten sie nach einem Gürtel, an dem die Dienstwaffe hängen müsste. »Pardon«, sagte Marlene dann. »Ich finde nichts.«

Er hatte es sich fast gedacht. Sie selbst würde auch kein Handy bei sich haben, sonst hätte sie schon längst Gebrauch davon gemacht. Er fragte sie trotzdem. Wie zu erwarten, verneinte sie. »Dann müssen Sie sich leider weiterhin bemühen, meine Fesseln zu lösen«, sagte Ole.

»Natürlich«, antwortete Marlene.

Eine Weile schwiegen beide.

»Was wissen Sie über die Frau, die uns gefangen hält?«, wollte Marlene wissen.

»Sie heißt Beate Gruber.«

Obwohl er sie nicht sehen konnte, spürte er, wie sie regelrecht erstarrte, als sie den Namen hörte.

»Kennen Sie die Frau?«, forschte er vorsichtig.

»Sie sind deutscher Polizist ... Sie hat mich also nach Deutschland gebracht, richtig?«, fragte Marlene.

»Ja«, sagte Ole und wiederholte seine Frage: »Kennen Sie Frau Gruber? Ich meine, kannten Sie sie, bevor sie Sie entführt hat?«

»Wenn sie Gruber heißt, dann ist sie *seine* Frau!« Marlenes Worte klangen wie ein gequälter Aufschrei durch den Raum.

»Sie waren nur verlobt«, stellte Ole richtig.

»Wer war nur verlobt?«, fragte Marlene verwirrt.

»Carlo Bader und Beate Gruber, ehemals Lieber. Ich dachte, Sie sprächen von ihm, weil Ihre Mutter ... nun, sie wollte einer Journalistin von Carlo Bader erzählen und da ...«

»Was ... was ist mit meiner Mutter? Keiner will es mir sagen! Und warum sprechen Sie von Carlo? Was wissen Sie von ihm?« Marlene klang wie ein gequältes Tier.

»Es tut mir sehr leid, Frau Didier. Ihre Mutter ist tot. Sie wurde ermordet.«

Es war ganz still. Und es blieb ganz still. Ole wartete. Minuten, die sich wie Stunden dehnten. Sie hatte auch aufgehört, seine Fesseln zu lösen.

»Frau Didier?«, fragte er in die Stille.

Als sie antwortete, klang ihre Stimme seltsam verändert. Tiefe Trauer und abgrundtiefer Hass schienen ihren Ausdruck zu bestimmen.

»Ich bin immer davongelaufen und deshalb musste meine Mutter meine offenen Rechnungen mit ihrem Leben bezahlen. Das kann ich nicht mehr ändern, ebenso wenig, wie ich all das Unrecht ändern kann, das ich ihr angetan habe. Aber ich kann dafür sorgen, dass der Mord an ihr aufgeklärt wird. Der Mord an ihr und der an Carlo. Ich habe viel zu lange geschwiegen. Deshalb musste nun auch meine Mutter sterben. Diesen Fehler werde ich nicht noch einmal machen.«

»Erzählen Sie mir alles«, forderte Ole sie auf. »Nur dann kann ich Ihnen helfen.«

»Gleich«, sagte Marlene. »Aber bitte beantworten Sie mir zunächst noch eine Frage: Sind Sie sicher, dass Beate Gruber Carlo Baders Verlobte war?«

Ole nickte, dann fiel ihm ein, dass sie das in der Dunkelheit ja nicht sehen konnte. »Absolut sicher«, bekräftigte er deshalb.

»Und noch eine Frage. Beate Grubers Mann heißt mit Vornamen nicht zufällig Wolfgang?«

»Doch«, erwiderte Ole überrascht. Woher wissen Sie das?«

Marlenes Stimme war pure Bitterkeit, als sie antwortete: »Es ist absurd. Es ist vollkommen absurd. Geben Sie mir Ihre Hände. Ich muss mit den Fesseln weitermachen. Und währenddessen erzähle ich Ihnen alles.«

EINUNDDREISSIGSTES KAPITEL

Überlingen

Alexandra starrte schon zum zehnten Mal an diesem Tag auf ihr Handy. Eine seltsame, nagende Unruhe hatte sich ihrer bemächtigt. Dass Ole so gar kein Lebenszeichen von sich gab, nach dieser wundervollen Nacht … Sie lächelte in der Erinnerung an seine Zärtlichkeit und seine Leidenschaft.

»Hey, nicht träumen. Arbeiten«, rief ihr Manfred Meinwald, der sich gerade einen Kaffee geholt hatte, zu. »Dich hat's ganz schön erwischt, hm?«, fragte er grinsend.

»Warum kennst du mich nur so gut?«, fragte Alexandra zurück.

»Weil ich dein Chef bin«, grinste Manfred. »Und deshalb weiß ich auch, wer's ist.«

Alexandra blickte ihn abwartend an.

»Der Polizist, stimmt's?«

»Ja.« Ihre Hände suchten und fanden einen Zettel, den sie eifrig und unablässig falten und wieder entfalten konnten. Sie traute sich nicht, ihren Chef anzusehen. »Ich weiß, ich hätte dir das schon vorher sagen sollen. Wegen des Artikels, der heute im Blatt war. Ich weiß, ich bin ja nun eigentlich befangen und darf nicht mehr berichten. Aber ich dachte, in dem Fall bin ich ohnehin befangen, und du wolltest den Artikel doch so gerne, das wollte ich dir nicht verderben.«

»Langsam, langsam, Alexandra«, sagte Manfred, ließ

sich auf dem Besucherstuhl neben ihrem Schreibtisch nieder, stellte seine Kaffeetasse auf ihre vollgekritzelte Schreibtischunterlage aus Papier und nahm ihr den Zettel aus der Hand, den sie inzwischen bestimmt ein Dutzend Mal gefaltet und wieder entfaltet hatte. »Schau mich mal an, bitte«, bat er.

Alexandra hob den Blick.

»Jetzt hör mir mal zu«, setzte Manfred an. »Du brauchst überhaupt nicht so verlegen zu sein. Du bist mein bestes Pferd im Stall. Wenn jemand in der Lage ist, einzuschätzen, ob er befangen ist oder nicht, dann bist du das.« Manfred machte eine kurze Pause und rührte nachdenklich in seinem Kaffee. »Das kannst du wahrscheinlich sogar besser als ich. Und wie du schon richtig sagst: In dem Artikel, der heute im Blatt ist, ging es ohnehin um eine ungewöhnlich subjektive Art der Berichterstattung. Um eine Reportage, die in der Ich-Form geschrieben wurde. Also, alles gut.«

»Nein, es ist nicht alles gut«, sagte Alexandra.

»Wie meinst du das?«

»Ich mache mir Sorgen. Ole hat mir gestern etwas erzählt, das im Zusammenhang mit dem Mordfall steht und äußerst merkwürdig ist. Ich darf es dir aber noch nicht sagen, es ist nicht öffentlich«, fügte sie rasch hinzu.

Meinwald nickte. »Du kennst meine Devise: So oft es geht, etwas fürs Blatt aus einer Information rausholen, aber niemals Vertrauen missbrauchen. Selbst wenn Ole nicht mit dir liiert wäre und dir etwas im Vertrauen sagen würde, dürftest du es nicht für die Zeitung ausschlachten.« Er nahm einen Schluck von seinem Kaffee, verzog angewidert das Gesicht und stellte ihn wieder auf Alexandras Schreibtisch ab. »So etwas funktioniert – wenn überhaupt – nur in Großstädten. Hier in Überlingen und auch drüben in Konstanz geht das nur mit gegenseitigem Vertrauen. Was natürlich auf keinen Fall passieren darf, ist, dass wir uns vor lauter Vertrauen nicht mehr trauen, kritisch über unsere Informanten zu berichten.« Er lächelte über sein Wortspiel. »Aber du wirst es bereits gemerkt haben: Wer ein wirklicher Profi ist, weiß das und verhält sich auch entsprechend.«

Nach einem Blick auf Alexandras Gesicht stoppte er seinen Redeschwall. »Aber ich schwafle und schwafle. Was macht dir denn so große Sorgen? Kann ich dir irgendwie helfen?«

»Ach, ich weiß auch nicht. Ole meldet sich einfach nicht.«

»Vielleicht hat er viel zu tun?«

»Ja, das sicher. Und er kann im Dienst auch keine privaten Telefongespräche führen, seine Kollegin, die bissige Grundel, sitzt bei ihm im Zimmer. Aber manchmal schreibt er mir zwischendurch eine SMS oder eine E-Mail.«

»Was heißt manchmal?«, hakte Meinwald nach. »Stündlich? Halbstündig? Einmal am Tag?«

»Total unregelmäßig«, gestand Alexandra ein. »Mal mehrmals am Tag und dann höre ich einen ganzen Tag lang überhaupt nichts. So gut kenne ich ihn ja auch noch nicht. Wir sind erst seit ein paar Tagen zusammen.«

»Dann würde ich mir auch keine Sorgen machen, dass er sich jetzt noch nicht gemeldet hat. Zumal wir Männer anders ticken als ihr Frauen. Wir sind nicht ganz so kommunikationsfreudig.« Er grinste und setzte ein »Es sei denn, wir sind Journalisten« hinzu.

»Aber wenn du es gar nicht aushältst, dann schick ihm doch eine SMS oder ruf ihn an und sag, dass du dir Sorgen machst.«

»Sieht das dann nicht so aus, als würde ich ihm hinterherrennen?«, fragte Alexandra besorgt. »Ich will ihm nicht auf die Nerven fallen und auf keinen Fall so wirken, als würde ich klammern oder so. Nicht dass er denkt, ich würde ihm seine Freiheit rauben wollen.«

Meinwald lächelte. »Also, wenn es eine Frau gibt, bei der die Gefahr des Klammerns überhaupt nicht besteht, dann bist du das. Und das wird er sicherlich inzwischen gemerkt haben. Ich jedenfalls halte Ole Strobehn für sehr intelligent.«

Alexandra blickte ihn immer noch skeptisch an.

»Was schaust du so? Hältst du ihn etwa nicht für intelligent?«, scherzte Meinwald, wurde aber gleich darauf wieder ernst. »Alexandra, es ist nicht komisch, sondern schlichtweg normal, dass man sich Sorgen macht, wenn einem der Partner am Vorabend etwas Besorgniserregendes erzählt hat und sich dann nicht meldet. Jetzt schreib deine SMS und dann ab an die Arbeit. Wir haben schließlich eine Zeitung zu füllen.«

Er grinste ihr noch einmal aufmunternd zu und erhob sich dann, um an seinen eigenen Schreibtisch zurückzukehren, der als einziger in dem Großraumbüro, dem sogenannten ›Newsroom‹, etwas abgeschirmt war. Am Anfang hatte sich Alexandra mit dem Großraumbüro überhaupt nicht anfreunden können. Zum Schreiben hatte sie absolute Ruhe gebraucht, die sie im Newsroom nicht fand. Ständig telefonierte einer der Kollegen, kamen Leser mit Anliegen vorbei oder jemand betätigte die Kaffeemaschine in der Kücheninsel, die sich in der Mitte des Raumes befand. Mittlerweile hatte sie sich jedoch daran gewöhnt und liebte das geschäftige Treiben in der Redaktion und das energische Tastenklopfen ihres Kollegen

Beier: Ein für seine kritische Schreibe ebenso gefürchteter wie geliebter Kollege, dem sie mittlerweile anhand der Intensität und der Geschwindigkeit, mit der er seine Finger über die Tasten galoppieren ließ, anhörte, ob er im Begriff war, eine Meldung zu verfassen, die ihn langweilte, oder ob er sich für das Thema, über das er gerade schrieb, erhitzte. Momentan, stellte Alexandra anhand des Tastenklangs fest, erhitzte sich der Kollege ganz außerordentlich, was ihr ein vorsichtiger Blick über die halbhohe Trennwand und ins ernste und hoch konzentrierte Gesicht Beiers bestätigte. Sie konnte sich ein Lächeln nicht verkneifen und dachte, was für ein Glück sie doch hatte, in dieser Redaktion gelandet zu sein. Es gab eigentlich niemanden, den sie hier nicht mochte. Seufzend zog sie ihr Handy aus der Tasche, tippte ›Alles klar? Keine Ahnung warum, mache mir irgendwie Sorgen. Meld Dich bitte kurz. Kuss, A.‹ in ihr Handy und drückte auf ›Senden‹. Sofort fühlte sie sich besser. Ole würde sich innerhalb der nächsten Minuten melden. Dessen war sie sich mit einem Mal ganz sicher.

Sie legte ihr iPhone neben die Tastatur, vergewisserte sich, dass es auf laut gestellt war, und suchte in ihrem Notizblock nach den Mitschrieben für den Artikel, den sie nun endlich verfassen musste. Es war ein Beitrag über einen sehr von sich überzeugten Künstler, der Bodensee-Aquarelle malte. Der Alltag hatte sie wieder.

ZWEIUNDDREISSIGSTES KAPITEL

Konstanz

Charles Didier stieg die breiten, flachen Betonstufen zum Gruberschen Haus empor und klingelte an der hochmodernen Briefkasten-Klingelanlage aus Edelstahl, auf der man erst eine Weile lang nach dem äußerst dezent wirkenden Klingelknopf suchen musste. Es gab eine Vielzahl von Knöpfen, die ähnlich aussahen wie der Klingelknopf, die aber keine Funktion hatten, sondern, wie Charles vermutete, lediglich zur Zierde dienten. Kaum hatte er den richtigen Klingelknopf gefunden, schallte ein harmonischer Dreiklang durch das Haus und bis in den Vorhof, in dem Charles sich befand. Wenig später öffnete eine unscheinbar aussehende Frau mit Goldrandbrille und auffallend grell geschminkten Lippen die hohe, moderne Eingangstüre. Sie musterte Charles Didier und die wenige Meter hinter ihm stehende Monja Grundel missbilligend. Die Kollegen von der Konstanzer Polizei warteten im Streifenwagen vor dem Haus.

»Schon wieder Polizei?«, schimpfte sie. »Ich weiß nicht, was Sie noch wollen. Ihr Kollege war doch schon heute Morgen hier. Das schädigt den Wahlkampf meines Mannes nachhaltig und ich werde das nicht länger dulden.«

»Ich bin nicht von der Polizei«, sagte Charles und bemerkte, dass sie beim Klang seines französischen Akzents zusammenzuckte. »Ich würde gerne Ihren Mann sprechen. Frau Grundel …«, er deutete auf die hinter ihm stehende Monja, »hat mich nur begleitet, weil sie Ihrem Mann auch etwas mitteilen wollte.«

»Wer ist denn da, Beate?«, rief in diesem Moment Wolfgang Gruber von drinnen und erschien gleich darauf hinter seiner Frau in der Haustür.

Charles Didier blickte in ein glattes Gesicht. Klassisch geschnitten, ein wenig markant vielleicht, dunkle, kurze Haare.

Charles' Blick wanderte zu den Händen seines Gegenübers. Sie waren lang und schlank und wurden von einem schmalen Goldreif geziert. Sieht so der Mann aus, der meiner Frau diese Höllenqualen angetan hat? Haben diese Hände getötet?, fragte er sich. Mit einem Mal fand er die Vorstellung absurd. Dieser Mann mit seinen ordentlichen Beton-Eingangsstufen, seinem glatten Gesicht und seiner biederen Frau passte so gar nicht zu den grauenhaften Szenen, die Marlene ihm geschildert hatte. Andererseits konnte man in Menschen nicht hineinsehen. Charles Didier war ein guter Menschenkenner, aber oft geneigt, nur das Gute in seinem Gegenüber zu sehen und die hässlichen Seiten auszublenden. Er pflegte, die Ecken und Kanten eines Charakters mit seinem Blick weich zu schleifen. Damit war er schon das eine oder andere Mal gewaltig auf die Nase gefallen und hatte das falsche Personal in seiner Feinkost-Firma eingestellt.

Und jetzt war er schon einmal hier. Er konnte schlecht auf dem Absatz kehrtmachen und wieder verschwinden. Zumal ihm Monja Grundel im Nacken saß. Die würde ihm was erzählen, wenn er die ganze Aktion einfach wieder abbräche und ihr hernach erklärte, er könne sich nicht vorstellen, dass die Hände dieses Mannes getötet hätten. Bei der resoluten Monja Grundel würde das sicher nicht sonderlich gut ankommen. »Entschuldigen Sie bitte die Störung«, sagte er zu Gruber. »Wie ich sehe …«, er deutete auf die weiße Leinenserviette in Grubers Hand, »sind Sie gerade beim Mittagessen. Ich würde Sie auch bestimmt nicht stören, wenn es nicht wichtig wäre … Dürfen wir hereinkommen?«

»Natürlich. Wie unhöflich von uns. Bitte entschuldigen Sie.« Gruber warf seiner Frau einen vorwurfsvollen Blick zu, führte seine Gäste ins Wohnzimmer und bat sie, auf der Ledersitzgruppe Platz zu nehmen, da am Nussbaumtisch noch für das Mittagessen gedeckt war. Didier sah zwei halb gegessene Schnitzel auf zwei Tellern, daneben Pommes und Salat. Zwei leere Rotweingläser, silbernes Besteck. Es sah aus wie aus einem Katalog für ›Besser essen‹ und wirkte seltsam unpersönlich. So unpersönlich wie das Zimmer von Marlene, dachte Charles und schauderte unwillkürlich. »Wir wollten Sie wirklich nicht stören«, sagte er verlegen und von der Erinnerung an seine verzweifelte Suche in Marlenes unpersönlichem Zimmer aus dem Gleichgewicht gebracht.

»Wir waren sowieso gerade fertig.« Gruber warf einen Blick auf die Uhr. »Viel Zeit habe ich allerdings wirklich nicht. Ich habe in einer knappen Stunde einen Vortrag zur Familienfreundlichkeit in der Stadt. Ich kandidiere als Oberbürgermeister, wissen Sie?«, fügte er der Vollständigkeit halber hinzu und sagte dann, an seine Frau gewandt: »Beate, bringst du uns bitte einen Kaffee?«

Beate presste die grellrot geschminkten Lippen aufeinander und entschwand.

»Wie kann ich Ihnen helfen, Herr …?«

»Didier«, sagte Charles. »Bitte verzeihen Sie, dass ich mich nicht vorgestellt habe.«

»Herr Didier, was kann ich für Sie tun«, wiederholte Gruber, nun mit leichter Ungeduld in der Stimme.

»Ich bin wegen Christin Meierle hier.«

Grubers rechter Mundwinkel begann sehr schnell und sehr fein zu zucken. Es dauerte nur Sekunden, dann hatte er sich wieder im Griff. Doch die paar Sekunden hatten ausgereicht. Charles hatte seine Reaktion bemerkt. Oder hatte er sich getäuscht? Schon wieder kroch diese Ungewissheit in ihm empor, die sich anfühlte, als sei er ohne Kompass auf dem Meer unterwegs und der Himmel sei wolkenverhangen, so dass er sich auch nicht an den Sternen orientieren konnte.

»Ich kenne nur eine *Elisabeth* Meierle«, erklärte Gruber und winkte ungeduldig seine Frau herbei, die soeben mit einem Silbertablett in der Türe erschienen war. »Das heißt, ich kenne oder kannte sie nicht persönlich, aber ich wurde im Zusammenhang mit dem Mord an ihr fälschlicherweise verhaftet.« Er warf einen vorwurfsvollen Blick auf Monja Grundel. »Glücklicherweise hat sich das ja nun aufgeklärt.«

Monja Grundel kommentierte Grubers Worte mit einem abfälligen Schnauben und antwortete auf seinen vorwurfsvollen ihrerseits mit einem grimmigen Blick.

Beate Gruber stellte das Kaffeetablett auf den Tisch. Hochmoderne und hauchdünne Tassen und Untertassen. Viereckig und aus weißem Porzellan. Das Geschirr klapperte etwas auf dem Tablett und Charles registrierte, dass ihre Hände leicht zitterten. Und er blickte auf abgekaute Fingernägel. Dann hob er den Blick und schaute direkt in Augen, die hinter den goldgeränderten Brillengläsern zu groß wirkten. Sekundenlang starrten sie sich an, keiner sagte ein Wort. Dann wandte Beate Gruber sich rasch ab und verließ mit einer gemurmelten Entschuldigung den Raum.

»Christin Meierle ist die Tochter des Mordopfers. Meine Frau. Sie ist verschwunden.«

»Verschwunden? Seit wann?«, fragte Gruber und wirkte nun ehrlich verblüfft.

»Sie verschwand einen Tag nach dem Mord an ihrer Mutter.«

»Merkwürdig«, sagte Gruber. »Merkwürdig und sehr bedauerlich für Sie, der Sie nun neben dem Tod Ihrer Schwiegermutter auch noch das Verschwinden Ihrer Gattin zu beklagen haben.«

Täuschte er sich oder hatte Grubers Blick etwas Lauerndes, Feindseliges bekommen?, fragte sich Didier.

»Nur leider«, fuhr Gruber fort, »kann ich in keinem der beiden Fälle weiterhelfen. Und ich muss Sie nun auch bitten, mich zu entschuldigen. Die Arbeit ruft. Ich muss jetzt wirklich dringend los.«

Er machte Anstalten, sich zu erheben. Monja Grundel hielt ihn zurück. »Wir hätten gerne noch Ihre Frau gesprochen.«

»Wozu?«

»Weil sie uns vorhin an der Türe sagte, dass mein Kollege heute Morgen bei ihr gewesen ist. Was wir natürlich auch seinem Terminkalender entnehmen konnten«, beeilte Monja Grundel sich, eine kleine Notlüge hinzuzufügen. Auf keinen Fall sollten die Grubers merken, wie schlecht es um die innerpolizeiliche Kommunikation stand.

»Und?«

»Das würden wir Ihrer Frau schon gerne selbst sagen.«

Gruber brummte verärgert. »Beate, kommst du mal bitte?«

Sofort erschien Beate Gruber im Türrahmen. Eine schmale, fast schmächtige Gestalt mit feuerroten Lippen und spiegelnden Brillengläsern. Es war klar, dass sie hinter der Tür gestanden und gelauscht hatte. »Setz dich doch einen Augenblick zu uns«, sagte Gruber. Seine Stimme war ungeduldig. Der Mann sprach mit seiner Frau, als sei sie ein lästiges Insekt.

Beate Gruber durchschritt das Wohnzimmer, nahm auf der äußersten Kante eines Sessels Platz, stellte ihre Schuhe in einer perfekten Linie nebeneinander und presste die Knie zusammen. Sie benahm sich ziemlich merkwürdig, fand Charles. Was ihn aber eher in dem leisen Verdacht bestärkte, Gruber könne der Mann sein, der seiner Frau all das angetan hatte. Der Mann, der Frauen erniedrigte und quälte. Der Mann, der ihr Leben zerstört hatte. Denn Beate Gruber verhielt sich wie eine Frau, die Angst vor ihrem Mann hat. Dazu passte auch ihr abwehrendes, schnippisches Verhalten an der Türe. Als wolle sie ihm die Polizei und andere unangenehme Dinge vom Leib halten, weil sie wusste, dass sie später die Konsequenzen tragen musste, wenn er sich ärgerte.

Dass Beate Gruber etwas mit dem Verschwinden seiner Frau zu tun haben könnte, darauf kam er nicht. Erstens war sie viel schwächer und zierlicher als die wesentlich korpulentere Marlene, die sich mit den Jahren zahlreiche Frust- und Wohlstandspfunde angefuttert hatte, zweitens war er überzeugt, dass Carlo Baders Mörder und Marlenes Peiniger auch der Mörder ihrer Mutter und der Entführer war. Und Carlo Baders Mörder war nun mal ein Mann, das stand fest.

»Frau Gruber, mein Kollege, Herr Strobehn, war heute Morgen bei Ihnen.«

»Ja, das sagte ich bereits.« Beate Grubers Hände ruhten in ihrem Schoß, den Blick hielt sie stur auf die Tischkante gerichtet.

»Können Sie mir sagen, wann mein Kollege Sie wieder verlassen hat?«

»Gegen zehn Uhr.«

»Das wissen Sie aber genau. Haben Sie auf die Uhr gesehen?«

»Ja.«

Monja sah sie forschend an. Es war nicht unbedingt üblich, dass jemand auf die Uhr sah, wenn ein Gast das Haus verließ. Die Antworten waren ihr zu schnell und zu glatt gekommen. Aber auch sie kam nicht auf den Gedanken, dass Beate Gruber, diese zarte, schwache Person, etwas mit dem Verschwinden Oles zu tun haben konnte. Ihr Gatte schon eher, aber der war heute Morgen bei einer Diskussionsrunde im Seniorenzentrum gewesen. Sie würde sein Alibi nochmals überprüfen müssen, aber wie es aussah, führte die Spur ins Leere. Den Termin im Seniorenzentrum hatte sie der Zeitung entnommen und Gruber würde niemals einen Wahlkampftermin versäumen.

Sie warf Charles, der mit unbewegter Miene auf dem schwarzen Sessel saß, einen forschenden Seitenblick zu. Sie war gespannt, was er zu Gruber sagte.

»Hören Sie das?«, fragte Ole atemlos.

»Das ist die Klingel«, wusste Marlene. »Ich habe sie schon oft gehört. Geholfen hat es nie etwas. Auch wenn Sie schreien, es hört Sie keiner.«

Ole seufzte. Er saß noch immer mit gefesselten Händen und Beinen im Keller. Marlene hatte sich redlich bemüht, die Fesseln zu lösen, letztendlich aber eine Pause einlegen müssen. Ihre Finger, ihr ganzer Körper waren zu geschwächt. »Meinen Sie, Sie können es noch mal versuchen, mit den Fesseln?«, fragte er vorsichtig. »Und, so schwer es Ihnen fällt, auch Ihre Geschichte weitererzählen? Es ist wichtig, dass ich alle Details kenne.«

Mit monotoner Stimme, in der keine Gefühlsregung zu erkennen war, hatte Marlene Ole von dem Mord an Carlo Bader erzählt. Dem Mord, den Gruber begangen hatte. Wolfgang Gruber, dessen Frau sie nun gefangen hielt. Wegen irgendwelcher Briefe, auf die sich Marlene keinen Reim machen konnte.

Als sie an der Stelle angelangt war, an der Gruber Carlo Bader zu Tode getreten hatte, hatte sie abgebrochen. »Meinen Sie, er weiß, dass seine Frau uns hier unten gefangen hält?«, hatte sie voller Angst gefragt. »Meinen Sie, er weiß, dass ich hier bin? Meinen Sie, er kommt, und …« Sie brach ab, wagte nicht, das Grauenhafte in Worte zu packen. Als riefe sie ihn herbei, wenn sie es ausspräche.

»Ich glaube es nicht«, sagte Ole und er sagte das nicht nur, um sie zu beruhigen, sondern weil er es ernst meinte. »Ich weiß nicht, was für ein Spiel sie spielt, aber ich bin mir ziemlich sicher, dass ihr Mann nichts davon weiß.«

»Aber garantieren können Sie mir das nicht?«, hakte Marlene, voll panischer Sehnsucht nach der Gewissheit, ihrem Peiniger nicht erneut ausgeliefert zu werden, nach.

»Nein«, gab Ole zu. »Natürlich nicht. Aber vielleicht fällt bei mir der Groschen, wenn Sie den zweiten Teil der Geschichte erzählt haben. Vielleicht kann ich mir dann eher einen Reim auf all das hier machen.«

Marlene schluckte und ihre Stimme war wieder von jener trostlosen, unbeteiligten Monotonie, als sie zu erzählen begann. »Ich habe versucht, ihn davon abzuhalten, Carlo zu Tode zu trampeln. Aber es ist mir nicht gelungen. Er war wie rasend vor Wut. Das ist sein Jähzorn, den ich schon kannte und fürchtete. Aber so schlimm wie an jenem Abend war es zuvor nie gewesen. Sein Jähzorn in dieser Nacht glich einem wilden, alles vernichtenden Hurrikan. Im Vergleich dazu war alles, was vorher gewesen war, eine laue Sommerbrise.«

Sie schwieg und Ole unterbrach ihr Schweigen nicht. Er wusste, dass sie im Begriff war, ihre Kraft zu sammeln für das, was sie nun in Worte fassen musste.

»Der Mord geschah vor einer Höhle im Stadtgarten«, fuhr Marlene fort. »Und als Carlo im Gras lag und sich nicht mehr rührte, da … da wandte er sich mir zu. Und er zischte: ›Und jetzt mach ich dich fertig, du kleine Schlampe.‹« Ein Zittern hatte sich in die Monotonie ihrer Stimme geschlichen, ein trockenes Schluchzen entrang sich ihrer Kehle. »Er hat mich in die Höhle geschleift und mir die Kleider vom Leib gerissen. Er hatte eine Zigarette, und er …« Sie brach ab. Ole schloss die Augen. »Sie müssen es mir nicht erzählen. Ich kann es mir denken. Aber wenn es Ihnen guttut, sprechen Sie es aus.«

»Es war schrecklich«, fuhr Marlene, nun mit bebender Stimme, fort und er spürte, dass ihre Hände wieder begannen, an seinen Fesseln zu arbeiten, als brauche sie eine Bewegung, in die sie ihre ganze Wut und ihren ganzen Schmerz lenken konnte. »Während er mir die Verletzungen zufügte, hat er mir geschildert, was er noch alles mit mir machen werde. Ich … ich möchte das nicht wiederholen. Aber ich bin fast gestorben vor Angst und Schmerzen. Und dann, dann hat er mich vergewaltigt.«

Marlene begann haltlos zu weinen. Ole bewegte reflexartig die Hände, um ihr Trost zu spenden, und stellte fest, dass sie es endlich geschafft hatte, die Fesseln zu lösen. Vorsichtig streckte er eine Hand aus und legte sie auf ihre Schulter. Marlene saß zusammengekauert auf dem Boden, ihr Rücken bebte, den Kopf hatte sie in den Knien vergraben. Ole streichelte hilflos ihren Rücken. »Ich kann Ihnen gar nicht sagen, wie leid mir das tut, Frau Didier«, sagte er. »Wie unendlich leid. Aber ich verspreche Ihnen, dass ich alles, wirklich alles dafür tun werde, dieses …«, er konnte nicht an sich halten, »…dieses gotterbärmliche, widerliche, abscheuliche Schwein seiner gerechten Strafe zuzuführen.«

Marlene schluchzte auf und er spürte, dass sie nickte. »Er ist dann einfach gegangen und hat mich liegen lassen«, sagte sie leise. »Ich weiß nicht, wie lange ich so gelegen habe. Irgendwann, als ich sicher war, dass er weg ist, bin ich nach draußen gekrochen. Und da lag Carlo. Ich habe ihn nicht angefasst, ich konnte es nicht, aber ich hatte das Gefühl, als sei ich über und über mit seinem Blut beschmiert. Wenn ich nicht gewesen wäre, würde er noch leben.«

Ihre Stimme hatte wieder diese seltsame Monotonie angenommen und sie erzählte weiter: »Ich bin dann zum Bodenseeufer gegangen und in den See gestiegen. Ich hatte das Gefühl, alles von mir abwaschen zu müssen, alle Schande und alles imaginäre Blut. Aber es ließ sich nicht abwaschen, so sehr ich auch schrubbte. Es ist immer noch an mir.« Erneut schluchzte sie auf und Ole musste an Alexandra denken. Auch sie hatte das Gefühl gehabt, sich das Blut von den Händen waschen zu müssen. Im Krankenhaus, aber auch noch Tage danach. Immer und immer wieder ging sie ins Bad und Ole hörte das Wasser rauschen. Und in der Nacht war sie das eine oder andere Mal schreiend aufgewacht. Diese Parallele zwischen den beiden Frauen faszinierte und ängstigte ihn zugleich. Ihm wurde bewusst, wie schutzlos Frauen waren, und so sehr er sich wünschte, Alexandra vor allem Leid der Welt beschützen zu können, wusste er doch, dass er es nicht konnte. Plötzlich sah er noch eine Parallele und die ließ ihm den Atem stocken. Auch Alexandra war mit einem Mann liiert gewesen, der durchaus jähzornige Züge hatte, als sie sich in Ole verliebte. Diese Parallelen waren ihm unheimlich, doch gleich darauf schalt er sich einen Narren. Die Geschichte würde sich nicht wiederholen, alles würde gut werden, dafür musste er sorgen. Es drängte ihn, sofort aufzuspringen und nach einem Ausweg zu suchen, doch er wusste auch, dass er sich nicht abrupt von Marlene abwenden durfte, dass er ganz vorsichtig mit ihr sein musste. Sanft nahm er die Hand von ihrer Schulter und begann, die Fesseln an seinen Beinen zu lösen. Verdammt, saßen die fest. Das Weib hatte Kraft.

»Die Schande saß tief in mir«, fuhr Marlene tonlos fort. »Ich war schwanger.«

Das war nun ausnahmsweise keine Überraschung für Ole. »Ich weiß«, sagte er leise. »Ich habe Ihre Tochter kennengelernt. Eine zauberhafte Person.«

»Wie heißt sie?«, flüsterte Marlene.

»Stefanie. Stefanie Schwarz. Sie ist verheiratet und sie hat zwei Kinder. Sie … sie ist sehr hübsch, Ihre Tochter. Und sie hat einen netten Mann. Und Ihre Enkelchen … die sind wirklich süß.«

»Ich bin Großmutter …« Marlene spürte, dass sich

dort, wo es sich immer so entsetzlich tot und leer angefühlt hatte, ein warmer Punkt auszubreiten begann.

»Weiß sie von mir … meine …«, sie brachte die Worte nur schwer über ihre Lippen, »…meine Tochter?«, sagte sie schließlich mit sehr dünner, fast unhörbarer Stimme.

»Ja«, ließ Ole sie wissen. »Seit Kurzem. Sie wuchs in dem Glauben auf, ihre Großmutter sei ihre Mutter. Erst nach ihrem Tod erfuhr sie, dass dem nicht so ist.«

»Wie geht es ihr?«, flüsterte Marlene.

»Ich weiß es nicht. Nicht gut, fürchte ich. Gestern war die Beerdigung.«

»Oh Gott«, klagte Marlene. »Ich bin schuld. An allem. Am Tod meiner Mutter, am Leid meiner Tochter.«

»Nein, sind Sie nicht«, widersprach Ole. »Und das wissen Sie auch.«

»Hätte ich damals nicht geschwiegen, wäre meine Mutter jetzt noch am Leben.«

»Wir wissen noch nicht, wie das alles zusammenhängt, Frau Didier«, versuchte Ole sie zu beschwichtigen.

Marlene schwieg. »Ich muss zu ihr. Ich muss zu meiner Tochter. Nachdem ich sie so viele Jahre im Stich gelassen habe«, fügte sie hinzu.

»Gute Idee«, sagte Ole, der sich über den neuen Lebensmut freute, den Marlene gefasst hatte. »Aber zuerst müssen wir zusehen, wie wir hier rauskommen.«

DREIUNDDREISSIGSTES KAPITEL

Überlingen

Alexandra war außer sich vor Sorge. Ole hatte auf die SMS, die sie ihm am späten Vormittag geschickt hatte, noch nicht geantwortet. Am frühen Nachmittag hatte sie ihn angerufen. Sein Handy war aus. Schließlich hatte sie es in seinem Büro versucht. Wenn die Grundel, diese Hexe, den Anruf entgegennähme, würde sie sich eine Ausrede einfallen lassen müssen, aber das machte nichts. Wichtig war nur, dass sie wusste, dass es ihm gut ging. Doch in seinem Büro hob niemand ab. Was sie irgendwie beruhigte. Wahrscheinlich waren die beiden zusammen zu einem wichtigen Einsatz ausgerückt und da hatte er natürlich keine Zeit, seiner Freundin mitzuteilen, dass es ihm gut ging. Sofort machte sie sich Sorgen, dass ihre Anrufe und SMS ihn genervt haben könnten. Mit einer Freundin, die sich ständig Sorgen machte, war ein Polizist schlecht bedient. Das wusste sie.

Doch die Angst, ihm auf die Nerven zu gehen, war ganz schnell wieder den Sorgen um sein Wohlergehen gewichen. Es war inzwischen viertel nach sieben. Um sieben hatte er sie abholen wollen und Ole war normalerweise die Pünktlichkeit in Person. Sein Handy war noch immer ausgeschaltet. Fünf Minuten würde sie ihm noch geben, dann würde sie seine Kollegen darüber informieren, dass er heute Morgen zu Beate Gruber gefahren war. Sie ging zwar davon aus, dass seine Kollegen davon

Kenntnis hatten, aber andererseits wusste Alexandra, wie ungern Ole mit Monja Grundel zusammenarbeitete, und traute ihm einen Alleingang deshalb durchaus zu.

Als es klingelte, stieß sie vor Erleichterung einen tiefen Seufzer aus. Vor lauter Sorgen um Ole hatte sie sich nicht zurechtgemacht, sondern steckte immer noch in ihren Büroklamotten: graue Stoffhose mit Bügelfalten, weiße Bluse und weiße Pumps. Ihre roten Locken hatte sie aufgesteckt, einige Strähnen hatten sich gelöst und fielen lose um ihr Gesicht. So schlecht sah sie gar nicht aus, fand Alexandra nach einem flüchtigen Blick in den Garderobenspiegel. Sie drückte auf den Türöffner, zog sich noch schnell mit dem Lippenstift, der in einer kleinen Messingschale unter dem Spiegel lag, die Lippen nach und gönnte sich einen Spritzer Parfüm. ›Sun‹ von Jil Sander. Passte, wie sie fand, hervorragend zum Frühling. Sie warf noch einen letzten, prüfenden Blick in den Spiegel und lächelte sich zu. Sie hatte das Lächeln noch auf dem Gesicht, als sich ihre Augen vor Schreck weiteten. Denn der Mann, der da durch die Tür kam, war keineswegs Ole. Es war Ralf. Und er war, das sah sie an seinem Blick, wütend und hatte getrunken.

VIERUNDDREISSIGSTES KAPITEL

Konstanz

Samstagmorgen. Wolfgang Gruber stand wieder einmal auf dem Markt und wie schon eine Woche zuvor, hatte er das Gefühl, kotzen zu müssen. Es ödete ihn an, die ewig gleichen Fragen wieder und wieder beantworten zu müssen. Doch er riss sich am Riemen. Morgen war Wahlsonntag und dann wäre alles vorbei. Dann hätte er es endlich geschafft, wäre endlich an der Macht. Er zweifelte nicht daran, dass er siegen würde, denn die Umfragen standen gut. Dem Häberle hatte die Sache mit seiner Geliebten unter Mordverdacht nicht gut getan. So sehr er auch versucht hatte, die Sache unter Verschluss zu halten: Die Geschichte hatte die Runde gemacht und die Menschentrauben an seinem Stand, die Gruber noch am Samstag zuvor so eifersüchtig beäugt hatte, waren deutlich weniger geworden. *Seine* Verhaftung hingegen war wie durch ein Wunder nicht an die Öffentlichkeit geraten. Er hatte das Gefühl, dass der Polizeichef hier eingegriffen hatte. Einen OB-Kandidaten unschuldig zu verhaften, das schmückte die Polizei nun wirklich nicht, und der Polizeichef wusste auch, dass er auf ein gutes Verhältnis mit ihm angewiesen wäre, wenn er, Gruber, erst einmal Oberbürgermeister war.

Drei Kreuze würde er machen, wenn er es geschafft hatte, Teufel noch eins. Ihm war ganz anders geworden, als die Alte vor einer Woche angerufen und mit ihrer kühlen, kultivierten Stimme »Carlo Bader« gesagt hatte. Nur diese beiden Worte hatte sie gesagt, mehr nicht, aber es war ganz klar eine Drohung gewesen. Und dass die Stimme der alten Meierle gehörte, das hatte er sofort erkannt. Bis in seine Träume hatte ihn diese Stimme schließlich verfolgt gehabt, als er noch ein junger Mann war, der der Mutter seiner Freundin unbedingt gefallen wollte. Doch sie hatte ihn immer abfällig behandelt und deutlich gemacht, dass ihre Christin etwas Besseres verdient hatte als ihn, Wolfgang, den Loser, den Versager. Das hatte ihn immer wütend gemacht und er hatte seine Wut an Christin ausgelassen. Die Angst in ihren Augen hatte dazu geführt, dass er sich mächtig vorkam, ja, *einmal* in seinem Leben war er stark. Er, der Sohn aus armem Haus. Seine Mutter war Putzfrau, sein Vater arbeitsloser Säufer. Geld war nie da gewesen und er, der jüngste von vier Söhnen, hatte immer die unmodernen, ausgebeulten Kleider seiner Brüder anziehen müssen. Gestunken hatte er auch, das wusste er, weil die ganze Wohnung stank. Nach altem, abgestandenem Fett und Sauerkraut. Entsprechend war er in der Schule, dem Gymnasium, das er nach langen Kämpfen mit seinem Vater und dank eines Lehrers, der sich sehr für ihn einsetzte, besuchte, gehänselt worden. Alle anderen trugen coole Klamotten, gingen auf Partys, hatten immer Geld für Bier in der Tasche. Er nicht. Er war der Doofi. Das Opfer. »Wolfie, du stinkst«, hatten sie immer gesagt und sich demonstrativ die Nase zugehalten, wenn er in ihre Nähe kam. Einen Banknachbarn hatte er nie gehabt. Einmal hatte der Lehrer einen Versuch gemacht, einen Klassenkameraden neben ihn zu setzen, aber der hatte sich strikt geweigert und gesagt: »Ne, Herr Lehrer, der Wolfi, der stinkt so, das halt ich nicht aus, da wird mir schlecht, ehrlich.«

Wolfgang hatte voller Scham auf die Tischplatte vor sich gestarrt und die feine Maserung des alten Holzes überdeutlich wahrgenommen. Noch heute hallte die Antwort des Lehrers in seinem Kopf. »Du riechst wirklich etwas streng, Wolfgang. Du solltest mehr auf deine Körperhygiene achten.«

Das waren die harmloseren Tage gewesen. An den schlimmeren spuckten die drei Jungs, die die Klasse anführten, auf den Boden und zwangen ihn, ihren Speichel aufzulecken. Sie zerrissen seine Hefte, bekleckseten sie mit Tinte, nahmen ihm seinen Geldbeutel weg und warfen ihn hin und her. Und wenn er ihn zu fangen versuchte, lachten sie höhnisch. Dieses Gelächter verfolgte ihn bis heute in seinen Träumen. Er hatte sich nicht getraut, ihnen etwas entgegenzusetzen. Doch wenn er zu Hause war, dann kochten Wut und Selbstekel in ihm hoch. Es war wie ein Feuer und es drohte, ihn zu verbrennen. In seiner rasenden Wut drosch er auf alle ein, die schwächer waren als er. Das waren nicht viele. Der kleine Junge, der an der nächsten Straßenecke wohnte. Seine Mutter. Und Christin. Christin, das Mädchen aus gutem Hause, das selbstverständlich die Schlossschule Salem besuchte. Er lernte sie im Sommer im Überlinger Strandbad kennen, das er aufsuchte, weil er Angst hatte, im Konstanzer Bad von seinen Klassenkameraden gehänselt zu werden. Sie war genauso allein wie er. Die beiden wurden ein Paar und Christin sagte nie etwas über seinen Geruch, der im Sommer durch das häufige Baden im See auch weniger streng war, und sie sagte auch nichts über seine alten Kleider. Ganz im Gegensatz zu ihrer Mutter. Die hatte ihn schon, als sie ihn zum ersten Mal gesehen hatte, mit hochgezogenen Augenbrauen und eisblauem Blick von oben bis unten streng gemustert und gefragt: »Und was, sagten Sie gleich, machen Ihre Eltern?« Dabei, das wusste er genau, hatte Christin ihr längst erzählt, wie es um seine Eltern stand. Wie hatte er sich unwohl gefühlt, damals, unter den Blicken der beiden Meierle-Frauen. Dem eisblauen der Mutter, so kalt, verurteilend und hart, und dem kornblumenblauen, angstvollen der Tochter. Christin kannte ihn und seine Wut damals genau, wie ein Tier, das Gefahr wittert, war sie in der Lage, seine Wut zu riechen, sie an den kleinsten Anzeichen abzusehen, spürte sie manchmal schon, bevor er wusste, dass sie ihn wieder überkommen würde, die rollende, rasende, rote Wut. Sie hatte geahnt, dass sie später für das abschätzige Verhalten ihrer Mutter würde zahlen müssen. Und sie hatte sich nicht getäuscht.

Als er Christin kennenlernte, stand er kurz vor dem Abitur, das er mit Bravour bestand, er hielt sich mit Jobs über Wasser, schaffte es an die Uni und studierte Jura. Sie war öfter bei ihm als er bei ihr, denn er ertrug die Gegenwart ihrer Mutter nicht, die freilich nicht wusste, dass ihre Tochter sich so oft bei ihm aufhielt, die aber sehr schnell misstrauisch wurde, als Christin das erste Mal mit einem Veilchen nach Hause kam. Er schlug sie immer dann, wenn er an ihre Mutter dachte oder an all die anderen unfairen, überheblichen Menschen, die im Laufe seines Lebens seinen Weg gekreuzt hatten. Besonders wütend wurde er, wenn er fand, dass Christins kornblumenblaue Augen das Eisblau der Augen ihrer Mutter annahmen. Das geschah immer dann, wenn ihr etwas missfiel. Ja, er war sich sicher, dass sie ihm insgeheim die gleiche Verachtung entgegenbrachte wie ihre Mutter. Er war der Ansicht, dass sie ihn spüren ließ, dass sie ihn für einen stinkenden Versager hielt. Danach tat es ihm jedes Mal ehrlich leid und er schwor sich und ihr, sich zu bessern. Bis ihn der rote Feuerball das nächste Mal heimsuchte. Er bemühte sich aber, sie nicht mehr ins Gesicht zu schlagen, aus Angst vor ihrer Mutter.

Dass diese Ziege ihn ausgerechnet im Wahlkampf anrufen musste, nach all den Jahren, ach was, Jahrzehnten, war klar. Sie wollte ihm zeigen, wo er hingehörte, in die Gosse. Nun, das Problem hatte sich nun ja wohl erledigt. Gruber lächelte böse. Und Christin war schon vor Jahrzehnten spurlos verschwunden. Bis gestern dieser fette Franzose bei ihm auftauchte und allen Ernstes behauptete, ihr Mann zu sein, und ihm mitteilte, seine Frau sei verschwunden. Es passte ihm gar nicht, dass dieser Typ ausgerechnet zwei Tage vor der Wahl bei ihm aufkreuzte, andererseits war er sich ziemlich sicher, dass er ihn von seiner Unschuld überzeugt hatte. Anscheinend hatte Christin seinen Namen nicht genannt, sonst hätte dieser Charles anders reagiert. Und auch diese hässliche Polizistin schien nichts zu wissen. Zum Glück war dieser Kommissar aus dem Norden nicht dabei gewesen, dieser Strobehn. Der schien ziemlich helle zu sein. Aber der war jetzt sicher im Wochenende und wenn er wieder im Dienst war, dann hätte er, Wolfgang Gruber, die Wahl schon gewonnen. Dann wäre er, der kleine Opferjunge aus der Gosse, endlich jemand. Dann hätte er es geschafft.

FÜNFUNDDREISSIGSTES KAPITEL

Überlingen

Alexandra wachte auf, als ein heller Sonnenstrahl auf ihre Augenlider fiel. Blinzelnd schlug sie die Augen auf und sah sich verwirrt um.

»Alex, ich bin ja so froh, dass es dir wieder besser geht. Ich habe mir solche Sorgen gemacht.«

Erschrocken fuhr sie hoch, sank aber gleich darauf stöhnend auf ihre Kissen zurück. Es fühlte sich an, als habe jemand einen Dolch in ihren Kopf gerammt. Die Stimme gehörte Ralf und die Erinnerungen, die jetzt auf sie einstürmten, waren mehr als unschön. Ralf. Der Streit. Und dann: nichts mehr.

»Was willst du hier?«, zischte sie Ralf an.

»Dich pflegen, Liebes. Es geht dir gar nicht gut.« Ralf blickte sie bekümmert an.

Alexandra verspürte keine Angst. »Wenn ich mich nicht täusche, bist du daran nicht ganz unschuldig«, fauchte sie.

»Schatz, es tut mir leid«, hob Ralf zu einer Verteidigung an. »Der Küchenstuhl, die Tischkante … Ich konnte doch nicht ahnen, dass du gleich stolpern und so unglücklich gegen den Küchentisch fallen würdest.«

Alexandra sah ihn kalt an. »Du hättest gar nicht erst herkommen dürfen. Und was unseren Streit angeht: Ich darf dich daran erinnern, dass das nicht das erste Mal war, dass du auf mich losgegangen bist. Ich will nicht mit einem

Mann zusammen sein, der mich so behandelt. Das habe ich dir mehrfach gesagt.«

»Ich werde mich bessern, versprochen. Wenn du mir nur noch eine einzige Chance gibst«, sagte Ralf und es klang ehrlich verzweifelt. »Ich liebe dich, Alexandra. Ich liebe dich von ganzem Herzen. Und ich kann ohne dich nicht leben.«

»Es ist zu spät, Ralf«, wich Alexandra nicht von ihrem Standpunkt ab. »Und du wirst dich auch nicht bessern. Aber ich habe weder Zeit noch Lust, das wieder und wieder mit dir durchzukauen. Ich habe dir das alles bereits ausführlich erläutert. Und ich habe dir auch gesagt, dass es kein Zurück mehr gibt.«

Sie hatten das alles schon am Abend ihres Streits diskutiert. Ralf war auf Versöhnung aus gewesen, als er so besoffen zur Tür hereingewankt kam, und war ausgerastet, als er kapierte, dass Alexandra sich nicht versöhnen wollte. Er hatte sie nicht geschlagen, wollte aber erzwingen, dass sie ihn küsste, woraufhin sie versuchte, ihn von sich zu stoßen. Er stieß zurück und sie knallte mit dem Kopf gegen die Tischkante.

Wieso hatte sie eigentlich überhaupt die Tür aufgemacht? Und dann fiel es ihr wieder ein. Mit einem Ruck setzte sie sich auf. Und dieses Mal war es ihr egal, dass es in ihrem Schädel pochte und hämmerte und dass kleine hellrote Vierecke vor ihren Augen tanzten. Ole. Sie hatte auf Ole gewartet. Er hatte nicht auf ihre SMS reagiert. Ihm war etwas zugestoßen, das wusste sie nun ganz sicher.

»Wo ist mein Handy?«, keuchte sie.

»Darum hab ich mich gekümmert, Süße«, sagte Ralf lächelnd. »Das brauchst du jetzt nicht. Das dumme Ding hat doch immer nur zwischen uns gestanden.«

»Du gibst mir jetzt sofort mein Handy und dann verlässt du dieses Haus, sonst rufe ich die Polizei.«

»Ach ja? Mach doch! Bullenschlampe!« Ralf spie die Worte regelrecht aus.

In Alexandras Kopf arbeitete es fieberhaft. Sie durfte nicht riskieren, dass Ralf wieder austickte. Oberste Priorität hatte, dass sie bei klarem Verstand blieb und herausfinden konnte, ob Ole inzwischen wieder aufgetaucht war. Zumal sie jegliches Zeitgefühl verloren hatte. Wie lange hatte sie hier mit geschlossenen Augen gelegen? War es morgens, mittags oder früher Abend? Und welcher Tag war heute?

So sehr sie Ralf inzwischen auch verabscheute und so sehr sie sich vor ihm ekelte, sie musste bei ihm gut Wetter machen, um irgendwie aus dieser Nummer herauszukommen. Mit Gewalt schaffte sie es nicht, das war klar, denn Ralf war stärker als sie. Und er hatte, daran gab es inzwischen keinerlei Zweifel mehr, einen Knall. So verhielt sich kein normaler Mensch. Zum Glück kannte sie ihn. Wusste, wie sie ihn einfangen konnte. Ralf hatte einen Männlichkeitswahn und ein extrem konservatives Rollenverständnis. Hier beschloss sie ihn zu packen. Sie wusste, dass sie ihm die heile Welt vorspielen musste. Es gab keine andere Möglichkeit. Auch wenn es sie noch so sehr anwiderte.

»Ralf, mein Schatz«, sagte sie, nahm seine Hand und beobachtete, dass sich auf seinem runden Jungengesicht freudige Überraschung widerspiegelte. Volltreffer, dachte sie zufrieden.

»Entschuldige, dass ich gestern Abend und auch gerade eben nach dem Aufwachen so ruppig zu dir war. Ich war einfach völlig durcheinander, weißt du?«

Ralfs Gesicht leuchtete auf, aber er spielte noch den Beleidigten. »Du warst schon ziemlich undankbar. Schließlich habe ich dich ins Bett gebracht und die ganze Zeit neben dir gesessen«, schmollte er.

Wegen dir liege ich hier ja auch, du Vollidiot, dachte Alexandra, aber sie sagte: »Verzeih mir. Wie lange sitzt du denn nun schon hier?«

»Eineinhalb Tage. Du warst ziemlich lange weg.« Er grinste.

Alexandra erschrak. Nicht, weil er nicht auf den Gedanken gekommen war, einen Arzt zu rufen, was bei derart langer Ohnmacht sicher angebracht gewesen wäre, sondern weil es bedeutete, dass Ole sich unter Umständen schon seit zwei Tagen in irgendeiner Gefahr befand und sie ihm nicht geholfen hatte. Wenn er sich *nicht* in Gefahr befinden würde, hätte er versucht, sie zu erreichen. Auf dem Handy, auf dem Festnetz, und er wäre todsicher auch vorbeigekommen und hätte Sturm geklingelt.

»Hm«, sagte sie. »Komisch. Und in der ganzen Zeit hat niemand angerufen? Und auch niemand geklingelt?« Sie sah ihm aufmerksam ins Gesicht. Sie würde es merken, wenn er log.

»Nein«, sagte Ralf misstrauisch. »Wer hätte denn klingeln sollen? Dieser … dieser Bulle etwa?« Seine Stimme wurde lauter, sein Gesicht verfärbte sich blutrot. Höchste Alarmstufe.

Alexandra bemühte sich um ein abfälliges Lachen. »Wo denkst du hin, mein Schatz?«, fragte sie. »Das mit dem war doch nichts Ernstes. Der ist doch kein richtiger Mann … im Gegensatz zu dir. Ich wollte dich nur ein bisschen eifersüchtig machen. Was mir ja auch gelungen ist.« Sie bemühte sich um ein Lächeln, was nur halb glückte, und dachte: Verzeih mir, Ole. Ich mach das alles nur für dich.

Tatsächlich wurde sie fast wahnsinnig vor lauter Sorge um ihren Liebsten. Er hatte sich also tatsächlich in all der Zeit nicht gemeldet. Das hieß, er war wirklich in Gefahr. Und das wiederum bedeutete, dass sie so schnell wie nur irgend möglich zur Polizei gehen musste, um Oles Kollegen mitzuteilen, was sie wusste. Aber wie? Es wäre noch ein hartes Stück Arbeit, Ralf zu überzeugen. Und bis dahin wäre es für Ole vielleicht zu spät. Als scheinbar einzige Möglichkeit fiel ihr ein, Ralf zu verführen. Es würde schnell vorbei sein, er war immer rasch fertig beim Sex. Kein Vergleich zu Ole, der sich ausführlich Zeit nahm, sie und ihren ganzen Körper in Flammen zu setzen. Ralfs Egoismus, der sie während ihrer Beziehung immer gestört hatte, wäre nun ein klarer Vorteil. Er würde sich Befriedigung verschaffen, sich dann auf die Seite rollen und schnarchend einschlafen. Und sie konnte sich davonstehlen. Doch allein der Gedanke daran, mit Ralf intim werden zu müssen, erfüllte sie mit tiefem Ekel. Es musste noch eine andere Möglichkeit geben.

SECHSUNDDREISSIGSTES KAPITEL

Konstanz

»So, meine Lieben. Heute ist die Stunde der Wahrheit.« Beate Grubers Stimme klang hohl und schrill durch das Schlüsselloch der Eisentüre. Verdammt, warum hat sie den Raum nicht betreten, fluchte Ole innerlich. Jetzt, wo er nicht mehr gefesselt war, wäre es ihm ein Leichtes gewesen, die schmächtige Frau zu überwältigen. Was sie vermutlich wusste. Das war der Grund, warum sie den Keller nicht betrat.

»Heute wird mein Mann zum mächtigsten Mann Konstanz' gewählt. Endlich werden wir auch mal jemand sein. Und ich werde als seine Frau an seiner Seite stehen. In aller Öffentlichkeit. Alle werden uns sehen und alle werden uns zujubeln. Das wird uns niemand kaputt machen! Hören Sie? Niemand!«

Ole erschrak. Wahlsonntag. Das hieß, dass er schon seit zwei Tagen hier unten im Keller lag. Seine Sorge um Alexandra flammte erneut auf. Sie wusste, dass er zur Gruber gehen wollte, und sie war intelligent. Normalerweise hätte sie schon längst die Kollegen verständigen müssen. Normalerweise hätten sie längst hier sein müssen. Er tastete im Dunkeln nach Marlenes Hand und drückte sie aufmunternd. »Wir müssen auf Zeit spielen und sie so lange wie möglich aufhalten. Stellen Sie ihr Fragen«, flüsterte er. Laut sagte er: »Natürlich nicht, Frau Gruber. Wer sollte Ihnen diesen verdienten Erfolg auch noch kaputt machen?«

Beate Gruber lachte grausam. »Sie, Herr Strobehn. Sie wissen zu viel. Und *Christin.*« Sie spie den Namen regelrecht aus. »Deshalb müssen Sie sterben. Ich habe eine Waffe bei mir, *Ihre* Waffe, Herr Strobehn, und werde Sie beide erschießen.« Wieder dieses Lachen. Hohl, grausam, leer.

Marlene schluchzte auf. Ole zog sie an sich.

»Keine Sorge. So leicht kann sie uns nicht umbringen«, flüsterte er ihr beruhigend zu. »Dazu muss sie erst mal die Tür öffnen und sich orientieren, wo wir sind.«

»Aber der Lichtschalter ist draußen. Sie kann das Licht anknipsen und die Tür aufreißen. Und wir sehen dann erst mal nichts, weil wir geblendet sind«, wisperte Marlene ängstlich.

»Das schafft sie nicht. Wir sind zu zweit und ich bin für solche Fälle ausgebildet«, flüsterte Ole mit mehr Zuversicht, als er verspürte.

»Frau Gruber, wenn Sie uns töten, machen Sie es auch nicht besser. Man wird uns vermissen, uns suchen und die Spuren werden unweigerlich zu Ihnen führen. Meine Kollegen wissen, dass ich bei Ihnen war.«

Beate Gruber lachte höhnisch. »Ja, dumme Kollegen haben Sie. Sie waren gestern Mittag schon hier und ich habe auch gar nicht abgestritten, dass Sie bei mir waren. Nur habe ich ihnen gesagt, dass Sie nach einer Stunde wieder gegangen sind. Das hat mir diese dicke Polizistin voll abgenommen.«

Ole fluchte leise. »Sie werden wiederkommen«, sagte er. Dann versuchte er es mit einer Provokation. »Frau Gruber«, rief er. »Wenn wir schon sterben müssen, dann wüssten wir doch wenigstens gerne, warum. Würden Sie mir noch ein paar Fragen beantworten?«

Beates Stimme klang hohl und tot. »Fragen Sie.«

»Weiß Ihr Mann, dass Sie die ehemalige Verlobte von Carlo Bader sind?«

Auf der anderen Seite der Tür blieb es still.

»Frau Gruber?«

»Nein«, gab Beate schließlich zu. »Nein, er weiß es nicht. Er weiß nicht, dass ich Macht über ihn habe, weil ich weiß, was er getan hat. Ich würde es ihm erst sagen, wenn er mich verlassen würde. Das ist meine Lebensversicherung, verstehen Sie? Und er weiß auch nicht, dass ich ihn all die Jahre beschützt habe.«

»Wovor beschützt?«, flüsterte Marlene verwirrt.

»Das kriegen wir noch raus«, wisperte Ole zurück.

»Eins verstehe ich nicht, Frau Gruber«, rief er. »Wie kann eine Frau den Mörder des eigenen Verlobten heiraten?«

»Ja, begreifen Sie das denn wirklich nicht?«, fragte die Stimme im Schlüsselloch.

»Nein«, sagte Ole, erfreut zur Kenntnis nehmend, dass sie immer mehr von sich preisgab.

»Wir waren beide Betrogene und Verletzte. Es war logisch, dass wir uns zusammentaten.«

»Aber er hat Ihren Verlobten getötet.«

»Er hatte den Tod verdient«, verkündete Beate kalt. »Wenn er ihn nicht getötet hätte, hätte ich es getan. Er hat das für mich erledigt. Nur *sie* hat er nicht erledigt, diese … diese Hure. Aber das werde ich nun tun.«

Ole hörte, wie Marlene neben ihm aufstöhnte, und drückte sie an sich.

»Sie sind so dumm und so missgünstig«, schimpfte Beate vor der Tür weiter und es war klar, dass ihre Worte Marlene galten. »All die Jahrzehnte haben wir nichts von Ihnen gehört. Wir waren fast … *glücklich*.« Das »glücklich« kam so leise, dass Marlene und Ole es mehr erahnen als wirklich verstehen konnten. »Warum haben Sie es denn nicht gut sein lassen? Warum haben Sie uns denn nicht wenigstens dieses Glück gegönnt, wo Sie doch schon einmal unser Leben zerstört haben?« Beates Stimme klang nun wütend und leidenschaftlich.

»Aber ich habe doch gar nichts gemacht«, sagte Marlene mit heiserer, rauer Stimme.

»Sie kann Sie nicht hören«, flüsterte Ole. »Sie müssen lauter sprechen.«

Marlene räusperte sich. »Aber ich habe doch gar nichts gemacht«, rief sie laut. »Ich bin doch gar nicht aus der Versenkung aufgetaucht. *Sie* waren es, die plötzlich da war und versuchte, mich ins Wasser zu schmeißen.«

Beate lachte bitter. »Und die Briefe? Die Telefonanrufe? Ist das etwa *nichts*?«

»Was für Briefe? Was für Anrufe?«, rief Marlene in Richtung der eisernen Tür.

»Tun Sie doch nicht so unschuldig. Ich weiß Bescheid«, schimpfte Beate. »Aber ich kann Ihrer Erinnerung gerne auf die Sprünge helfen. Seit Wolfgang seine Kandidatur bekanntgegeben hat, haben Sie ihn bedroht. Mit Briefen. Und dann hat Ihre Mutter sogar angerufen.«

»Ich habe keine Briefe geschrieben«, sagte Marlene verzweifelt. »Und ich wusste auch nichts von einem Anruf meiner Mutter. Ehrlich. Sie müssen mir glauben.«

»Aber Sie haben Ihre Mutter beauftragt, die Briefe zu schreiben. In jedem Brief stand deutlich, dass Sie auch in ihrem Sinne handelt. Ganz genau erinnere ich mich noch an den Satz: ›Meine Tochter Christin und ich können nicht dulden, dass so ein Verbrecher wie Sie Oberbürgermeister von Konstanz wird …‹ Da haben wir es endlich geschafft und dann kommen Sie und wollen zum zweiten Mal unser Leben zerstören.«

»Aber ich habe von den Briefen nichts gewusst«, beteuerte Marlene. »Ich hatte keinen Kontakt mehr zu meiner Mutter, seit … seit all das passiert ist.«

Beate lachte höhnisch. »Glauben Sie ernsthaft, Sie können mich für dumm verkaufen?«

»Ehrlich, ich …«

Ole, der ihre Hand inzwischen losgelassen hatte, legte seine Hand beruhigend auf ihre Schulter. »Sie müssen sich nicht verteidigen«, flüsterte er. »Nicht Sie haben die Straftat begangen, sondern Wolfgang Gruber und seine Frau.«

»Woher wussten Sie von den Briefen an Ihren Mann? Hat er sie Ihnen gezeigt?«

Beate Gruber lachte schrill. »Mein Mann mir etwas zeigen? Mein Mann hat mir noch nie etwas gezeigt. Nein, das habe ich schon selbst herausgefunden. Er ist schließlich den ganzen Tag außer Haus, ich nicht.«

»Da haben Sie die Briefe geöffnet?«

»Selbstverständlich.«

»Hat Ihr Mann von diesen Briefen gewusst?«

»Nein«, sagte Beate.

»Woher haben Sie denn eigentlich gewusst, dass Wolfgang Gruber Carlo Bader getötet hat? Es wusste schließlich keiner außer Christin Meierle und ihrer Mutter. Der Fall blieb ungeklärt.«

»Ich habe sie gesehen.« Aus Beate Grubers sonst so kalter Stimme klang auf einmal tiefe Trauer heraus. »Ich wollte nicht bis zum Ende des Sommers warten, bis ich Carlo von dem Baby erzählen konnte. Also bin ich nach Überlingen gefahren, um es ihm zu sagen. Und da sah ich ihn mit dieser … dieser Christin auf einer Wiese liegen und *knutschen.*« Sie spie die Worte regelrecht aus. »Wissen Sie eigentlich, wie schön Sie damals waren? Wie Sie dalagen in Ihrem weißen Sommerkleid, mit den langen, blonden Haaren? Wie eine Elfe. Und wie er Sie angesehen hat! So hat er mich nie angesehen.«

Marlene hatte mit einem Mal Mitleid mit ihrer Gefängniswärterin. Das musste schrecklich sein. Jung und schwanger zu sein, voller Erwartung nach Überlingen zu fahren, um ihrem Verlobten von ihrer Schwangerschaft zu berichten, und diesen dann in den Armen einer anderen Frau vorzufinden. *Ihren* Armen.

»Es tut mir sehr leid, Frau Gruber«, sagte sie. »Carlo hätte das nicht getan, wenn er gewusst hätte, dass Sie ein Baby erwarten. Und ich hätte es auch nicht getan.«

»Glauben Sie im Ernst, ich hätte einen Mann gewollt, der nur wegen eines Babys bei mir bleibt?«, keifte es durch die Tür. »Und Ihr Mitleid können Sie sich sparen. Ebenso wie Ihr Selbstmitleid, Ihr widerliches. Sie haben mich so angeödet in St. Tropez im Café, wie Sie sich über Ihr Leben beklagt haben, im Vollsuff. Naja, wenigstens habe ich Sie dank Ihres Zustandes problemlos in mein Auto locken und dort betäuben können.« Beate machte eine kurze Pause und fuhr dann fort: »Sie haben doch alles. Geld, die Liebe Ihres Mannes und – immer noch – Schönheit. Ich kann leider nicht zulassen, dass Wolfgang Sie sieht, in all Ihrer Pracht, sonst ist es wieder um ihn geschehen. Wissen Sie, dass er in den ersten zehn Jahren unserer Ehe beim Orgasmus öfters mal Ihren Namen rief? Wissen Sie, wie demütigend das ist?«

»Oh Gott«, flüsterte Marlene, deren Mitleid mit Beate Gruber mit jedem Wort dieser verzweifelten Beichte wuchs.

»Sie haben uns immer noch nicht erzählt, woher Sie wussten, dass Wolfgang Gruber der Mörder ist«, sagte Ole.

»Ich bin den beiden den ganzen Tag lang gefolgt. Auch abends, in den Stadtgarten. Da habe ich alles gesehen.«

»Und da haben Sie nichts unternommen? Obwohl Sie zusehen mussten, wie Ihr Verlobter erschlagen wurde?«, fragte Ole fassungslos. »Sie hätten doch die Polizei rufen können.«

»Wie denn, Herr Strobehn?«, fragte Beate Gruber spöttisch. »Damals gab es noch keine Handys. Außerdem … außerdem war ich wie erstarrt. Ich konnte mich nicht bewegen.«

»Und Sie fanden ja auch, er habe seine Strafe verdient«, rutschte es Marlene heraus.

»Damals noch nicht«, gestand Beate so leise, dass man sie durch die dicke Eisentüre kaum hören konnte. »Damals war ich nur eine zutiefst verletzte Frau. Die Genugtuung über seinen Tod kam später.«

»Dann haben Sie auch gesehen, was er Frau Didier angetan hat?«, forschte Ole. »Ich verstehe nicht, wie eine Frau mit einem Mann zusammen sein kann, von dem sie weiß, dass er eine andere Frau so brutal misshandelt hat. Und wie eine Frau einer anderen in einer solchen Situation nicht helfen kann.«

»Ich habe nichts gesehen, nur gehört. Er hat sie in diese Höhle gezerrt«, sagte Beate.

»Und danach sind Sie einfach zu Gruber gegangen und haben gesagt: ›Ich bin die Verlobte des Toten, wollen wir uns nicht zusammentun, jetzt, wo er tot ist‹?«, fragte Ole ungläubig.

»Nein«, sagte Beate Gruber. »Natürlich nicht. Wo denken Sie hin? Ich habe ihn erst Jahre später zufällig – wirklich zufällig – wiedergetroffen. An der Uni Konstanz. Ich habe auch einmal Jura studiert, na ja, zumindest ein Semester, wissen Sie? Und Wolfgang auch. Er war zwar schon viel weiter, aber wir sind uns trotzdem begegnet. Er … er hat mir geholfen, weil ich mit diesen ganzen Paragrafen nicht wirklich klarkam.«

»Sie haben ihn gleich wiedererkannt?«, fragte Marlene.

»Ja«, antwortete Beate. »Natürlich. Was denken Sie denn? Ein solches Gesicht vergisst man nicht. Nicht, wenn man es mit so einem Moment verbindet.«

»Aber als der Mord geschah, war es doch dunkel und Sie standen weit weg und es waren Jahre vergangen. Ich kann mir wirklich nur schwer vorstellen, dass Sie gleich wussten, dass es sich um den Mörder Ihres Verlobten handelte.«

»Doch«, beharrte Beate. »Sie können mir glauben oder nicht, das ist mir egal. Aber ich habe sein Gesicht sehr genau gesehen. Es gab eine Straßenlaterne, dadurch war es hell. Und ich war nicht weit weg. Ich hatte mich in der anderen Höhle verborgen. Von dort aus hatte ich das *Liebespaar* beobachtet.« Sie schnaubte verächtlich. »Außerdem habe ich Wolfgangs Stimme erkannt.«

»Und wie haben Sie sich gefühlt, als Sie ihn wiedergesehen haben? Als Sie vor dem Mörder Ihres Verlobten standen?«

»Das geht Sie gar nichts an«, schnappte Beate.

»Und da haben Sie ihn sich dann geangelt?«, bohrte Ole nach.

»Wenn Sie es so nennen wollen.«

Ole schwieg. Er konnte sich beim besten Willen nicht vorstellen, wie diese graue Maus einen attraktiven Frauenhelden wie Gruber auf sich aufmerksam machen konnte. Und er verstand auch nicht, was in einem Menschen vor sich gehen musste, der den Mörder des eigenen Verlobten erkannte und sich dann auf eine Beziehung mit ihm einließ. Doch das hatte Ole längst gelernt: dass es einfach Dinge und Verhaltensweisen von Menschen gab, die beim besten Willen nicht zu verstehen waren.

Wobei – bei genauerem Hinsehen konnte er sich schon vorstellen, warum Gruber ausgerechnet eine Frau wie Beate als Gattin gewählt hatte. Vermutlich hatte er sich ein unterwürfiges Wesen gesucht, dem er vielleicht sogar ab und an das Gleiche antun konnte wie Marlene. Er hoffte es nicht für Beate Gruber. Plötzlich fiel ihm noch eine andere Möglichkeit ein: Einer Beate Gruber, oder Lieber, wie sie damals hieß, konnte Wolfgang Gruber sich sicher sein. Christin Meierle war wunderschön gewesen und hatte die Blicke der Männer auf sich gezogen. Beate Lieber war unscheinbar und tendierte sogar zur Hässlichkeit. Bei ihr bestand keine Gefahr, sie an einen anderen Mann zu verlieren, und er konnte sich auch sicher sein, dass sie eine Frau war, die bewundernd zu ihm aufblickte. Und dass Gruber das brauchte, war für Ole klar.

»Ich muss mich jetzt fertig machen«, sagte Beate Gruber von draußen. »Es ist gleich 17 Uhr, in einer Stunde schließen die Wahllokale. Mein Mann erwartet mich am Rathaus. Aber bevor ich gehe, werde ich Sie beide erschießen. Und hoffen Sie nicht darauf, dass mir das nicht gelingt. Ich muss nicht einmal die Tür öffnen, um Sie niederzumachen. Ich muss nur die Luke aufschieben. Sehen Sie, so.«

Ole und Marlene hörten ein quietschendes Geräusch, dann fiel ein heller Lichtstrahl in das Kellerloch. Für einen Moment schob sich Beate Grubers fratzenhaft verzerrtes

Gesicht davor, sie sahen Brillengläser funkeln und grellrote Lippen leuchten. »Dann mache ich das Licht an und sehe genau, wo Sie sind. Sie sind mir hilflos ausgeliefert. Wie zwei Hasen in der Falle.«

Sie stieß noch einmal ihr hohles Lachen aus und schloss die Klappe. Dann war es wieder dunkel und still.

SIEBENUNDDREISSIGSTES KAPITEL

Überlingen

»Du hast mir so gefehlt …«, flüsterte Alexandra, alles tuend, um nicht mit Ralf intim werden zu müssen. »Ich weiß, eigentlich ist es untypisch, dass Frauen den ersten Schritt machen, aber durch die Trennung habe ich einfach gemerkt, wie sehr du mir gefehlt hast … und wie sehr ich dich liebe. Ralf, mein Schatz, willst du mich heiraten?«

Sie blickte in Ralfs naives, rundes Gesicht, auf dessen Wangen sich nun vor lauter Glück rote, runde Kreise gebildet hatten. Nicht der Funken Misstrauen war in seinen Augen zu sehen.

»Aber natürlich will ich dich heiraten, Liebling«, sagte er glücklich und zog sie in seine Arme, um sie zu küssen.

Alexandra hielt angewidert den Atem an. Sie konnte seinen Schweißgeruch kaum ertragen. Sein Mund presste sich unangenehm feucht auf ihre Lippen, seine Zunge schob sich wie ein nasser, kalter Waschlappen in ihren Mund, seine Hand grapschte gierig nach ihren Brüsten. Sie konnte nicht anders, als ihn von sich zu schieben. »Langsam, Schatz«, flüsterte sie, als sie seinen verletzten Blick sah. »So gern ich jetzt und hier und sofort mit dir schlafen würde … Lass uns diesen Genuss noch ein wenig hinauszögern. Lass uns in die Stadt gehen und Champagner trinken. Auf unsere Hochzeit anstoßen. Pläne schmieden. Du weißt doch, wie Frauen sind. Und danach …«, sie lächelte ihn verführerisch an, »gehöre ich ganz dir.«

Sie konnte die widerstreitenden Gefühle auf seinem Gesicht lesen. Zu gern wäre er sofort über sie hergefallen, aber er wollte seiner künftigen Frau auch gefallen, deshalb traute er sich nicht, Nein zu sagen.

Sie setzte noch einen drauf, um ihn zu überzeugen. »Bitte, Schatz«, flüsterte sie. »Weißt du, es würde mich sehr scharf machen, mit dir Champagner trinken zu gehen und zu wissen, was wir danach miteinander tun werden. Du weißt doch: Vorfreude ist die schönste Freude.«

Das gab den Ausschlag. Ralf gab einen Laut von sich, von dem er wohl annahm, dass er besonders männlich klang, und sagte: »Klar doch. Ich will doch, dass es meinem Baby gut geht.«

Widerlich, dachte Alexandra und schüttelte sich innerlich. Wie habe ich es mit diesem Kerl nur so lange ausgehalten!

»Ich will mich nur noch schnell für dich schön machen«, sagte sie und verschwand ins Bad. Beim Blick in den Spiegel erschrak sie. Zwar sah man ihrem Gesicht keine Spuren der körperlichen Auseinandersetzung mit Ralf an, sie war mit dem Hinterkopf auf den Küchentisch aufgeschlagen. Aber ihr Gesicht war schneeweiß, unter ihren Augen lagen tiefe Ringe und die Haare bauschten sich in wilden, roten Flammen um ihren Kopf. Sie blickte an sich herunter: Immer noch steckte sie in der grauen Stoffhose und der weißen Bluse. Beides war reichlich zerknittert, aber sie hatte keine Zeit, sich umzuziehen. Sie musste so schnell wie möglich herausfinden, was mit Ole war. Außerdem bestand die Gefahr, dass Ralf es sich anders überlegte, wenn sie zu lange brauchte. Sie staunte ohnehin darüber, wie einfach es gewesen war, ihn zum Ausgehen zu überreden. Also griff sie rasch nach ihrer Haarbürste, fuhr ein paar Mal über das stark verknotete Haar und spritzte sich ein paar Tropfen Wasser ins Gesicht. Das musste reichen.

»Fertig«, sagte sie zu Ralf, der schon im Flur auf sie wartete. »Wir können.« Sie nahm ihn an der Hand und zog ihn die Treppenstufen hinunter und aus dem Haus. Als sie unten auf dem Münsterplatz angekommen waren, atmete sie erleichtert auf. Sie war der häuslichen Falle entkommen, das war erst mal das Wichtigste. Jetzt galt es nur noch, einen Streifenwagen zu finden. Dann würde sie sich von Ralf losreißen und sich Hilfe suchend an die Beamten im Streifenwagen wenden. Sie würde ihnen erzählen, dass sie Oles Freundin war, sich Sorgen machte und dass er etwas wusste, was ihn in ernste Gefahr bringen konnte. Wenn Ole tatsächlich etwas zugestoßen war, dann würden die Beamten sofort reagieren.

Hand in Hand ging sie mit Ralf zum Landungsplatz, wo öfters Streifenwagen standen. War der Landungsplatz im ansonsten recht friedlichen Überlingen doch der Platz, an dem es immer wieder zu Prügeleien zwischen alkoholisierten Jugendlichen kam. Doch sie hatte Pech: Es war kein Polizist zu sehen. Kein Wunder eigentlich. Schließlich war es nicht Samstagnacht, sondern helllichter Tag. Und da kamen Auseinandersetzungen, die die Anwesenheit der Polizei erforderten, doch eher selten vor. Alexandra fluchte innerlich. Jetzt konnte sie nur hoffen, dass ihr Plan B funktionierte. Es war ihre einzige Chance, wenn sie sich nicht, wild um Hilfe schreiend, von Ralf losreißen und damit die Aufmerksamkeit aller auf sich ziehen wollte.

Ralf und sie nahmen draußen vor dem Café in der Greth Platz. Es war ein sonniger Sonntag und damit viel Betrieb. Zum ersten Mal in ihrem Leben dankte Alexandra dem lieben Gott für ihre schwache Blase. Ralf war es nach den zwei Jahren ihrer Beziehung gewohnt, dass sie ständig zur Toilette rannte. »Ich muss schon wieder«, flüsterte sie ihm zu. »Du kennst mich ja.«

»Klar, meine Süße, ich kenne dich«, schmunzelte Ralf und gab ihr einen feuchten Kuss in die Halsbeuge.

»Bestellst du schon mal Champagner für uns? Ich bin gleich wieder da. Aber nicht weglaufen.« Sie drohte ihm scherzhaft mit dem Finger. Sie hatte die Bewegung in letzter Sekunde umgelenkt, eigentlich hatte sie die Stelle, an der Ralfs Lippen ihren Hals berührt hatten, sauber wischen wollen.

Ralf grinste. »Ich würde zur Not mein ganzes Leben auf dich warten«, sülzte er.

Alexandra ging nach drinnen und dankte Gott zum zweiten Mal innerhalb kürzester Zeit. Dieses Mal dafür, dass der Weg zur Toilette recht weit war. Man musste das Lokal verlassen und in den ersten Stock gehen, wo sich die Toiletten neben einem Geschäft befanden, in dem die wunderschönsten Accessoires verkauft wurden. Ralf würde sich also nicht wundern, wenn sie eine Weile brauchte. Es würde dauern, bis er begriff, dass sie nicht wiederkam, und begann, sie zu suchen. Das Café hatte noch einen weiteren entscheidenden Vorteil: Es hatte mehrere Ausgänge. Ralf befand sich draußen auf der Südseite. Der Haupteingang lag auf der Westseite und da er ziemlich am Rand der Sonnenterrasse saß, bestand die Gefahr, dass er sie sah, wenn sie das Gebäude durch den Haupteingang verließ. Doch vom Café aus konnte man durch eine Schiebetüre auch die danebenliegende Markthalle betreten, die sonntags glücklicherweise geöffnet hatte, und das Greth-Haus von dort aus über die Nordseite verlassen, die der Hofstatt zugewandt war. Sie warf einen raschen Blick über die Schulter. Ralf war ihr nicht gefolgt. Sie schlüpfte in die Markthalle und von dort aus nach draußen. Und dann begann sie zu rennen: in Richtung Osten. In Richtung Redaktion und Polizeirevier.

ACHTUNDDREISSIGSTES KAPITEL

Villingen-Schwenningen

Zum ersten Mal, seit sie vom schrecklichen Tod ihrer vermeintlichen Mutter erfahren hatte, fühlte Stefanie wieder einen Hauch von Leben in sich. Sie schob die Decken beiseite, die sich mittlerweile viel zu schwer und zu heiß anfühlten, und erhob sich von dem großen, hellgrauen Ecksofa, auf dem sie in den letzten Tagen die meiste Zeit verbracht hatte.

Andreas, der am Tisch gesessen und die Konstanzer Zeitung vom Samstag gelesen hatte, blickte auf. »Alles klar, Liebes?«, fragte er, verwundert und zugleich beunruhigt über die plötzliche Aktivität seiner Frau.

Stefanie lächelte schwach und stand auf. Ihre Beine waren wackelig. Es fühlte sich an, als würde sie auf einem weichen Untergrund gehen, als sie das Zimmer durchquerte und sich zu ihrem Mann an den Tisch gesellte. »Ja, es geht mir ein bisschen besser«, sagte sie.

Sie setzte sich zu ihm. »Was Neues in der Zeitung wegen dem Fall?«, wollte sie wissen.

»Nein, der Lokalteil ist voll mit der Bürgermeisterwahl, die heute stattfindet.«

Obwohl sie in Villingen-Schwenningen wohnten, verfolgte er den Wahlkampf in Konstanz mit Interesse. Er arbeitete dort als Architekt und musste immer wieder Bauanträge für Kunden einreichen. Deshalb interessierte es ihn, wer künftig das Zepter in Konstanz in der Hand halten würde.

»Und? Wer gewinnt?«, fragte Stefanie ohne echtes Interesse. Es war mehr der Versuch, sich langsam wieder auf das Feld der normalen Kommunikation zu begeben. Sie starrte auf die Zeitungsseiten, ohne sie wirklich wahrzunehmen.

»Schwer zu sagen«, erwiderte Andreas, zog die Zeitung zu sich heran und betrachtete die Porträtbilder der drei Kandidaten. »Ich schätze mal, der Gruber macht das Rennen. Er kam am überzeugendsten rüber.«

»Zeig mal her.« Stefanie langte über den Tisch, drehte die Zeitung zu sich um und betrachtete Grubers Gesicht. Attraktiv, markant und dennoch fein geschnitten. »Irgendwoher kenne ich ihn«, sagte sie nachdenklich. »Er kommt mir merkwürdig vertraut vor.«

»Das geht mir auch so«, bestätigte Andreas und starrte auf Grubers Konterfei, das nun aus seiner Sicht auf dem Kopf stand. »Ich habe das Gefühl, als sei ich ihm schon mal begegnet, obwohl das nicht der Fall ist. Vielleicht erinnert er mich auch an jemanden. Aber ich weiß nicht, wer dieser Jemand ist.«

»Warst du denn nie auf einer seiner Wahlveranstaltungen?«, fragte Stefanie.

»Nein«, sagte Andreas. »Keine Zeit. War mir auch nicht wirklich wichtig. Ich darf ja als Nicht-Konstanzer auch nicht wählen, kann mit meiner Stimme also ohnehin nichts beeinflussen.«

»Was glaubst du, wie sie ist?«

Andreas wusste sofort, von wem sie sprach. »Deine Mutter?«, fragte er trotzdem vorsichtig nach.

»Ja.« Stefanie, die die ganze Zeit über auf die Zeitung gestarrt hatte, blickte nun auf und sah ihrem Mann in die Augen, in der Hoffnung, dort Antwort auf ihre ungelösten Fragen zu bekommen. Andreas war immer für sie da, löste alle ihre Probleme, vom Strafzettel bis zur kaputten Waschmaschine. Er war ihr Held des Alltags und sie hatte sich daran gewöhnt, dass er auf alles eine Antwort wusste, für alles eine Lösung hatte. Und bevor Andreas in ihr Leben getreten war, war es ihre Mutter – Großmutter – gewesen, die sie stets zuverlässig vor allen Alltagssorgen beschützte. Doch auf diese wohl brennendste Frage ihres bisherigen Lebens konnte ihr auch ihr Mann keine Antwort geben. »Warum hat sie mich weggegeben? Warum hat *Groß*mutter mich angelogen, mein Leben lang? Und warum ist sie nicht mal zur Beerdigung gekommen? Sie muss ein herzloses Ungeheuer sein, dass sie so etwas tut«, brach es aus ihr heraus.

»Das glaube ich nicht.« Andreas schob seine Hand über den Tisch, nahm die Hand seiner Frau und drückte sie zärtlich. »Ein herzloses Ungeheuer kann kein so wunderbares Wesen wie dich auf die Welt gebracht haben. Und deine *Groß*mutter war eine tolle Frau. Kein Mensch, der unter ihren Fittichen heranwächst, kann ein Ungeheuer werden. Irgendetwas muss da passiert sein und das herauszufinden, wird jetzt unsere Aufgabe sein. Möchtest du …«, er zögerte. »Möchtest du deine Mutter kennenlernen?«

Stefanie schüttelte heftig den Kopf. »Auf keinen Fall. Selbst wenn sie kein Ungeheuer war, hat sie mich doch weggegeben und sich nie um mich gekümmert. Ich werde ihr bestimmt nicht nachlaufen.«

Andreas sah ihr an, wie verletzt sie war und dass sie gleich in Tränen ausbrechen würde. Er kannte die Anzeichen. Sie presste die Lippen dann fest aufeinander und verdrehte die Augen leicht nach oben. »Liebes.« Er stand auf, umrundete den Tisch, setzte sich neben sie und zog sie in seine Arme. »Ich bin überzeugt, dass sie gute Gründe hatte, dich wegzugeben. Wie triftig diese Gründe waren, siehst du vielleicht an dem Tod deiner Großmutter. Ich halte es nicht für ausgeschlossen, dass der Mord etwas damit zu tun hat, dass deine Mutter dich damals weggegeben hat.«

Stefanie, die ihren Kopf an seine Schulter gelegt hatte, richtete sich bei seinen Worten erschrocken auf und sah ihren Gatten mit großen Augen von der Seite an. »Auf diese Idee bin ich noch gar nicht gekommen«, sagte sie. »Glaubst du wirklich?«

»Ich halte es zumindest für möglich«, meinte Andreas. »Ich glaube, dass es in deiner Familie ein tragisches Geheimnis gibt, das keiner außer deiner Mutter, deiner Großmutter und deinem Vater, pardon, deinem Großvater, kannte … Außer dem See vielleicht. Dem haben die Menschen im Laufe der Jahrhunderte wohl viele Geheimnisse anvertraut.« Er brach ab, als ihm bewusst wurde, dass seine Frau ihn schweigend anstarrte. »Was ist? Was hast du?«

»Mein Vater«, flüsterte Stefanie tonlos. »Daran habe ich ja noch gar nicht gedacht.«

»Was?«, fragte Andreas verwirrt.

»Na, dass mein Vater dann ja nicht mein Vater, sondern mein Großvater war. Und dass ich noch irgendwo einen Vater haben muss, der vielleicht gar nichts von mir weiß.« Sie sprang auf. »Ich muss ihn finden, Andreas«, sagte sie atemlos.

»Wie willst du das denn anstellen?«

»Ich weiß es noch nicht«, antwortete Stefanie. »Aber ich werde ihn finden. Verlass dich drauf.« Sie blickte aus dem Fenster. »Gehen wir ein bisschen spazieren? Ich brauche etwas frische Luft und das Wetter ist so schön draußen. Und nächste Woche holen wir dann auch die Kinder wieder zu uns. Es wird Zeit, dass der Alltag wieder einkehrt.«

Andreas stand auf, froh und zugleich besorgt über den plötzlichen Stimmungswandel seiner Frau. Eine Woche lang hatte Stefanie kaum ein Wort gesagt. Der Wechsel kam ihm zu überraschend, zu plötzlich. Wie auch immer: Der Spaziergang konnte sicher nicht schaden und auch die Idee, die Kinder zurückzuholen war bestimmt nicht verkehrt.

Stefanie lächelte ihrem Mann zu und warf einen letzten Blick auf die Zeitung und auf das Foto von Wolfgang Gruber. Nicht ahnend, dass es das Gesicht ihres Vaters war, in das sie da blickte. Und dass er schuld an allem Unheil und allem Leid war.

NEUNUNDDREISSIGSTES KAPITEL

Überlingen

Keuchend rannte Alexandra die Stufen zum Überlinger Polizeirevier empor. »Ich muss mit Frau Grundel sprechen! Sofort!«, keuchte sie. »Langsam, langsam, junge Frau«, sagte der diensthabende Polizist am Schalter wichtig. »Für Presseanfragen ist der Pressesprecher oder der Überlinger Polizeichef zuständig. Heute ist Sonntag, beide sind nicht da. Kommen Sie morgen wieder.«

Er hatte sie offensichtlich erkannt. Was kein Wunder war, ihr Foto war neben ihrem Bericht über den Mord an Elisabeth Meierle veröffentlicht worden.

»Hören Sie, ich stehe hier nicht als Journalistin, sondern als Zeugin in einem Mordfall«, sagte sie scharf. »Und als solche verlange ich, sofort mit der ermittelnden Beamtin sprechen zu können.«

»Was Ihnen erst eine Woche nach dem Mord einfällt, hat Zeit bis morgen«, pampte der Beamte. »Wir haben heute wirklich andere Sorgen.«

»Ach ja?«, fragte Alexandra. »Meinen Sie mit diesen Sorgen etwa Ole Strobehn?«

»Woher …«, setzte der Beamte an, unterbrach sich dann und sagte barsch: »Das geht Sie überhaupt nichts an. Und jetzt verschwinden Sie endlich und lassen uns hier unsere Arbeit tun.«

»Das geht mich sehr wohl etwas an!«, schrie Alexandra, die den Kampf um die viel gelobte Contenance nun endgültig verloren hatte. »Ich habe sachdienliche Hinweise, die Ihnen bei der Suche nach Ole Strobehn weiterhelfen können. Und wenn Sie mich jetzt nicht sofort zu Frau Grundel lassen oder mir sagen wo ich sie erreichen kann, dann werde ich mich morgen bei Ihrem Chef über Sie beschweren. Ich glaube nicht, dass er es lustig findet, wenn er erfährt, wie Sie hier mit Zeugen in einem Mordfall umgehen, die noch dazu das Leben eines gefährdeten Kollegen retten könnten.«

Mit versteinerter Miene verschwand der Beamte hinter der Glasscheibe und tauchte im nächsten Moment hinter der bisher verschlossenen weißen Türe auf, die vom Empfangsraum zu den Büros der Polizisten führte. »Folgen Sie mir«, sagte er und führte Alexandra in das Büro im ersten Stock. »Frau Grundel, entschuldigen Sie die Störung. Da ist eine Dame, die Sie unbedingt sprechen möchte«, meldete der Beamte mit deutlicher Missbilligung in der Stimme.

»Jetzt nicht«, fauchte Monja Grundel. »Sie sehen doch, was hier los ist.«

Alexandra schob sich an dem breiten Rücken des vor ihr stehenden Polizisten vorbei. »Frau Grundel, ich würde nicht stören, wenn es nicht wirklich wichtig wäre«, beharrte sie.

»*Sie* sind das«, brummte Monja Grundel. »Nehmen Sie Platz. Aber bitte nur kurz, wir haben hier ein ernstes Problem. Sonst wäre ich heute auch nicht hier.« Sie warf einen Blick auf den rundlichen Herrn im Anzug, der ihr gegenübersaß. »Das ist … hm … Herr Didier, der Schwiegersohn der Ermordeten«, sagte sie und dann, an Charles gewandt: »Würden Sie bitte kurz draußen Platz nehmen?«

»Nein, nein, er kann ruhig hierbleiben«, beeilte sich Alexandra zu sagen und gab Charles zur Begrüßung die Hand. »Ich nehme an, Sie suchen Herrn Strobehn?«, platzte sie heraus.

»Woher wissen Sie das?«, fragte Monja Grundel erstaunt.

»Ich ... wir ... wir sind ein Paar und er hat sich nicht gemeldet und ist auch nicht zur Verabredung gekommen. Und am Abend vorher hat er mir etwas Merkwürdiges erzählt.« Sie zögerte. Wenn sie der Grundel jetzt sagte, dass Ole ihr, der Frau von der Zeitung, Details aus seinen Ermittlungen erzählt hatte, konnte das böse für ihn enden. Andererseits war es vielleicht die einzige Chance, ihn zu retten.

»Was hat er Ihnen denn nun erzählt?«, fragte Monja Grundel ungeduldig.

»Er hatte herausgefunden, dass Beate Gruber früher die Verlobte von Carlo Bader war. Am nächsten Morgen wollte er zu ihr gehen und sie darauf ansprechen ... Er ... er hat mir das nur erzählt, weil er absolut sicher war, dass er mir vertrauen kann«, setzte sie noch hinzu.

Monja Grundel sprang auf. »Und mit dieser Information kommen Sie erst jetzt?«, fauchte sie.

»Es tut mir leid«, stammelte Alexandra. »Mein Exfreund und ich hatten einen Streit. Ich war bewusstlos und ...«

Aber Monja Grundel hörte schon gar nicht mehr zu. Sie hatte bereits zum Hörer gegriffen und die Polizeidirektion Konstanz angerufen. In knappen Worten schilderte sie die Sachlage. »Nein, sofort Zugriff. Durchsuchen Sie das ganze Haus, bis in den letzten Winkel. Nehmen Sie alles auseinander, verstanden? Bis ich drüben bin, könnte es zu spät sein.«

Mit diesen Worten jagte sie aus ihrem Büro, ohne Didier und Alexandra noch einen weiteren Blick zu gönnen. Charles hatte sich längst von seinem Stuhl erhoben und griff nun nach seinem Jackett, das über der Lehne hing.

»Wir fahren hinterher. Mein Wagen steht im Hof«, rief er Alexandra zu.

Sie verließen das Revier durch den Seiteneingang und sahen Monja Grundel gerade noch mit quietschenden Reifen, Blaulicht und Martinshorn vom Hof fahren. »Steigen Sie ein«, rief Charles und jagte wenige Sekunden später mit seinem Maybach ebenfalls vom Hof.

VIERZIGSTES KAPITEL

Konstanz

Zum ersten Mal in seinem Leben hatte Ole Todesangst. Beate Gruber stand an der geöffneten Luke, hatte seine Dienstwaffe in der Hand und zielte abwechselnd auf ihn und Marlene. Grelles, unbarmherziges Licht schien auf sie herab. Es schmerzte in den Augen, die tagelange Dunkelheit gewohnt waren.

Halt sie hin, dachte er. Du musst das irgendwie rauszögern, vielleicht kommen die Kollegen doch noch.

»Wie war das eigentlich mit dem Parfüm, Frau Gruber?«, wollte er wissen. »Haben Sie es am Tatort versprüht, um den Verdacht auf Jolanda zu lenken?«

»Wie gut Sie doch kombinieren können, Herr Kommissar«, höhnte Beate Gruber. »Sie haben mir wirklich geglaubt, dass mir die Putzfrau als Täterin spontan eingefallen ist, oder?« Sie lachte freudlos. »Ich wollte mal Schauspielerin werden. Wahrscheinlich wäre ich wirklich gut gewesen.«

»Und wie haben Sie den Fingerabdruck von Jolanda auf das Glas im Schiff bekommen?«, fragte Ole.

»Gar nicht«, antwortete Beate Gruber. »Ausnahmsweise war das Schicksal wohl auch mir einmal hold. Der Fingerabdruck war schon vorher da.«

»Sie haben mir noch nicht erzählt, was Sie mit den Drohbriefen gemacht haben«, heuchelte Ole weiterhin Interesse .

»Ich habe sie vernichtet«, antwortete Beate. »Ich wollte nicht, dass mein Mann sie findet und beunruhigt ist. Aber seit dieser erste Brief kam, habe ich sie beobachtet, diese alte Ziege mit ihrem Palast am See.«

»Und deshalb wussten Sie auch von dem Telefonanruf am vergangen Samstag? Als Frau Meierle Ihren Mann angerufen hat?«, hakte Ole nach.

»Was für ein schlauer Mann Sie doch sind! Ich habe ihr Telefon abgehört. Mit einer Wanze. Das war nicht schwer. Ich bin einfach zu ihr gegangen, habe geklingelt und gesagt, ich wolle einen Verein für hilfsbedürftige Kinder gründen und habe gehört, dass sie eine Maria Theresa von Überlingen ist und ich auf ihre Unterstützung hoffe. Und während sie ihre Geldbörse holte, habe ich die Wanze unter dem albernen Tischchen mit dem Spitzendeckchen deponiert. Ganz einfach. Und dann habe ich über die Wanze mitbekommen, wie diese Journalistin, diese Ziege, kam und komische Fragen gestellt hat. Die werde ich wohl auch noch erledigen müssen.«

Ole krampfte sich das Herz zusammen. Nur nicht Alexandra. Bitte nicht. Aber er konnte sie nur retten, wenn er hier irgendwie rauskam. Also musste er weiter auf Zeit spielen.

»Und dann haben Sie gehört, wie sich Frau Meierle mit der Journalistin am Telefon verabredete?«

»Ja. Und das war dann einfach zu viel des Guten. Erst meinen Mann anrufen und bedrohen und dann auch noch einer Journalistin alles erzählen wollen. Sie musste sterben, das verstehen Sie doch?«

Ole schwieg.

»Das verstehen Sie doch?«, wiederholte Beate Gruber hysterisch und ihre Stimme überschlug sich.

»Wieso sind Sie ausgerechnet mit dem Boot gefahren?«, wollte Ole wissen. »Und warum waren Sie zum fraglichen Zeitpunkt überhaupt in Konstanz? Sie hätten doch in der Schweiz sein sollen?«

»Sie halten mich wohl für dumm«, keifte Marlene. »Ich hatte das Abhörgerät natürlich immer dabei. Die anderen Weiber, die haben das nicht mal gemerkt, dass ich den Knopf ständig im Ohr hatte.« Sie strich sich eine ihrer mausgrauen Strähnen hinter das Ohr. »Ich habe ihn immer hinter meinen Haaren versteckt.«

»Und dann?«, fragte Ole, dem es längst nicht mehr nur darum ging, Beate Gruber zum Reden zu bringen um den Moment, in dem sie abdrücken würde, hinauszuzögern. Nein, er wollte unbedingt die noch offenen, nagenden Fragen klären und war jetzt wirklich gespannt.

»Dann kam diese Journalistin, diese blöde Kuh. Und hat nach Carlo gefragt.«

»Und dann sind Sie gleich losgefahren?«, fragte Ole und drückte Marlene, die flach und schnell atmend neben ihm saß, an sich. Schließlich ging es hier um ihre Mutter, die Mutter, die sie nun zum zweiten Male auf ganz entsetzliche Weise verloren hatte.

»Ich wäre nicht gefahren«, sagte Beate. »Denn die liebe, gute Frau Meierle hat ja zu der Journalistin gesagt, dass sie den Namen noch nie gehört hat. Aber dann, als die Journalistin weg war, hat die blöde Meierle meinen Mann angerufen und ihn bedroht.«

»Was hat sie denn gesagt?«, krächzte Marlene, außer sich bei der Vorstellung, dass ihre Mutter ihren Exfreund, den Mann, der sie so grausam vergewaltigt hatte, anrief, um Rache zu üben. Rache im Namen ihrer Tochter. Eine Rache, für die sie sterben musste.

»Sie hat nur gesagt: ›Carlo Bader‹. Mehr musste sie ja auch nicht sagen«, fügte Beate mit ihrer seltsam leblosen, tonlosen Stimme hinzu. »Und da war mir klar, dass ich handeln musste.«

»Und dann sind Sie einfach losgefahren?«, fragte Ole.

»Ja«, sagte Beate. »Zum Glück. Denn wenn die Olle nicht angerufen hätte, dann wäre ich wirklich zu spät gekommen, als sie die Journalistin treffen wollte.«

»Und Sie konnten sich bei Ihrer Frauengruppe einfach so davonstehlen?«, wollte Ole wissen. »Bei unserer ersten Vernehmung hörte es sich so an, als seien Ihre Freundinnen gar nicht begeistert, wenn jemand aus der Reihe tanzt.«

»Ich habe Kopfschmerzen vorgetäuscht und gesagt, dass ich mich hinlegen werde«, antwortete Beate. »Diese Ausrede habe ich auch gebraucht, als ich nach Frankreich fuhr, um die liebe Christin zu entführen. Zum Glück habe ich oft Migräne und meine Freundinnen wissen, dass ich dann auf keinen Fall gestört werden will. Naja. Und dann bin ich gefahren wie eine Verrückte. Direkt zum Hafen. Dort habe ich unser Boot genommen.«

»Warum sind Sie nicht mit dem Auto gekommen?«

»Ja, waren Sie denn schon mal bei der Alten?«, fauchte Beate. »Wissen Sie, wie hermetisch ihr Palästchen zur Straße hin abgeriegelt ist? Da wäre ich nicht reingekommen.«

»Sie wollten meine Mutter also zu Hause …«, Marlene brachte die Worte kaum über die Lippen.

»Gut erkannt, Schätzchen«, sagte Beate. »Das hätte sich ganz hervorragend geeignet, zumal ich am Nachbarsteg ganz wunderbar hätte anlegen können. Das Haus ist schließlich unbewohnt.«

»Ja, aber man hat doch von allen Nachbargrundstücken aus Blick auf den See. Da war die Fahrt mit dem Boot doch viel zu gefährlich«, wandte Ole verständnislos ein.

»Daran«, stellte Beate Gruber kaltblütig fest, »daran habe ich tatsächlich nicht gedacht. Ich war wohl viel zu nervös.«

Ole schwieg. Es kam oft vor, dass Verbrecher in ihrer Nervosität und Hast Fehler begingen. Und diese Fehler waren dann oft der Anknüpfungspunkt für die Ermittlungen.

»Und dann haben Sie mitten auf dem See gehört, dass Frau Meierle Frau Tuleit anrief?«

»Ja«, sagte Beate. »Sie haben es erfasst.«

»Aber wie konnten Sie denn unbemerkt so nah an meine Mutter herankommen, dass Sie … dass Sie ihr …« Marlene konnte nicht weitersprechen. Schluchzer drangen aus ihrer Kehle. Ole drückte sie abermals fest an sich und streichelte beruhigend ihren Oberarm.

»Das Glück war mir hold. Ich war schon ganz in der Nähe, als dein geliebtes Mamalein die Journalistin anrief«, triumphierte Beate. »Ich hatte genügend Zeit, die Stelle zu suchen, das Boot etwas abseits zu vertäuen und auf deine Mutter zu warten. In den Hecken hinter der Bank habe ich mich versteckt. Es ging ganz einfach.«

Marlene schluchzte auf und versteckte ihr Gesicht an Oles Brust.

»Und dann haben Sie noch etwas Parfüm versprüht?«

»Ich hatte das Zeug zufälligerweise in der Tasche«, sagte Beate. »Ich habe es mir gekauft, weil ich gemerkt habe, wie scharf dieser Putzfrauenduft meinen lieben Wolfgang gemacht hat.« Wieder dieses freudlose, hohle Lachen. »Ich wollte ihn überraschen. Und als ich es dann in meiner Handtasche fand, dachte ich mir, es könne nicht schaden, eine Duftnote zu hinterlassen. Denn da ist mir das auch eingefallen, lieber blonder Kommissar, dass jemand das Boot erkannt haben könnte. Ich musste eine falsche Spur legen.«

Sie schwieg eine Weile. »Das Parfüm konnte ich danach natürlich nicht mehr benutzen. Schade eigentlich. Aber an mir würde es wahrscheinlich sowieso nicht gut riechen. Ich habe es dann zusammen mit dem Messer in den See geworfen, auf dem Rückweg.«

»Wo hatten Sie das Messer her?«, forschte Ole.

»Das habe ich mir schon vor einer Weile besorgt, als die Ziege mit ihren blöden Briefen anfing.«

»Polizei! Lassen Sie die Waffe fallen!«, ertönte in diesem Moment eine dunkle, männliche Stimme hinter Beate.

»Legen Sie sich flach auf den Boden«, zischte Ole Marlene zu.

Beates grellrot gefärbte Lippen öffneten sich verwundert, die Augen hinter den Brillengläsern wurden noch größer.

»Waffe runter«, wiederholte die Stimme. »Oder ich schieße. Das Haus ist umstellt, Sie haben keine Chance.«

Beate ließ die Waffe sinken. Mit einem Satz war Ole bei ihr und schlug sie ihr aus den Händen, die immer noch in der Luke steckten.

»Sind Sie da drin, Kollege Strobehn?«, rief die Stimme von draußen.

»Ja«, rief Ole zurück. »Alles gut.«

»Wir sind gleich bei Ihnen. Rettungssanitäter sind bereits unterwegs«, erklärte die Stimme.

»Hier ist noch eine zweite Person«, rief Ole. »Marlene Didier. Die Tochter der Ermordeten.«

Hinter ihm begann Marlene haltlos zu schluchzen. »Wir haben überlebt. Wir haben wirklich überlebt«, stammelte sie.

Ole drehte sich um und sah zum ersten Mal aufmerksam die Frau an, neben der er zwei Tage lang im dunklen Keller gesessen hatte, wo sie ihm von den entsetzlichen Ereignissen in ihrer Jugend erzählt hatte. Marlene Didier stand weinend mitten im Raum. Sie trug ein stark verdrecktes Chanel-Kostüm und daran, wie es an ihrem Körper schlackerte, sah er, wie stark sie in dieser einen Woche ihrer Gefangenschaft abgenommen haben musste. Ihr Gesicht war grau. Der Kellerdreck war mit dem Make-up eine klebrige Symbiose eingegangen. Die blonden, mittellangen Haare waren zerzaust und in den tiefblauen Augen, mit denen sie ihn jetzt ansah, schwammen Tränen. Ole ahnte, wie schön sie einmal gewesen sein musste. »Wir haben es wirklich überlebt«, schluchzte sie wieder. Und Ole ging zu ihr und schloss sie in seine Arme, während er darauf wartete, dass seine Kollegen sie aus diesem Kellerloch befreiten.

Als Alexandra und Charles vor dem Haus der Grubers ankamen, sahen sie gerade noch, wie Beate Gruber in Handschellen aus dem Haus geführt und in einen Polizeiwagen gesetzt wurde, der gleich darauf davonfuhr. Monja Grundel stand hinter der Polizeiabsperrung und unterhielt sich mit einem ihrer Konstanzer Kollegen. Sie blickte auf, als sie die Blicke von Charles und Alexandra auf sich spürte, und winkte die beiden mit einem knappen Lächeln durch die Absperrung zu sich heran. »Ole geht es gut«, sagte sie zu Alexandra. Und dann, an Charles Didier gewandt: »Und Ihrer Frau geht es auch gut. Sie wurde von Frau Gruber entführt und im Keller dieses Hauses gefangen gehalten.«

Alexandra brach vor Erleichterung in Tränen aus und auch Didiers Augen wurden feucht.

»Kann ich sie sehen?«, fragte er rau.

»Haben Sie noch einen kleinen Moment Geduld«, bat Monja Grundel. »Ihre Frau und Herr Strobehn sind noch im Haus und wenn sie herauskommen, müssen sie erst noch von den Sanitätern untersucht werden. Danach können Sie gleich zu ihnen.«

In diesem Moment öffnete sich die Haustüre und Ole kam in Begleitung eines Rettungssanitäters aus dem Haus. Er sah mitgenommen aus, war aber unverletzt. Allerdings bewegte er sich etwas steif, Beate Gruber hatte ihn die Kellertreppe hinuntergeschleift, nachdem sie ihn mit dem Cappuccino betäubt hatte. Seltsamerweise hatte er die Schmerzen in seinem Körper während seiner Gefangenschaft gar nicht richtig wahrgenommen.

»Ole!« Alexandra flog ihm entgegen.

Ole breitete seine Arme aus, zog sie an sich und küsste sie. Es war ihm völlig gleichgültig, dass er zahlreiche Zuschauer hatte.

»Ich habe mir solche Sorgen gemacht«, sagten Ole und Alexandra gleichzeitig, sahen sich dann an und lachten.

»Warum hast *du dir* denn Sorgen gemacht?«, fragte Alexandra. »*Ich* war doch nicht verschwunden.«

»Eben doch«, widersprach Ole. »Ich wusste, dass etwas nicht stimmen kann, nachdem ich so lange im Keller saß. Mir war klar, dass du recht schnell misstrauisch werden und meine Kollegen informieren würdest.« Er strich ihr über das Haar und bemerkte die blutige Beule an ihrem Hinterkopf. Sie zuckte zusammen, als er die Wunde berührte. »Alexandra«, flüsterte Ole erschrocken. »Hatte ich also recht? Was ist passiert?«

»Das ist der Grund, warum ich nicht schon viel früher deine Kollegen informieren konnte«, erklärte sie leise.

»Ralf?«, fragte er.

Alexandra nickte überrascht. »Woher weißt du?«

»Dieser … dieser … dieser … Korinthenkacker. Ich werde ihm jeden Knochen einzeln brechen!«, stieß Ole wütend hervor.

»Ole, nicht«, bat Alexandra und strich ihm sanft über die Wange. »Es war alles halb so schlimm und jetzt ist alles gut, alles andere ist unwichtig.«

»Halb so schlimm?«, knurrte Ole. »Das hier sieht aber anders aus.«

»Jetzt sag mir lieber, woher du wusstest, dass es Ralf war«, fragte Alexandra und gab ihm einen Kuss auf die Stirn.

»Ich weiß es gar nicht so genau. Ich hatte so eine Ahnung. Es war ganz merkwürdig. Marlene hat mir in unserem Gefängnis schreckliche Sachen aus ihrer Vergangenheit erzählt. Sie war mit Gruber zusammen, weißt du? Und manches, was sie mir erzählt hat, hat mich an die Sachen erinnert, die du mir von Ralf berichtet hast. Es gab so merkwürdige Parallelen zwischen den beiden Geschichten. Auch wenn sich Ralf dir gegenüber lange nicht so schäbig verhalten hat wie Gruber gegenüber Marlene Didier.«

»Was für Parallelen?«, fragte Alexandra verblüfft.

»Das erzähle ich dir später«, sagte Ole, nahm ihr Gesicht in beide Hände und gab ihr einen Kuss. »Jetzt will ich erst mal, dass die Rettungssanitäter sich deinen Kopf anschauen. Mit Kopfverletzungen ist nicht zu spaßen und so, wie mir das hier aussieht …« Ole betrachtete stirnrunzelnd die Wunde auf Alexandras Kopf, auf die er dank seiner Größe eine ungetrübte Sicht hatte. »… so, wie es den Anschein hat, wurde die Wunde nicht unbedingt sachgerecht verarztet.«

»Moment mal«, protestierte Alexandra lachend. »Die Sanitäter sind wegen dir hier, nicht wegen mir.« Sie drehte sich schuldbewusst nach Monja Grundel um. »Eigentlich hätte ich auch gar nicht zu dir dürfen, bevor die Sanitäter dich angeschaut haben.«

Ole lachte, sah Alexandra in die Augen und sein Blick hatte die gleiche Wirkung auf sie wie eh und je. Er fuhr durch sie hindurch wie ein Blitz, breitete sich aus und brachte Leben bis in die letzte Zelle ihres Körpers. »Du glaubst doch nicht, dass ich einen Sanitäter an mich herangelassen hätte, bevor ich dich geküsst habe?«, fragte er. »Und ich lasse mich definitiv nur untersuchen, wenn du dich auch anschauen lässt.«

»Also gut, du hast gewonnen«, lenkte Alexandra ein.

Arm in Arm schlenderte das Paar zu den Sanitätern, die neben ihrem Einsatzwagen etwas abseits in der Einfahrt standen.

Ole hatte sich einige schwere Prellungen zugezogen, Rippen waren trotz des unangenehmen Schleifens über die Kellertreppe nicht gebrochen. »Sie hat Sie ziemlich sicher unter den Armen gepackt und so in den Keller gezogen«, vermutete der Notarzt. »Ihre Beine und Ihr Gesäß weisen die stärksten Prellungen auf. Hätte sie Sie an den Beinen herumgeschleift, wären Sie nicht so glimpflich davongekommen …« Der Mann klappte seinen Rettungskoffer zu. Seine Kollegin diagnostizierte zeitgleich bei Alexandra eine Gehirnerschütterung. »Sie müssen beide ins Krankenhaus zur Beobachtung. Mindestens eine Nacht.«

»Och nööö.« Alexandra verzog verärgert das Gesicht. Krankenhaus, das hieß, schon wieder von Ole getrennt zu werden. Sie hatte sich so darauf gefreut, heute Abend in seinen Armen sicher und geborgen einzuschlafen und all die Schrecken zu vergessen.

»Ich habe vorher noch etwas Wichtiges zu erledigen«, sagte Ole zum Sanitäter. »Dienstlich.«

Er ging zu Monja Grundel, die ihm mit einer Mischung aus Erleichterung und Verärgerung entgegensah. »Sie haben verdammt leichtsinnig gehandelt, Herr Strobehn. Sie hätten mich über Ihre Erkenntnisse informieren und mit zum Verhör nehmen müssen.«

»Ich weiß«, gestand Ole ehrlich zerknirscht und zum ersten Mal empfand er Monja Grundel nicht als Drachen. Der Tadel war berechtigt und er fiel verhältnismäßig sanft aus. Zu sanft, wie er fand. Er selbst ging wesentlich härter mit sich ins Gericht und sein unprofessionelles Verhalten machte ihm schwer zu schaffen.

»Jetzt schauen Sie mal nicht so bedripst drein«, sagte Monja Grundel und klopfte Ole sanft auf die Schulter. »Sie haben den sehr schwierigen Fall gelöst und das mit

Bravour. Zum Glück haben Sie wenigstens Ihre Freundin über den Sachverhalt informiert, sonst hätten wir vermutlich nie davon erfahren, sondern noch zwei weitere Leichen zu beklagen gehabt.«

»Hören Sie, Frau Grundel, es tut mir wirklich leid. Ich weiß auch nicht, was mich da geritten hat …«

Das war gelogen, aber er konnte ihr schlecht ins Gesicht sagen, dass er sie nicht einbezogen hatte, weil er ihre Vernehmungsmethoden schlecht fand. In seiner jetzigen Position konnte er es sich wirklich nicht erlauben, negativ über eine Kollegin zu urteilen. Dazu hatte er sich selbst viel zu viel zuschulden kommen lassen. Außerdem zeugte es nicht gerade von Professionalität, einen Kollegen nicht zu informieren, nur weil er einem unsympathisch war.

»Wahrscheinlich der Eifer der Jugend, alles alleine schaffen zu wollen«, sagte Grundel milde lächelnd. »Und dann war es Ihr erster Fall hier, Sie waren noch nicht akklimatisiert und außerdem wollten Sie beweisen, dass Sie gut sind. Was Ihnen übrigens gelungen ist.«

Ole traute kaum seinen Ohren. Sie verteidigte ihn vor sich selbst. Und sie lobte ihn sogar. Mit einem Mal tat es ihm leid, dass er so oft über sie gelästert und sich ihr gegenüber derart verschlossen hatte. Na ja, andererseits hatte sie es ihm auch wirklich nicht leicht gemacht.

»Übrigens«, setzte Monja hinzu, »wäre ich Ihnen dankbar, wenn Sie sich in Ihrem Bericht nicht allzu sehr selbst anklagen würden.«

»Frau Grundel, ich habe einen Fehler gemacht und ich werde dafür geradestehen. Ich habe nicht die Absicht, irgendetwas zu vertuschen«, widersprach Ole energisch und sah seiner Kollegin direkt in die Augen.

»Dann bestünde – vor allem, weil es Ihr erster Fall ist –

die Gefahr, dass man Sie abziehen wird. Ich brauche aber dringend einen guten Mann an meiner Seite«, argumentierte Monja Grundel, stemmte mit einer für sie typischen Bewegung die Arme in die Hüften und blitzte ihn an.

»Aber man wird Fragen stellen, warum ich alleine zur Vernehmung fuhr und warum Sie mich erst zwei Tage später fanden«, wandte Ole ein.

»Ganz einfach«, sagte Grundel. »Es war Gefahr im Verzug, Sie haben mich nicht erreicht und sind losgestürmt. Auch die Rolle, die Ihrer Freundin zukam, müssen wir nicht allzu sehr betonen. Es sei denn, Sie wollen, dass ich ernsthaft wütend werde.«

»Aber wenn jemand fragt, wie Sie draufgekommen sind?«

»Das ist nicht so fernliegend. In der Tat haben wir die Grubers auch bereits gestern besucht, aber nichts Verdächtiges gefunden. Und auch dieses Mal war es nicht ganz einfach, bis wir Sie entdeckt haben. Wegen dieses merkwürdigen zweistöckigen Kellers … Wussten Sie, dass es einen Keller unter dem Keller gibt? Sehr seltsam.«

»Ich habe es bemerkt, als die Kollegen uns befreit haben«, sagte Ole. »Aber …«

»Jetzt machen Sie sich mal keine Sorgen«, fiel Monja Grundel ihm ins Wort. »Sie haben den Fall gelöst, Sie sind der Held, da fragt keiner so genau nach, wenn Ihr Bericht in sich schlüssig ist und sich mit meinem deckt.«

»Danke«, sagte Ole leise. »Danke, dass Sie das für mich tun. Aber ich würde mich wirklich wohler fühlen, wenn ich die Karten offen auf den Tisch legen würde.«

»Ehrlichkeit ist gut, Herr Strobehn, aber wenn sie dazu führt, dass viele Menschen darunter leiden, dann darf sie meiner Meinung nach neu definiert werden. Wenn Sie in diesem Fall gar zu ehrlich sind, hat keiner etwas davon, außer im Nachhinein eine Menge Ärger. Ich möchte Sie nicht verlieren und ich glaube, dass auch Alexandra davon nicht begeistert wäre. Sie hat eine Menge durchgemacht. Lassen Sie sie nicht im Stich«, sagte Monja Grundel eindringlich und fuhr dann fort: »Manchmal ist viel eher ein Held, wer über seinen Schatten springen und auch mal vom geraden Weg abweichen kann.«

»Also gut, überredet«, gab Ole nach. »Danke, Frau Kollegin.« Er grinste breit und warf einen Blick auf seine Armbanduhr. »Und wo wir schon beim Helden sind: Der Mord an Carlo Bader wäre auch geklärt. Es war Wolfgang Gruber. Frau Didier und Frau Gruber waren seinerzeit Augenzeuginnen.«

Monja Grundel gab ein überraschtes Ächzen von sich. »Wie …«

»Genaueres erkläre ich Ihnen später. Es ist 18.13 Uhr, vor einer knappen viertel Stunde haben die Wahllokale geschlossen. Und wenn die Prognosen stimmen, dann ist Gruber der Sieger. Was hieße, dass ein Mörder gerade im Begriff ist, den Thron von Konstanz zu besteigen.«

»Na, das werde ich aber zu verhindern wissen«, schnaubte Monja Grundel. »Was für ein Pech für den lieben Gruber, dass Mord nicht verjährt. Kommen Sie, werter Kollege. Es wäre mir eine Freude, wenn Sie die Verhaftung vornehmen würden.«

Ole ging zu Alexandra, die bei den Rettungssanitätern saß. »Wir treffen uns im Krankenhaus, Schatz«, sagte er und gab ihr einen Kuss. Er verriet ihr bewusst nicht, wo er hinging. Wenn er auf Dauer mit einer Journalistin zusammen sein wollte, dann musste er lernen, Privates und Berufliches zu trennen, und damit würde er gleich jetzt anfangen. Noch einmal würde er sich nicht so unprofessionell verhalten.

Dann nickte er Monja Grundel zu. »Gehen wir, Frau Kollegin.«

Charles kniete auf dem harten Boden vor dem Gruberschen Haus und hielt seine schluchzende Frau in den Armen. Die Kieselsteine piekten in seine Knie, Marlenes Geruch drang stechend in seine Nase, aber das war ihm egal. Er hatte seine Marlene, seine geliebte Marlene, wieder. Im doppelten Sinne. Nicht nur, dass sie aus der Gefangenschaft wieder aufgetaucht war, nein, zum ersten Mal seit Jahren lag sie wieder in seinen Armen, öffnete sich ihm, zeigte ihm, dass sie ihn liebte und brauchte. Charles hatte das Gefühl, als seien sie 30 Jahre jünger und säßen wieder am Strand von Deauville, dort, wo alles begonnen hatte. Dort, wo er sie zum ersten und bis heute einzigen Mal weinen gesehen hatte.

»Verzeih mir, Charles, bitte verzeih mir«, flüsterte sie.

»Aber Liebes, es gibt nichts, was ich dir verzeihen müsste«, sagte Charles und spürte, wie ihm selbst die Tränen in die Augen traten. Er strich ihr liebevoll über das wirre Haar.

»Doch«, wisperte Marlene. »Du warst so gut zu mir und wolltest mir helfen. Und ich habe dich einfach von mir gestoßen. So wie ich alle von mir gestoßen habe, die mir helfen wollten. Auch meine Mutter und sie ist nun tot. Ich kann ihr nicht mehr sagen, wie sehr ich sie liebe und immer geliebt habe.«

»Schhhh«, machte Charles. »Das hat sie gewusst.«

»Das *kann* sie nicht gewusst haben. Wie oft hat sie versucht, mit mir in Kontakt zu treten, und wie oft habe ich sie zurückgestoßen.«

»Aber in der Zeit, nachdem es geschehen ist, hast du ihr deine Liebe doch gezeigt. Du warst doch noch eine ganze Weile lang bei ihr.«

»Nein«, schluchzte Marlene. »Nein, ich habe es ihr nicht gezeigt. Ich habe mich die ganze Zeit über nur selbst bemitleidet. Die Schule habe ich geschmissen, ich bin nicht mehr aus dem Haus gegangen. Ich habe entweder im Haus oder auf der Terrasse im Garten gesessen und Trübsal geblasen. Und ich war furchtbar garstig und zickig. Und dann, als die Kleine auf der Welt war, habe ich sie ihr einfach in die Arme gelegt, ihr gesagt, sie solle sich um sie kümmern und ihr sagen, sie sei ihre Mama. Dann bin ich gegangen und nie wiedergekehrt.« Marlene vergrub ihr Gesicht an der Schulter ihres Mannes. »Und nun ist sie tot. Wäre ich damals nicht abgehauen, sondern hätte ihn angezeigt, dann hätte sie nicht sterben müssen.«

»Du bist schuld an gar nichts«, sagte Charles ruhig. »*Er* und seine Frau sind schuld und ich glaube, die beiden deutschen Kommissare sind auf dem Weg, ihn zu verhaften. Seine Frau haben sie ja bereits abgeführt.«

»Seine Frau … sie tut mir leid. Obwohl sie meine Mutter getötet hat.«

»*Sie* war das?«, fragte Charles erstaunt. »Ich hätte schwören können, dass er es war und sie ihm nur geholfen hat.«

»Nein, sie war es. Er hat von alldem nichts gewusst.« Sie berichtete ihrem Gatten von Beates Beichte im Keller.

»Sie hat schon recht. Ich hatte immer alles und sie hatte nichts. Und ich habe das, was ich hatte, sogar mit Füßen getreten. Ich kann ihre Bitterkeit irgendwie verstehen.«

Marlene löste sich von der Schulter ihres Mannes und malte mit der Schuhspitze Muster in den Kies vor dem Gruberschen Haus.

»Anscheinend haben Carlo und Wolfgang mich beide wirklich geliebt, sie aber nicht.« Marlene strich sich müde mit der Hand über das Gesicht. »Meine Tochter heißt Stefanie. Das hat mir der Kommissar im Keller erzählt.«

»Weiß sie es?«

»Ja. Im Zuge der Ermittlungen ist wohl alles aufgeflogen.« Marlene schwieg.

»Willst du sie sehen?«, fragte Charles das, was seine Frau sich nicht auszusprechen traute.

»Ja«, gab sie zu. »Ich habe keine Angst mehr vor der Vergangenheit. Die Geister sind gebannt. Aber, Charles, ich bin mir nicht so sicher, ob *sie mich* sehen will. Sie muss mich hassen, nach allem, was sie durch mich erleiden musste.«

»Das glaube ich nicht«, erklärte Charles, mehr, um seine Frau zu beruhigen als aus echter Überzeugung.

»Ich möchte nicht, dass sie es erfährt«, sagte Marlene. »Ich will nicht, dass sie weiß, dass sie bei einer Vergewaltigung entstanden ist und dass ihr Vater ein Mörder ist. Sie ist ohnehin schon ziemlich aus der Bahn geworfen, hat mir Kommissar Strobehn erzählt. Das könnte ihr Ende bedeuten. Ein solches Wissen kann einen Menschen vernichten.«

»Ich weiß nicht, ob du es ihr verheimlichen kannst«, wandte Charles ein. »Kommissar Strobehn und Kommissarin Grundel werden ihr die Ermittlungsergebnisse mitteilen müssen.«

»Lass uns morgen mit den beiden darüber reden«, bat Marlene.

»Gut. Und jetzt musst du dich endlich durchchecken lassen.«

Er nickte dem Notarzt zu, der eine ganze Weile lang taktvoll einige Schritte entfernt gestanden hatte, nun aber ungeduldig wurde. »Sie können meine Frau jetzt untersuchen.«

EINUNDVIERZIGSTES KAPITEL

Konstanz

Obwohl noch nicht alle Stimmen ausgezählt waren, war bereits klar, dass Wolfgang Gruber die Wahl mit überwältigender Mehrheit für sich entschieden hatte. Seine Gegenkandidaten standen mit gefasster Miene vor den Leinwänden, auf denen ständig die aktualisierten Hochrechnungen gezeigt wurden. Kandidatin Fraunhoff starrte konzentriert auf den Bildschirm, als hoffe sie, ihr roter Balken würde sich wie durch ein Wunder noch kräftig nach oben bewegen. Gruber lächelte. Sein Balken war der blaue und der hatte von vornherein deutlich Vorsprung gehabt. Ihn würde keiner mehr einholen. Was für ein Triumph. Er, der kleine, gemobbte Wolfgang Gruber, hatte es endlich geschafft. Der einzige Wermutstropfen war, dass seine Frau nicht an seiner Seite war. Ärgerlich sah Gruber sich um. Nicht, dass er sie vermisste, eigentlich war er eher froh, wenn sie ihn in Ruhe ließ. Sie reizte ihn immer auf das Unangenehmste. Allein schon ihre Art, ihn anzusehen, machte ihn rasend. Aber so wenig Wert er im Grunde genommen auf ihre Anwesenheit legte: Es machte wahrlich keinen guten Eindruck, wenn der frisch gewählte Oberbürgermeister alleine in die Kameras lächelte. Das würde sie ihm büßen, dieses Miststück. Sie hatte genau gewusst, wie wichtig es ihm war, in der Öffentlichkeit eine gute Figur zu machen.

Und dann war die letzte Stimme ausgezählt.

»Meine Damen und Herren, ich darf die Ergebnisse der Wahl verkünden«, hallte es durch das Rathaus, über den Rathausplatz und von dort hinaus in die Stadt.

»Wolfgang Gruber: 51,8 Prozent. Markus Häberle: 30,4 Prozent. Martha Fraunhoff: 11,2 Prozent. Andere Kandidaten: 3,6 Prozent. Ungültige Stimmen: 3 Prozent. Die Wahlbeteiligung lag bei 62,3 Prozent.«

Jubel, durchmischt von vereinzelten Buhrufen, brandete auf. Wolfgang Gruber war im Nu umringt von Gratulanten und Journalisten. »Schauen Sie bitte einmal hierher, Herr Gruber.«

»Wie fühlen Sie sich?« – »Haben Sie mit einem derart guten Ergebnis gerechnet?« – »Was sagen Sie zur Wahlbeteiligung?«, stürmten die Journalisten auf ihn ein. »Glückwunsch, mein lieber Freund« und »Ich freue mich ja so«, kam es von Wählern und Bekannten.

»Kommen Sie bitte, Herr Gruber? Sie sollten von der Tribüne aus noch ein paar Worte zu den Wählern sprechen. Und natürlich auch von meiner Seite die allerherzlichsten

Glückwünsche.« Das war der Wahlleiter, der Gruber am Arm nahm und sich mit ihm einen Weg durch die dicht gedrängt stehende Menge bahnte. Es war nicht so einfach voranzukommen. Jeder wollte ein paar Worte mit Gruber wechseln, jeder ihn aufhalten, ihm die Hand schütteln, ihm gratulieren.

Endlich waren sie angekommen. Die Tribüne war eigens zu diesem Zweck errichtet worden. Gruber stieg die drei Stufen bis zu der Bühne empor, nahm das Mikro in die Hand und ärgerte sich erneut über die Abwesenheit seiner Frau. Sie hätte jetzt eigentlich neben ihm stehen müssen.

»Liebe Konstanzer«, begann Gruber. »Ich bin zutiefst gerührt über Ihr Vertrauen und ich verspreche Ihnen, alles zu tun, um Ihnen allen ein guter Oberbürgermeister zu sein. Lange Reden haben Sie in den letzten Wochen genug gehört. Heute wird gefeiert. Dort hinten steht ein Brauereiwagen. Ich sage: Freibier für alle.« Der Jubel, der seinen Worten folgte, war lauter als jener, mit dem die Konstanzer seine Wahl kommentiert hatten. Über Freibier freuten sich auch jene, die Gruber nicht leiden konnten.

Die Musikkapelle stimmte das Badener Lied an, Gruber legte, ebenso wie zahlreiche Wähler, die Hand aufs Herz und sang aus vollster Brust: »Das schönste Land in Deutschland's Gau'n, das ist mein Badner Land! Es ist so herrlich anzuschaun und ruht in Gohottehes Hand.«

Gruber ließ seinen Blick über die Menge schweifen. Wie sie alle ehrfürchtig zu ihm emporblickten. Wie sie alle das Badener Lied sangen, um ihm zu huldigen. »Drum grüüüüß' ich dich, mein Bad'ner Land«, sang Gruber und starrte plötzlich direkt in das Gesicht von Ole Strobehn. Der war doch eben noch nicht da gewesen? Versuchte jetzt wohl, sich einzuschleimen. Was war der unverschämt gewesen, vor der Wahl. Na, dem würde er es zeigen, jetzt, wo er Oberbürgermeister war. Ebenso wie dieser dicken Wachtel, die da neben ihm stand. Diesem Mannsweib. Dieser Grundel. »Du eeedle Perl' im deutschen Land«, säuselte Gruber und stellte missbilligend fest, dass weder Strobehn noch die Grundel sangen. Ganz im Gegensatz zum Konstanzer Polizeichef, der etwas weiter rechts stand, was Strobehn und Grundel freilich nicht sehen konnten. Der hatte die Hand aufs Herz gelegt und nickte Gruber lächelnd zu, als er seinen Blick bemerkte. Gruber nickte leicht zurück und starrte dann wieder Ole Strobehn an. Er blickte ihm direkt in die Augen und lächelte triumphierend. Ole lächelte zurück und Gruber hatte das Gefühl, dass der Polizist aus irgendeinem Grund immer noch über ihn triumphierte. Obwohl er doch hier oben stand. Obwohl er es geschafft hatte. Er, der kleine, stinkende Wolfi. Er spürte, wie sich ein unangenehmes Gefühl in seiner Magengegend breitmachte. Es fühlte sich ganz ähnlich an wie damals, als sie ihn in der Schule fertiggemacht hatten. Sein Magen zog sich schmerzhaft kribbelnd zusammen und seine Hände wurden feucht. Strobehn würde doch nicht …? Er würde doch nicht …? Jetzt, wo er, Gruber, es endlich geschafft hatte? Das konnte nicht sein! Das durfte das Schicksal ihm nicht antun. Einmal, ein einziges Mal musste er in seinem Leben doch auch Glück haben. Wo er als Kind doch so schlimm gemobbt worden war. Wo er als junger Mann von seiner großen Liebe kaltherzig betrogen worden war. Und wo er es 25 Jahre lang an der Seite einer sauertöpfischen Frau wie Beate ausgehalten hatte.

Die Wähler stimmten die letzte Strophe des Badener

Lieds an. An der Treppe bildete sich langsam eine Schlange von Menschen, die ihm gratulieren wollten. Auch einige Journalisten warteten dort. Ole nickte seiner Kollegin zu und setzte sich in Bewegung. Die beiden kamen zum Aufgang der Treppe.

Das ungute Gefühl verstärkte sich. Es kroch vom Magen hinauf in den Brustkorb, wälzte sich in seinen Hals, fand Zugang zu seinem Mund und entlud sich in Form eines sauren Aufstoßens. Gruber bekam Panik. Kurz hatte er den Impuls zu fliehen. Obwohl er wusste, dass das Unsinn und dass es zudem sehr unwahrscheinlich war, dass sie etwas herausbekommen hatten, suchten seine Augen nach einer Fluchtmöglichkeit. Er müsste schon über das Geländer springen, das die Bühne nach vorne und nach links begrenzte, denn rechts, dort, wo sich die Treppe befand, standen der Strobehn und die dicke Grundel. Moment, der Strobehn stand dort allein. Wo war die Grundel? Sein Blick raste über die Menge, bis er die Beamtin fand. Sie stand jetzt links der Bühne. Und direkt davor standen zwei Polizisten in Uniform und starrten betont gelangweilt zu ihm empor. Gruber schluckte. Das Badener Lied war verklungen. Schweigen breitete sich über dem Platz aus. Er musste etwas tun, etwas sagen. »Sie sehen mich fassungslos und sprachlos. Ich bin sehr gerührt«, versuchte Gruber, den Moment des Schweigens zu erklären. Und dann rief er erneut »Freibier für alle!«, und wandte sich, was blieb ihm anderes übrig, seinen Gratulanten zu. Die Bürgermeister der Nachbargemeinden waren die Ersten, die gratulierten. Und als Geste der besonderen Herzlichkeit, Freude und Verbundenheit, schüttelten sie ihm nicht einfach bloß die Hand, sondern umarmten ihn wahlweise, legten die linke Hand an seinen rechten Ellbogen, während sie seine rechte mit ihrer rechten schüttelten, oder sie legten die linke Hand noch auf die ineinander verschlungenen rechten Hände. Gruber nahm jedes Detail ganz genau wahr. Er sah, dass den schwarzen Schnauzer des Landtagsabgeordneten Erfeinraus mittlerweile weiße Härchen zierten. Er bemerkte das extravagante Brillengestell seines künftigen Kollegen Parler. Ob er es schon immer getragen hatte? Und die grell geblümte Bluse von Parlers Gattin schmerzte in seinen Augen. Grubers Bewusstsein blähte die Nebensächlichkeiten ungemein auf, weil es sich nicht mit der Hauptsache beschäftigen wollte. Zwischendurch flog sein Blick immer wieder zu Ole Strobehn. Er registrierte, dass Strobehn sich inzwischen in die Schlange der Gratulanten eingereiht hatte, und atmete auf. Wenn er ihn hätte verhaften wollen, dann hätte er dafür sicherlich nicht Schlange gestanden, sondern wäre gleich zur Sache gekommen. Und die anderen Polizisten standen vor der Bühne, um ihn zu schützen. Schließlich war er jetzt eine wichtige Person. Gruber sonnte sich einige Minuten in der Vorstellung, es sei normal, dass der Oberbürgermeister von Konstanz Polizeischutz genoss. Und dann stand auch schon Ole Strobehn vor ihm und streckte ihm die Hand entgegen. »Meinen Glückwunsch, Herr Oberbürgermeister«, sagte er. »Darf ich Sie überhaupt schon so nennen, wo Sie doch noch gar nicht vereidigt sind?«

»Sie dürfen«, antwortete Gruber hochnäsig und fügte als Zeichen dafür, dass wichtige Männer wie er sich die Namen von kleinen Polizisten nicht zu merken pflegten, hinzu: »Und Sie sind Herr …?«

Um Oles Mundwinkel zuckte es amüsiert. Er fand Grubers Verhalten gar zu albern. »Strobehn.« Er deutete eine leichte Verbeugung an. »*Kommissar* Strobehn. Ich bin gekommen, um Sie zu verhaften, wenn Sie gestatten, Herr Oberbürgermeister. Wegen Mordes an Carlo Bader. Sie haben das Recht, die Aussage zu verweigern. Und jetzt nehmen Sie bitte die Hände auf den Rücken.«

Ole nickte den zwei Beamten zu, die inzwischen hinter Gruber standen. Handschellen klickten. Gruber wurde kreidebleich. »Das werden Sie mir büßen, Sie … Sie … Sie … widerlicher Fischkopf, Sie!«

Ole zuckte die Achseln. »Bei der Strafe, die Sie erwartet, macht die Beamtenbeleidigung den Kohl auch nicht mehr fett«, entgegnete er ruhig. Und dann, zu seinen Kollegen: »Abführen.«

Kameras klickten, Blitze zuckten, Menschen schrien. Die Worte Strobehns verbreiteten sich in Windeseile. »Tut mir leid, Sie müssen wohl erneute Wahlen ansetzen. Dabei waren Sie sicherlich froh, es geschafft zu haben«, sagte Ole zu dem fassungslosen Wahlleiter, der die ganze Zeit neben Gruber gestanden hatte. »Oder rückt in einem solchen Fall der Kandidat mit den zweitmeisten Stimmen auf?«

»D… d… d… d… das weiß ich nicht. Da… das müsste ich e… erst in der G… Gemeindeordnung n… nachlesen«, stotterte der arme Wahlleiter. »F …f …falls das dort überhaupt g… g… geschrieben steht. Ich g… glaube nicht, dass es einen derartigen F… Fall in B… Baden-W… Württemberg schon einmal gab.«

»Ja«, nickte Ole. »Ein tragischer Präzedenzfall. Aber Sie schaffen das schon.« Er hieb dem Wahlleiter aufmunternd auf die Schulter und bahnte sich den Weg zu seinen Kollegen, wo bereits ein aufgebrachter Polizeichef Aufklärung verlangte.

»Was geht hier vor?«, herrschte er Ole an. »Diese

Aktion war nicht abgesprochen. Sie können doch nicht den frisch gewählten Oberbürgermeister bei seinem Wahlsieg verhaften!« Er stieß seinen erhobenen Zeigefinger empört in Richtung Ole. »Und wo waren Sie überhaupt, Strobehn! Eine ganze Woche lang habe ich Tag und Nacht nach Ihnen gesucht. Und nun stehen Sie hier einfach so vor mir, als seien Sie nie verschwunden gewesen! Also, so geht das nicht!« Der Zeigefinger des Polizeipräsidenten vollführte inzwischen energische Kreise in der Luft.

Ole spürte ein Glucksen, das tief in seiner Kehle aufstieg, und hielt die Luft an, um es zu unterdrücken. Der Polizeipräsident war ein sehr emotionaler Mensch und er hatte Ole schon bei vorangehenden Gesprächen zum Lachen gereizt. Wenn er sich echauffierte, lief er hochrot an. Wenn er gut gelaunt war, pflegte er sein Gegenüber mit den schönsten Melodien zu erfreuen, in die er seine Worte kleidete. »Wen haben wir denn da-haa«, hatte er bei der ersten Begegnung erfreut geträllert und Ole über den Rand seiner Brille hinweg freundlich gemustert. »Den Herrn Strohobe-hen aus dem hohen No-horden.« Sodann hatte er seine Brille von der Nase genommen und Ole noch eingehender betrachtet. Ole wusste inzwischen, dass er die Brille nur trug, weil er sich damit wichtiger vorkam. Zumindest hatte keiner je gesehen, dass der Polizeipräsident *durch* die Brille schaute. Ob in die Nähe oder in die Ferne: Er äugte stets *über* das Gestell auf seiner Nase. »Was führt Sie zu uns in den schönen Sühüüüden?«, hatte der Polizeipräsident wissen wollen, seine Brille am Bügel genommen und sie sehr schnell um ihre Brillenachse kreisen lassen. »Etwa die Liiiie-hiebe?«

»Nein«, hatte Ole lächelnd erwidert. »Die Neugierde. Ich wollte wissen, wie die Menschen hier unten so sind.

Deshalb habe ich den Versetzungsantrag gestellt.« Ole ging davon aus, dass der Polizeichef den wahren Grund seiner Versetzung kannte, und war ihm dankbar, dass er ihm mit seinen Worten einen unbefangenen Einstieg ermöglichen wollte.

»Schön, schön«, hatte sich der Polizeipräsident gefreut, seine Brille einen erneuten Looping vollführen lassen und sie sodann wieder auf seiner Nasenspitze platziert.

»Dann wollen wir beide mal schön gemeinsam Verbrecher ja-haaagen.«

Und nun hatte Ole seinen ersten – nein, seine ersten *beiden* Verbrecher gejagt und gefangen und der Polizeipräsident schien überhaupt nicht erfreut. Im Gegenteil. Seine dunklen Knopfäuglein funkelten über dem Brillenrand wütend in Oles Richtung.

»Zwei Tage. Zwei Tage war ich verschwunden. Keine Woche«, versuchte Ole zu relativieren. »Vielen Dank, dass Sie persönlich nach mir gesucht haben, Herr Leitender Kriminaldirektor. Das ehrt mich sehr«, sagte er, wohl wissend, dass der Polizeichef selbst keinen Finger krumm gemacht hatte, um ihn zu finden. Wenn Hannes Auberle ›Ich‹ sagte, dann meinte er damit den gesamten Polizeiapparat. »Bitte verzeihen Sie, dass ich Ihnen Umstände machen musste. Die Frau des Wolfgang Gruber hatte mich als Geisel genommen.«

Die Äuglein des Polizeipräsidenten blinzelten verdutzt.

»Reden Sie keinen Unsinn, Strobehn. Die Gattin unseres künftigen Oberbürgermeisters ist eine recht zierliche Person. Es dürfte ihr schwerfallen, einen nordischen Hünen wie Sie …«, er maß Ole vom Scheitel, der sich in 1,90 Meter Höhe befand, bis zu dessen Schuhen Größe 48,

»… einen nordischen Hünen wie Sie gefangen zu nehmen«, fuhr er fort.

»Es ist mir auch ziemlich peinlich«, sagte Ole und blickte gespielt verlegen auf seine Schuhspitze. »Aber sie hat es trotzdem geschafft. Sie ist übrigens die Mörderin von Elisabeth Meierle.«

»Reden Sie keinen Unsinn, Strobehn«, wiederholte der Polizeichef. Ole fragte sich, ob er gleich wieder die Brille abnehmen und mit dem Nasengestell Loopings vollführen würde. Aber die Brille blieb fest auf des Polizeichefs Nasenflügel sitzen.

»Verzeihen Sie, aber es ist kein Unsinn, Herr Leitender Kriminaldirektor«, sagte Ole. »Sie hat die Tat auch bereits gestanden.«

Der Polizeichef nahm seine Brille nun doch von der Nase und ließ sie elegant – und für seine Verhältnisse sehr langsam – einmal um den eigenen Bügel kreisen. Dabei starrte er Ole nachdenklich an. Dann deutete er mit seiner Brille auf Wolfgang Gruber. »Und deshalb verhaften Sie ihren Gatten?«, fragte er stirnrunzelnd.

»Nein, natürlich nicht«, wehrte sich Ole, der ahnte, dass der Polizeichef weitaus klüger war, als er zu erkennen gab. »Herr Gruber hat ebenfalls einen Mord begangen, der 30 Jahre zurückliegt. Das damalige Mordopfer war der heimliche Geliebte der Tochter des aktuellen Mordopfers.«

»Ach«, sagte der Polizeipräsident verblüfft und vergaß für einen Moment lang seine gestelzte Ausdrucksweise. »Das ist ja ’n Ding!«

»Allerdings«, schmunzelte Ole.

Der Polizeipräsident setzte sich seine Brille umständlich wieder auf die Nase.

»Was?«, schnaubte Gruber, der neben einem Polizeibeamten im Wagen saß und die Diskussion verfolgte. »*Meine* Frau soll die Meierle umgebracht haben? So ein gottverdammter Unsinn. Sie kannte die Frau doch gar nicht.«

Im nächsten Moment ärgerte er sich über seine Worte. Hier hätte sich vielleicht die Chance geboten, seiner Frau auch den Mord an Bader anzuhängen. Hätte er doch nur einen Moment nachgedacht! Gruber spürte die altbekannte Wut in sich aufsteigen, aber dieses Mal richtete sie sich gegen sich selbst. Teufel noch mal, er war aber auch ein Volltrottel. Er hatte plötzlich das Bedürfnis, sich selbst zu verletzen, sich für seine Dummheit zu bestrafen, und kniff sich mit der einen in der Handschelle steckenden Hand heftig in die andere.

Ole Strobehn beugte sich vor, legte eine Hand aufs Wagendach und blickte auf Gruber hinunter. »Irrtum, Herr Gruber«, sagte er. »Ihre Frau kannte Frau Meierle sehr wohl.«

Mit einem Mal war für Gruber alles glasklar. Seine Frau hatte mit der Meierle gemeinsame Sache gemacht! *Sie* hatte der Meierle seine Handynummer gegeben und sie ermutigt, ihm Angst zu machen. Diese undankbare, vertrocknete alte Jungfer. Wenn er die erst in die Finger kriegen würde … »Sie hat mich erpresst«, stellte er fest und blickte Ole fassungslos an.

»Frau Meierle? Ja, das wissen wir«, erwiderte Ole.

»Nicht Frau Meierle. Meine Frau«, keuchte Gruber.

Ole sah ihn fragend an. »Wie meinen Sie das, Ihre Frau hat Sie erpresst?«

»Sie hat gemeinsame Sache mit der Meierle gemacht, dieser blöden Gans«, schnappte er.

»Dann hätte sie sie ja wohl kaum umgebracht«, warf

Monja Grundel, die inzwischen auch am Polizeiwagen eingetroffen war, trocken ein. Der Polizeipräsident verfolgte die Diskussion aufmerksam. Drehte den Kopf von einem zum anderen wie der Besucher eines Tennisspiels, der den Ball nie aus den Augen lässt.

»Ihre Frau hat mitbekommen, dass Frau Meierle Sie zu erpressen versuchte. Sie hat sie umgebracht, um Ihnen nicht die Wahl zu vermasseln.«

Gruber fiel die Kinnlade herunter. Er war sprachlos und fühlte ein merkwürdiges Gefühl in sich aufsteigen. Es war das Gefühl des schlechten Gewissens, aber er wusste es nicht. Denn Gruber ahnte nicht einmal, wie sich ein schlechtes Gewissen anfühlte. Er hatte es niemals zuvor empfunden. Nicht, als er seine Mutter verprügelte, nicht, als er seine Freundin und später seine Frau schlug, nicht einmal, als er einen Menschen tötete und seine damalige Freundin vergewaltigte. Doch jetzt, als er hörte, dass seine Frau für ihn gemordet hatte, spürte er es mit einem Mal, dieses fremde Gefühl des schlechten Gewissens.

»Ihre Frau wusste übrigens von Ihrem Mord an Carlo Bader. Sie war seine Verlobte und hat den Mord beobachtet. Sie war gerade nach Überlingen gekommen, um ihrem Carlo zu sagen, dass sie ein Kind erwartet, als sie ihn in den Armen Ihrer Freundin sah.«

»Wie?« Grubers Kopf fuhr ruckartig hoch. Er war von der Nachricht derart überrumpelt, dass er vergaß, dass er den Mord an Carlo Bader ja noch längst nicht gestanden hatte, dass er eigentlich widersprechen sollte, als Strobehn ihm den Vorwurf an den Kopf warf.

»Wie?«, fragte auch der Polizeipräsident verblüfft.

»Sie stand in der Nähe und hat alles gesehen«, sagte Ole knapp.

»Und dann geht sie her und heiratet den Mann, der ihren Verlobten umgebracht hat?« Der Polizeipräsident konnte es nicht fassen.

Gruber versank währenddessen tief in der Vergangenheit. Er bemerkte weder die Menschentrauben, die sich mittlerweile um den Polizeiwagen drängten, seine Wähler, die ihn mit fassungsloser Miene anstarrten, noch hörte er die Worte, die Ole Strobehn an ihn richtete. Er war wieder Ende 20 und Student an der Uni Konstanz. Und dann war da dieses junge Mädchen. Unscheinbar, schüchtern. Dünne, strähnige Haare, die ihr ohne Schwung wie Spaghetti auf die Schultern gehangen hatten. Sie war dünn, zu dünn, hatte keine Kurven, dazu ein langweiliges Gesicht. Er hatte ihr keinen zweiten Blick geschenkt, ja, selbst beim ersten Blick hatte er sie nicht wirklich wahrgenommen, sondern eher durch sie hindurchgesehen. Aber sie, sie hatte nicht lockergelassen. Hatte ihn durch den ganzen Campus verfolgt. Wie ein Hündchen. Immer war sie zur Stelle gewesen, ständig neben ihm aufgetaucht. Sie war ihm unendlich auf die Nerven gegangen, aber gleichzeitig hatte es ihn erregt, dass da jemand war, der ihn so augenscheinlich anhimmelte. Und ihr Blick, der hatte ihm gefallen. Es war eine Mischung aus Bewunderung und Furcht. Zumindest die zweite Komponente ihres Blicks erinnerte ihn an Christins so lange verdrängten Blick. In Christins Augen hatte sich die Furcht mit Verachtung gemischt. In Beates mischte sich Furcht mit Bewunderung. Und als er das erste Mal mit ihr schlief, hatte er in ihren Augen gesehen, dass er ihr Gott war, ihr ein und alles. Später freilich war die Furcht in ihren Augen stärker gewesen. Aber das hatte ihn nicht gestört, im Gegenteil. Es war so ziemlich das Einzige, was ihn an diesem farblosen Wesen anmachte.

Außerdem, und auch das gefiel ihm, hatte sie keinen Blick für andere Männer gehabt. Und umgekehrt auch nicht. Nein, bei Beate musste er sich keine Sorgen machen, dass sie ihm eines Tages untreu werden würde wie Christin. Und nun erfuhr er, dass sie ihn all die Jahre über betrogen und angelogen hatte. Dass ausgerechnet Bader, dieses Schwein, sie schon mal besessen hatte. Dieses widerliche Miststück. Grubers Wut wurde beinahe übermächtig, die Handschellen schnitten scharf in seine Handgelenke. Wenn er sie jetzt bei sich hätte, würde er …

Der Polizeipräsident beugte sich zu ihm herab und riss ihn aus seinen Gedanken. »Ich bin schwer enttäuscht von Ihnen, Gruber«, sagte er kalt. »Ich habe Ihnen meine Stimme gegeben. Das war vielleicht eine Verschwendung. Abführen.«

Der Polizeipräsident wandte Gruber den Rücken zu, klopfte Ole nochmals auf die Schulter, bahnte sich seinen Weg durch die gaffende Masse und verschwand mit einem Seufzen, ungläubig den Kopf schüttelnd, in der dichten Menschenmenge.

ZWEIUNDVIERZIGSTES KAPITEL

Überlingen

»Wenn der Rest unserer Beziehung so weitergeht wie die ersten Tage, dann können wir uns auf ein rasantes Leben gefasst machen«, sagte Ole und legte sich seufzend auf seiner Decke zurück. Es war Montagnachmittag und beide, Alexandra und er, hatten aufgrund der aufregenden Ereignisse in den Tagen zuvor zwei Tage Sonderurlaub bekommen. Meinwald war allerdings alles andere als begeistert gewesen, dass Alexandra schon wieder ausfiel. »Du warst in diesem Monat wesentlich öfter in Gefahr als in der Redaktion«, hatte er gebrummt, doch seine Augen hatten gelächelt und er hatte auch gleich hinzugefügt: »Na ja, ich weiß ja, dass das meiste davon beruflich bedingt war. Aber bitte, schau, dass dir nicht schon wieder was zustößt. Nächste Woche ist der Kollege Kaltschmid im Urlaub und Kollege Beier und ich müssten dann ganz alleine Blatt machen. Du weißt, dass das fast nicht zu schaffen ist. Wir brauchen dich hier.«

»Klar«, hatte Alexandra gesagt. »Mir passiert schon nichts. Ole wird auf mich aufpassen.«

»Aber telefonisch seid ihr erreichbar, du und dein Ole?«, vergewisserte sich Meinwald. »Du weißt, ich soll die ganze Geschichte für den überregionalen Teil aufarbeiten, da kann es gut sein, dass ich noch ein paar Fragen habe.«

»Für dich sind wir jederzeit erreichbar«, hatte Alexandra versichert und ihrem Chef einen Kuss auf die Wange gegeben. »Ruf mich einfach auf dem Handy an, über diese Nummer kriegst du auch Ole.«

Und nun lag sie mit Ole auf einer großen, karierten Picknickdecke im Strandbad West und sah zu den vielen Kindern hinüber, die sich kreischend über den Wasserspielplatz jagten.

»Wenn wir solche Kinder haben werden wie die, die da drüben toben, dann geht es mit unserer Beziehung bestimmt äußerst rasant weiter«, sagte sie und erschrak gleich darauf. Das war ihr einfach so rausgerutscht. Nach zwei Wochen Beziehung einem Mann gegenüber schon von Kindern zu sprechen, war sicherlich nicht sonderlich klug.

Aber Ole reagierte ganz gelassen. »Möchtest du denn welche?«, fragte er und steckte Alexandra eine Erdbeere in den Mund. »Hmmm.« Sie kaute mit geschlossenen Augen. »Irgendwann schon. Und du?«

»Irgendwann schon«, sagte auch Ole und beugte sich zu Alexandra, die auf der Decke lag, herab. »Die richtige Frau habe ich ja jetzt gefunden.« Er steckte ihr wieder eine Erdbeere in den Mund und garnierte den Geschmack der Sommerfrucht mit einem Kuss. Dann löste er sich von ihr und sah sie ernst an. »Aber dieser Ralf, der macht mir Sorgen. Bist du sicher, dass du keine Anzeige erstatten möchtest? Ich könnte mindestens ein Näherungsverbot erwirken.«

Alexandra winkte ab. »Ich habe keine Angst vor Ralf«, versicherte sie. »Hatte ich noch nie. Meine Mail dürfte ihn erst mal ruhiggestellt haben. Und wenn deine Kollegen wirklich diese Dingsbumsansprache machen …«

»Gefährderansprache«, berichtigte Ole lächelnd.

»Richtig, diese Gefährderansprache«, fuhr Alexandra

fort, »dann weiß er, dass ich es ernst meine, und wird mich erst mal in Ruhe lassen. Ralf ist ein ziemlicher Feigling. Der wird nichts riskieren.«

Sie hatte ihrem Exfreund am Vorabend eine lange Mail geschrieben, in der sie sich zwar dafür entschuldigt hatte, einfach davongelaufen zu sein und ihn in der Greth sitzen gelassen zu haben, in der sie ihm aber auch deutlich machte, dass sie sein Verhalten mehr als schäbig fand. Sie habe, schrieb Alexandra, wegen seines Übergriffs keine Anzeige erstattet, aber die Polizei kenne den Sachverhalt und wenn ihr etwas geschähe oder wenn er sich ihr noch einmal nähern sollte, dann könne es verdammt unangenehm für ihn werden.

Ralf hatte keinerlei Schwierigkeiten gemacht. Seine Antwort kam umgehend. »Habe verstanden. Entschuldige mich für mein Verhalten. Werde dich künftig in Ruhe lassen. R.«, hatte er geschrieben und Alexandra hatte ihre und seine Mail, die einem Geständnis gleichkam, ausgedruckt und Ole gegeben. Hier, das wusste sie, waren die Schreiben in Sicherheit.

Sie blinzelte zu Ole hinauf. »Ich glaube, wir können uns auf einen langen und schönen Sommer freuen. Ich bin überzeugt, dass es jetzt ruhiger wird.«

»Muss ja«, sagte Ole. »Laut Kriminalstatistik geschehen Morde im schönen Überlingen äußerst selten. Da wäre es ja schon sehr merkwürdig, wenn sich plötzlich, kaum dass ich da bin, ein Mord nach dem anderen ereignen würde.«

»Da hast du allerdings recht«, schmunzelte Alexandra und sah ihn mit gespielter Besorgnis an. »Ich müsste mir dann ernsthaft überlegen, ob ich mich in deiner Gegenwart noch sicher fühle.«

Ole grinste breit und gab ihr einen Kuss. Dann wurde er ernst, nahm Alexandras Hand und drückte seine Lippen auf die Innenfläche. »Wie geht es eigentlich deinen Händen?«, fragte er leise.

Alexandra hob ihre freie Hand und betrachtete sie nachdenklich. »Jetzt, wo du es sagst, fällt mir zum ersten Mal auf, dass ich schon lange nicht mehr das Bedürfnis hatte, mir die Hände ständig zu waschen«, wunderte sie sich. »Ich habe die Sache also gewissermaßen unbeschadet überstanden.«

Ole war sich da nicht so sicher. Alexandra war in den letzten Tagen einfach zu abgelenkt gewesen. Erst ihre Bewusstlosigkeit, dann ihre Flucht vor Ralf, die Suche nach ihm, das Wiedersehen. Nur im Krankenhaus war sie für eine Nacht zur Ruhe gekommen und Ole freute sich, dass sie auch in jener Zeit nicht wieder dem Händewaschzwang verfallen war. Trotzdem hatte er Angst, dass Alexandra die Ereignisse nicht einmal ansatzweise verarbeitet hatte. Dass sie irgendwann von ihnen aus der Bahn geworfen würde. Doch wenn dieser Zeitpunkt kommen sollte, dann wäre er da, um sie zu stützen. Er lächelte sie an. »Komm«, sagte er. »Lass uns ins Wasser gehen.« Er stand auf und zog sie mit sich hoch. Hand in Hand rannten die beiden in den grün schimmernden See.

DREIUNDVIERZIGSTES KAPITEL

Konstanz / Überlingen

»Ich möchte gern zu ihrem Grab gehen. Und ich möchte ihr Blumen bringen. Vergissmeinnicht. Das waren ihre Lieblingsblumen. *Vergissmeinnicht.* Und ich habe sie auch nicht vergessen. Nie.« Marlene stiegen schon wieder die Tränen in die Augen, als sie auf der Kante ihres Krankenhausbettes saß. Charles, der im Begriff gewesen war, ihre wenigen Sachen zusammenzupacken, setzte sich neben sie, legte ihr einen Arm um die Schulter und zog sie an sich. »Das ist eine gute Idee, Liebes«, sagte er sanft. »Aber ich glaube nicht, dass du Vergissmeinnicht so einfach im Blumenladen bekommst.«

»Das macht nichts«, antwortete Marlene, drehte den Kopf und drückte einen Kuss auf Charles' Hand, die auf ihrer Schulter ruhte. »Der Garten meines Elternhauses ist voll davon. Der Rasen hat immer richtig blau geschimmert, weil es so viele waren. Ich werde ihr einen riesengroßen Strauß pflücken. Blaue Vergissmeinnicht und weiße Rosen. Sie hat ihren Garten immer geliebt.«

»Du willst wirklich zu deinem Elternhaus gehen?«, fragte Charles zweifelnd. Er machte sich Sorgen um seine Frau. Die Ärzte hatten ohnehin dringend empfohlen, dass sie noch ein paar Tage zur Beobachtung bleiben und auch intensiv mit dem Krankenhauspsychologen sprechen sollte, um der traumatischen Ereignisse einigermaßen Herr zu werden. Der der Gegenwart und der der Vergangenheit. Und nun saß Marlene schon wieder an der Bettkante und war im Aufbruch begriffen, nachdem sie sich quasi selbst entlassen hatte. Und nicht nur das, sie wollte auch noch einen Ort aufsuchen, der sie unter Garantie an die schrecklichen Geschehnisse von damals erinnern würde. Den Ort, an dem sie sich nach der Vergewaltigung für Monate verkrochen hatte. Das Haus ihrer Mutter.

Marlene streifte die Hand ihres Gatten von ihrer Schulter, drehte sich halb zu ihm herum, nahm seine Hand in beide Hände und blickte ihm direkt in die Augen. »Ich bin mir sicher, dass es gut, ja sogar richtig ist«, sagte sie. »Ich bin 30 Jahre davongelaufen. Jetzt ist es endlich Zeit, mich der Vergangenheit zu stellen. Und zwar wie eine erwachsene Frau.« Sie küsste ihn auf den Mund, eine zwischen Eheleuten durchaus normale Geste, die es zwischen den Didiers in den letzten zehn Jahren aber nicht mehr gegeben hatte. Charles spürte, dass sein Herz schneller zu schlagen begann. So schrecklich die letzten Tage auch gewesen waren – sie hatten doch ihr Gutes gehabt. Sie hatten ihm, er konnte es fast nicht glauben, seine Marlene, seine innigst geliebte Marlene, zurückgebracht.

Marlene stand auf und blickte ihren Gatten abwartend an. »Kommst du?«, fragte sie mit leichter Ungeduld in der Stimme.

»Ja, aber die Abschlussuntersuchung …«, wandte Charles ein. »Wenigstens ein Mal solltest du dich noch durchchecken lassen, meinst du nicht?«

»Habe ich schon, heute Mittag«, sagte Marlene und nahm die Plastiktüte, in der sich die Kosmetika befanden, die ihr Mann ihr am Morgen noch besorgt hatte. Außerdem hatte er ihr neue Kleider gekauft, inklusive Unterwäsche, was sie rührend fand. Sie konnte sich vorstellen, wie deplatziert sich Charles in einem Damenbekleidungsgeschäft gefühlt hatte. Die Sachen waren etwas zu groß, denn Charles hatte sie in ihrer alten Größe erstanden und während ihrer Gefangenschaft hatte sie kräftig abgenommen. Wieder einmal war Marlene gerührt. Welcher Ehemann kannte schon die Kleidergröße seiner Frau, vor allem dann, wenn er so viel beschäftigt war wie Charles.

Auch ihren Stil hatte er einigermaßen getroffen: Charles hatte seiner Frau einen hellen Hosenanzug und eine dezent geblümte Bluse gekauft. ›Zara‹ stand auf der Papiertüte. Marlene schmunzelte. Nicht ganz die gleiche Liga wie Chanel, Emilio Zegna, Burberry, Gucci und Dior, aber kam es darauf an?

»Jetzt komm«, sagte sie und lächelte ihrem Mann zu.

Vom Krankenhaus war es nicht weit bis zur Fähre nach Überlingen. Das Ehepaar parkte das Auto hinter einem weißen Lieferwagen mit der blauen Aufschrift ›Bodenseefelchen‹, verließ den Wagen und stieg nach oben, auf das Aussichtsdeck. Sie stellten sich ganz vorne an die Brüstung. Charles streckte die Hand aus, um seine Frau an sich zu ziehen, ließ sie dann aber schüchtern wieder sinken. Er war es nicht mehr gewohnt, sie zu berühren, fürchtete eine der schon so oft erfolgten Zurückweisungen. Jetzt, wo er wieder hoffen durfte, hatte er umso größere Angst davor, dass sie sich wieder zurückzöge. Denn in den letzten Tagen hatte er gemerkt, wie sehr er sie noch immer liebte, das Gefühl hatte sich regelrecht in ihm aufgebäumt und all die festgetretenen und harten Schichten durchbrochen, die er in den vielen Jahren auf die Liebe geschüttet hatte. Es war, als hätte er eine Schutzmauer für das zarte Pflänzchen Liebe gebaut, die dafür sorgte, dass es unter Marlenes Kälte nicht erfror. So hatte es all die Jahre hinter den Mauern seines Herzens überlebt und dürstete nun nach ihrer Zuneigung, nach ihrer Wärme, die sich immer stärker und unbeirrbar den Weg durch ihre Wesenskälte bahnte, als gäbe es auch in ihr ein Pflänzchen, das, hinter einer Mauer verborgen, auf das Ende der eisigen Zeiten wartete und das nun, von einem Sonnenstrahl getroffen, im Wachsen begriffen war.

Charles hoffte es, wie er kaum je etwas gehofft hatte. Und er, der große Feinkost-Boss vor dem tausende Mitarbeiter zitterten, fühlte sich schüchtern und unsicher wie selten zuvor in seinem Leben.

Und dann nahm Marlene ganz selbstverständlich seine Hand. Charles drückte sie erfreut. »Schön, dich wiederzuhaben, Marlene«, sagte er leise. »Und damit meine ich nicht nur, dass du nicht mehr in den Händen dieser Hexe bist.«

»Ja«, seufzte Marlene und lehnte ihren Kopf an seine Schulter. »Ich weiß. Du hast viel Geduld mit mir gehabt. Ich danke dir.«

Charles, mutiger nun, beugte sich herüber und küsste sie unendlich sacht auf die Schläfe.

Sie blieb an seine Schulter gelehnt stehen, bis die Fähre am Meersburger Ufer anlegte. Hand in Hand ging das Ehepaar nach unten und als sie nebeneinander im Maybach saßen und Charles den Wagen von der Fähre lenkte, legte sie wieder ihren Kopf an seine Schulter und hob ihn auch nicht, als sie über die Uferstraße in Richtung Uhldingen-Mühlhofen fuhren. Hinter Uhldingen nahm Charles die Ausfahrt nach Nußdorf und fuhr dann links unter den Bahngleisen hindurch. Villa reihte sich an Villa, hinter den großen Gärten, die sie von der Straße trennten, waren die Häuser teilweise gar nicht zu sehen.

»Hier, hier ist es!«, rief Marlene aufgeregt und deutete auf einen schmiedeeisernen, weiß lackierten und sehr hohen Gartenzaun, hinter dem ein großer Magnolienbaum stand. Charles lenkte den Wagen an den Straßenrand, parkte ihn hinter einem dunklen VW-Sharan und sie stiegen aus.

Rosen standen in voller Blüte und entfalteten einen betörenden Duft, dazwischen leuchteten Lavendel und Rittersporn. »Es hat sich nichts verändert, nicht einmal die Blumen«, sagte Marlene leise.

Sie drückte vorsichtig die Klinke des mächtigen Gartentors herunter. Es schwang mit einem leisen Quietschen auf. »Komisch, früher war hier immer abgeschlossen«, wunderte sie sich.

Hand in Hand gingen Marlene und Charles den geschwungenen Kiesweg entlang, bis das weiße Haus hinter einer Reihe von Bäumen und Sträuchern in Sicht kam. Drei Stufen führten zu der rot lackierten Haustüre hinauf, rechts und links des Eingangs leuchteten Vergissmeinnicht in hohen Tontöpfen. Marlene schossen die Tränen in die Augen.

»Lass uns in den Garten gehen«, flüsterte sie.

Sie gingen auf glatten, ausgetretenen Platten unter Apfel- und Birnbäumen hindurch in den hinteren Teil des Gartens. Der See lag glitzernd vor ihnen. »Wie habe ich diese Aussicht geliebt. Wie liebe ich sie immer noch.« Marlenes Stimme bebte und Charles drückte stumm ihre Hand. »Sollen wir wieder gehen?«, fragte er leise.

»Nein.« Marlene schüttelte den Kopf. »Ich bin froh, dass wir hier sind. Sieh nur.« Sie deutete mit der freien Hand in Richtung Osten. Ganz dicht am See stand ein kleiner Pavillon, von weißen Rosen umrankt. Rechts und links quoll der Rasen vor Vergissmeinnicht über. Und dahinter erhob sich prächtig, schneebedeckt und sonnenbeschienen das Alpenpanorama.

»Sie hat diese Blumen so geliebt«, sagte Marlene. Sie ließ Charles' Hand los, ging ein paar Schritte und setzte sich mitten in die blühende Wiese. »Blaue, rosafarbene und sogar weiße Vergissmeinnicht. Ich weiß noch, wie sehr sie sich gefreut hat, als sie die Samen für die weißen und rosafarbenen Vergissmeinnicht entdeckt hat. Und wie sie dann den ersten bunten Vergissmeinnichtstrauß pflückte. Und ich, ich pflücke ihr jetzt auch einen. Für ihr Grab.«

Eine Träne tropfte auf das Blumenfeld, als Marlene den Stängel der ersten Blume brach.

»Was machen Sie hier?« Eine blonde junge Frau in Jeans und weißer Bluse war auf die Veranda getreten und starrte, die Hände in die Hüften gestemmt, zu ihnen herüber.

Marlene sprang auf und hielt den kleinen, dünnen Blumenstrauß fest umklammert. »Stefanie«, flüsterte sie. »Das muss sie sein.«

»Sind Sie die Eigentümerin?«, rief Charles.

»Ich ... nein, ich ... das geht Sie gar nichts an«, sagte die junge Frau verärgert. »Und darf ich fragen, wer *Sie* sind?«

Charles ging langsam auf die Frau zu, zu der sich jetzt ein großer, schlanker Mann mit dunklen Haaren gesellt hatte. »Wer sind Sie? Was wollen Sie hier?«, rief auch er.

»Ich bin Charles Didier«, stellte sich Charles ruhig vor.

»Didier?«, rief die Frau und es klang wie ein verängstigter Schrei. »Sind Sie ...?« Sie blickte Marlene an. »Ist *sie* ...«

Die beiden Frauen starrten sich in die Augen. Der Moment, vor dem sich Marlene 30 Jahre lang gefürchtet und den sie zugleich herbeigesehnt hatte, war gekommen. Sie hat meine Augen, nicht seine, dachte sie erleichtert. Und dann: Sie sieht ohnehin aus wie ich. Das Böse hat sich nicht durchgesetzt.

Wie in Trance ging sie auf ihre Tochter zu und streckte langsam und vorsichtig die Hand aus, in der sie die Vergissmeinnicht hielt. Die Blumen fielen zu Boden. »Ich bin Christin Marlene Didier, geborene Meierle«, ihre Stimme klang ruhig und gefasst. »Und wenn mich nicht alles täuscht, bist du Stefanie. Ich bin deine Mutter.«

Stefanie starrte sie mit weit aufgerissenen Augen an, stieß sie dann zur Seite, rannte in Richtung Garten und zertrampelte dabei die Vergissmeinnicht, die Marlene zuvor gepflückt hatte. Mit hängenden Armen stand Marlene da und blickte ihrer Tochter hinterher, die mit fliegenden Haaren in Richtung Steg hetzte.

»Stefanie!«, brüllte der Dunkelhaarige, offenkundig ihr Mann, rief Marlene und Charles noch ein schnelles »Warten Sie hier!« zu und rannte dann hinter der Flüchtenden her.

Marlene kauerte sich auf dem Terrassenboden nieder und sammelte die zertretenen Blümchen ein. Charles kniete sich neben sie und half ihr.

Schon wieder löste sich eine dicke Träne aus Marlenes Augenwinkel und tropfte auf den Terrassenboden. Sie hob den Blick und sah zu ihrer Tochter hinüber, die, wild gestikulierend, mit ihrem Mann auf dem Steg stand. »Sie hasst mich«, klagte sie leise. »Es ist logisch, dass sie mich hasst.«

»Unsinn«, widersprach Charles und reichte ihr die Blumen, die er aufgesammelt hatte. »Jetzt warte doch erst mal ab. Du darfst nicht vergessen, was sie in den letzten

Tagen durchgemacht hat. Und nun so unversehens vor ihrer Mutter, ihrer *neuen* Mutter, zu stehen, das war ein Schock für sie. Lass uns warten, bis sie zurückkommen.« Er deutete auf das Paar auf dem Steg.

Wenig später kam Andreas alleine zum Haus zurück. Stefanie blieb, mit dem Rücken zum Haus, auf dem Steg sitzen. »Sie will Sie nicht sehen«, sagte er. »Und ich muss sagen, ich kann sie verstehen. Ich meine, 30 Jahre hat sie Elisabeth für ihre Mutter gehalten, die dann ermordet wird und plötzlich tauchen *Sie* auf und wollen ihre Mutter sein? Nachdem Sie sich all die Jahre lang einen Dreck um sie geschert haben?«

Er klang wütend und Marlene konnte seinen Ärger verstehen. Doch seine harschen Worte führten dazu, dass ihr schon wieder Tränen in die Augen stiegen. Sie hatte einfach nah am Wasser gebaut in letzter Zeit.

»Hören Sie, Herr …«, setzte sie an und war stolz darauf, dass ihre Stimme nur ganz leicht bebte.

»Schwarz«, sagte Andreas und verschränkte die Arme vor der Brust. »Andreas Schwarz.«

»Herr Schwarz«, fuhr sie fort. »Ich kann Ihre Wut sehr gut verstehen. Und auch die meiner …« Sie unterbrach sich. Sie traute sich nicht, vor diesem wütenden Mann von Stefanie als ihrer Tochter zu sprechen. »Und auch die Ihrer Frau«, sagte sie stattdessen. »Ich wollte sie gewiss auch nicht erschrecken«, fuhr sie fort.

Andreas stand noch immer mit verschränkten Armen da und starrte sie an. »Warum sind Sie dann hergekommen?«, fragte er schließlich.

»Ich wollte Blumen für das Grab meiner Mutter pflücken«, erklärte sie leise. »Ich bin nicht auf die Idee gekommen, dass sie hier sein könnte.«

»Sie hätten es sich denken können«, wies Andreas sie streng hin.

»Ja, das hätte ich«, gab Marlene ihm recht.

»Sie haben sich all die Jahre einen Dreck um sie gekümmert und jetzt nach ihrem Tod tauchen Sie auf einmal wieder auf und pflücken Vergissmeinnicht. Wie rührend«, höhnte Andreas mit bitterem Spott.

Er wollte nicht, dass seine Frau noch mehr verletzt wurde, deshalb sah er in Marlene eine große Gefahr. Außerdem machte er sie irgendwie für alles verantwortlich, was geschehen war, wenn die Polizei ihm auf Bitten von Marlene auch zunächst nur mitgeteilt hatte, dass Beate Gruber, offenbar eine Psychopathin, die mit dem Ruhm ihres Mannes nicht zurechtkam, Elisabeth Meierle getötet hatte. Mehr wusste Andreas nicht. Aber mit einem Mal drängte es Marlene, ihm alles zu erzählen. Sie wusste, dass der Weg zu ihrer Tochter über diesen Mann führte. Sie spürte instinktiv, dass er die Wahrheit vertrug und dass er genau würde abschätzen können, wie viel man Stefanie sagen durfte. Die ganze Art dieses Mannes, wie er ihrer Tochter nachgelaufen war, wie er sie verteidigte und jetzt seine Wut auf sie, Marlene, zeigten ihr, wie sehr er Stefanie liebte.

Sie sah Charles an und fand in seinen Augen Bestätigung. Marlene holte tief Luft. »Herr Schwarz, es fällt mir nicht leicht, darüber zu sprechen, aber ich will Ihnen die Geschichte erzählen. Die ganze Geschichte. Ich bitte Sie, Stefanie nur so viel davon weiterzugeben, wie sie vertragen kann, denn die Geschichte ist hart.«

»Ich will sie nicht hören!«, fuhr Andreas auf.

Charles legte ihm eine Hand auf den Unterarm. »Bitte, Herr Schwarz. Geben Sie meiner Frau eine Viertelstunde,

Ihnen wenigstens die Kurzfassung der Geschichte zu erzählen. Das ist wichtig, für Ihre Frau und für Ihre Familie.«

Andreas zögerte. »Also gut«, gab er schließlich nach und deutete mit der Hand auf die weiß lackierte Sitzgruppe, die auf der Veranda stand. »Aber nicht länger als eine Viertelstunde.« Er blickte zum Steg hinunter, wo Stefanie immer noch saß. »Ich will sie nicht lange so sitzen lassen.«

Marlene begann zu erzählen.

»Mein Gott«, stöhnte Andreas zwanzig Minuten später zutiefst erschüttert. »Ich muss mich bei Ihnen entschuldigen. Es ist schrecklich, was Sie durchgemacht haben. Ich war wirklich anmaßend. Verzeihen Sie bitte«, bat er verzweifelt.

»Schon gut«, sagte Marlene. »Ich kann verstehen, dass Sie so reagiert haben.« Sie blickte zu ihrer Tochter hinüber, die einige Male unsicher den Kopf gewendet und zu ihnen herübergestarrt hatte. Sie fragte sich sicher, was sie so lange zu besprechen hatten. »Wie viel wollen Sie ihr sagen?«, fragte sie.

»Ich weiß es nicht«, gestand Andreas. »Das heißt, doch: Irgendwann muss sie die ganze Wahrheit erfahren. Sie kann ihr Leben nicht weiter auf einer Lüge aufbauen. Aber ich will ihr Zeit lassen. Und mich auch mit ihrem Psychologen beraten. Vor allem die Tatsache, dass sie bei einer Vergewaltigung entstanden ist, unmittelbar nachdem ihr Vater einen Menschen ermordet hat, dürfte sie tief treffen. Sie ist sehr sensibel.« Er machte eine hilflose Geste.

»Auch einen weniger sensiblen Menschen haut eine solche Nachricht um«, bemerkte Charles ruhig.

»Sicher. Sie haben recht«, sagte Andreas. »Ich … ich

muss Sie jetzt leider bitten zu gehen. Ich möchte mich wieder um meine Frau kümmern.«

»Natürlich«, nickte Marlene rasch. »Aber ich habe noch eine große Frage: Ich … ich habe Enkelkinder?«

»Ja«, lächelte Andreas. »Nina und Tim.«

»Wie … wie alt sind sie?«

»Vier und sechs«, antwortete Andreas.

»Werden Sie ein gutes Wort für mich bei Ihrer Frau … meiner Tochter einlegen?«, fragte Marlene schüchtern. »Ich … ich würde sie so gern kennenlernen. Meine Tochter. Und meine beiden Enkelchen.« Marlenes Worte waren nur mehr ein Hauch, ein Flüstern, kaum hörbar. Als habe sie Angst, ihre Hoffnung, ihre Sehnsucht in Worte zu kleiden.

»Sehr gerne, Frau Didier«, gab Andreas lächelnd zurück, beugte sich vor und legte eine Hand auf Marlenes ineinander verschlungene Finger. »Aber ich kann nichts versprechen.«

»Ich gebe Ihnen meine Visitenkarte.« Charles zog sein silberfarbenes, ziseliertes Etui aus der Tasche und schob seine Karte über den Tisch. »Wir würden uns freuen, wenn Sie sich ab und zu melden. Meine Frau wird wie auf Kohlen sitzen.«

»Das mache ich«, versprach Andreas. »Und ich werde mein Bestes geben, wirklich.«

»Andreas?«, sagte Marlene und sah ihn, ohne zu merken, dass sie ihn mit Vornamen ansprach, flehend an.

»Ja?«

»Sollte sie mit mir nie mehr Kontakt haben wollen – eines ist mir ganz wichtig. Bitte sagen Sie ihr, dass ich sie liebe.«

Andreas nickte. »Das verspreche ich Ihnen.«

Sie verabschiedeten sich mit einem Händedruck. Dann eilte Andreas zurück zum Steg zu seiner Frau. Und Marlene und Charles gingen auf den ausgetretenen Platten zurück zur Straße, zu ihrem Auto. Zurück in ihr altes Leben, das zugleich ein neues war. Ein Leben, das nicht mehr von den Schatten der Vergangenheit diktiert wurde. Die alten Gespenster waren gebannt, die eisernen Ketten, die Marlene gefesselt hatten, zerschnitten. Zum ersten Mal war ihr Blick in die Zukunft gerichtet. Eine Zukunft, die sie an der Seite eines Mannes verbringen würde, den sie schon seit Jahren liebte, dem sie ihre Liebe aber lange Zeit nicht hatte zeigen können. Weil die Schrecken der Vergangenheit sie fest in ihren Klauen gehabt hatten.

EPILOG

»Wann sind wir endlich da?«, quengelte Tim.

»Gleich, mein Liebling«, versicherte Stefanie und drehte sich lächelnd um. »Seid ihr aufgeregt?«

»Und wiiiiiieee!«, rief die sechsjährige Nina. »Kommt da auch eine echte Prinzessin?«

»Natürlich, mein Schatz«, sagte Andreas und blickte

in den Rückspiegel. »Und die Oma wohnt in einem echten Schloss.«

»Schöööööön!« Nina klatschte aufgeregt in ihre Händchen. »Ist dann der Mann von der Oma ein König?«

»Ein König des guten Essens«, erklärte Stefanie.

»Hat der auch Eis?«, wollte Tim wissen.

»Ganz viel sogar.«

Sie war dankbar für das muntere Geplapper ihrer Kinder, das sie von ihrer Nervosität ablenkte.

Es hatte lange gedauert, bis sie stabil genug gewesen war, dass Andreas es wagen konnte, ihr die ganze Geschichte zu erzählen. Danach hatte es sie noch einmal kräftig gebeutelt. Ihr Vater ein Mörder und sie bei einer Vergewaltigung entstanden. Obwohl sie nichts für die Umstände ihrer Zeugung konnte, hatte sie sich geschämt. Vor Andreas, vor sich selbst, vor ihren Kindern. Und inmitten dieser Scham hatte ganz vorsichtig, fast unbemerkt, ein Pflänzchen zu keimen begonnen, das da hieß: Zuneigung für ihre Mutter und tiefes Verständnis für ihr Handeln. Andreas hatte ihr gesagt, dass sie sie liebe. Und, sehr eindringlich, hatte er ihr klargemacht, dass das Böse 30 Jahre lang über die Liebe gesiegt hatte. Und dass das Böse auf ewig siegen würde, wenn sie sich weiterhin vor ihrer Mutter verschlösse. »Mach, dass die Liebe siegt, Stefanie«, hatte er sie gebeten und sie in seine Arme gezogen.

Das war nun viele Wochen her. Sie hatte Zeit gebraucht. Zeit auch, um ihre Kinder an den Gedanken zu gewöhnen, dass sie nun ›noch eine Oma‹ hatten, weil die Mami zwei Mamas hatte. Als sie sich entschloss, ihre Mutter zu besuchen, hatte Andreas mit Charles telefoniert und der war außer sich gewesen vor Begeisterung. Und dann hatten sie einen Plan geschmiedet. Am 8. Juli war Marlenes Geburtstag. Und sie würden die Überraschungsgäste sein. »Alexandra und Ole werden auch da sein und bei uns wohnen«, sagte Charles begeistert. »Ich weihe sie ein, dann können sie etwas früher kommen und bei den Vorbereitungen helfen.«

»Ich glaube, da vorne ist es«, rief Andreas und riss sie aus ihren Gedanken. »Tatsächlich«, sagte Stefanie. »Sieht aus wie in Alexandras Schilderungen.« Die beiden Paare hatten sich inzwischen angefreundet und verbrachten viel Zeit miteinander. Gegenseitig halfen sie sich, das Erlebte zu verarbeiten. Sie zog ihr Handy aus der Tasche und schickte die vorbereitete SMS mit den Worten ›Sind da, bitte macht auf‹ an Alexandra ab.

Sekunden später glitt das schwere Eisentor in der Mauer auf und gab den Blick auf eine riesige, gepflegte Parkanlage frei. »Oh Himmel, ist das hochherrschaftlich«, staunte Stefanie und schob ihre Sonnenbrille in die blonden Locken, die sie, der Hitze wegen, im Nacken zu einem Pferdeschwanz zusammengebunden hatte. Doch dann hatte sie keine Augen mehr für all die Pracht, die sich vor ihr ausbreitete. Sie nahm weder das schlossähnliche Haus noch die gigantische Lage direkt am Wasser wahr. Ihre Hände krampften sich um die Vase mit den bunten Vergissmeinnicht, die sie die ganze Fahrt über auf dem Schoß gehabt hatte. Ihr Herz raste.

»Alles klar, Liebes?«, fragte Andreas, nachdem er den Wagen geparkt hatte.

Stefanie nickte. »Ich bin saumäßig nervös«, gestand sie.

»Das ist normal«, beschwichtigte Andreas und gab ihr einen Kuss.

»Ich will aussteigen«, quengelte Nina auf dem Rücksitz und Tim rief: »Cooool, die Oma wohnt ja wirklich in einem richtigen Schloss.«

»Also, raus mit euch«, schmunzelte Andreas, stieg aus und öffnete die hinteren Türen. Auch Stefanie war ausgestiegen, den Strauß mit den Vergissmeinnicht hielt sie in der Hand, die Vase deponierte sie neben dem Autoreifen.

»Da sind Ole und Alexandra«, rief Andreas und deutete auf das Paar, das eng umschlungen um die Hausecke kam.

»Hey«, sagte Alexandra und umarmte Stefanie, während die beiden Männer sich schulterklopfend begrüßten. »Hattet ihr eine gute Fahrt?«

»Ja«, gab Stefanie zurück. »Und ich bin schrecklich nervös.«

»Dann komm.« Alexandra zog Stefanie mit sich um die Hausecke, von wo aus sich ein gigantischer Blick über das Meer bot.

Die Kinder und die Männer folgten ihnen.

Und dann sah Stefanie sie. Sie saß mit ihrem Mann an einer weiß gedeckten Tafel, die mitten auf einer großen, ebenen Wiese stand.

Nina und Tim sausten los. »Oma, Oma, bist du auch eine Prinzessin?«, rief Nina noch im Rennen und blieb atemlos am Tisch stehen. Marlene sah verständnislos in die gespannten Kinderaugen, die sich auf sie richteten. Dann begann sie zu begreifen, hob langsam den Blick und sah zum Haus hinüber, wo Alexandra und Ole mit Andreas und Stefanie standen.

»Mein Kind«, flüsterte Marlene und sprang auf. Der Stuhl kippte auf den Boden, aber sie merkte es nicht.

Auch Charles hatte sich erhoben. Er ging zu den beiden Kindern, kniete sich neben sie und flüsterte: »Na klar ist eure Oma eine Prinzessin. Und was für eine!«

Alexandra, Ole und Andreas waren am Haus stehen geblieben, nur Stefanie ging langsam, den Strauß mit den Vergissmeinnicht in der Hand, auf ihre Mutter zu.

Auch Marlene hatte sich in Bewegung gesetzt. Und mit jedem Schritt, den die beiden Frauen machten, überwanden sie die Schatten der Vergangenheit. Jeder Schritt war ein Sieg gegen das Böse.

ENDE

SCHLUSSBEMERKUNG

Wenn Autoren Bücher schreiben, in denen der Protagonist Ähnlichkeit mit dem Autor hat, dann fragt sich der geneigte Leser leicht, ob die Geschichte autobiografischen Charakters ist. Und bei diesem Buch liegt der Gedanke ganz besonders nahe. Schließlich gibt es die Buchreihe ›Geheimnisse der Heimat‹ wirklich und auch die Journalistin, die sie erfunden hat: mich. Aber, das sei hier ganz ausdrücklich gesagt, die Figur der Südkurier-Redakteurin Alexandra Tuleit hat mit der freien Südkurier-Mitarbeiterin Eva-Maria Bast gar nichts zu tun. Es handelt sich um eine reine Fantasiefigur. Auch alle anderen Figuren sind erfunden und wenn es Ähnlichkeiten mit lebenden Personen geben sollte, sind sie rein zufällig.

Wahr ist allerdings, dass sich in Überlingen einst ein rätselhafter Todesfall ereignet hat, der im Zusammenhang mit einer großen Liebe stand. Diese Geschichte, die im Buch ›Geheimnisse der Heimat‹ , Ausgabe Überlingen, zu lesen ist, hat mich zu dem Krimi inspiriert, auch, wenn sie ganz anders ging: Es war die Liebesgeschichte der 17-jährigen Überlingerin Lies Bauer und des 24-jährigen Freiburger Gastmusikers Karl Eberhardt, verheiratet und Vater dreier Kinder. Sie spielte im Sommer 1928. Nur kurz war den beiden Glück beschieden, denn im Februar 1929 starb Karl vor dem Haus seiner Geliebten durch Ersticken. Lies Bauer wurde Augenzeugin seines qualvollen Todes.

Der Seebote, Vorläufer des Südkurier, berichtete am

28. Februar 1929 über den Tod des Musikers: ›Der Tod ist nach dem Befund der Sektion auf Erstickung zurückzuführen. Es scheint sich um einen Unglücksfall zu handeln, denn nach dem Ergebnis der Feststellungen liegt weder Selbstmord noch ein Verschulden Dritter vor.‹

Ein ehemaliger Klassenkamerad von Lies vermutete anschließend, dass Karl wohl die Nacht bei Lies verbracht und der Vater das Liebespaar überrascht hatte. Die Jugendlichen besuchten die Unterprima der Großherzoglichen Realschule in Überlingen. Der Klassenkamerad gehörte zu den Ersten, die in Überlingen Abitur machten. Lies Bauer aber sollte nie die allgemeine Hochschulreife erlangen. Sie war bereits tot, als ihre Klassenkameraden ihr Abitur schrieben. Denn der Tod ihres Geliebten brach Lies das Herz. Am 3. März 1929 erschoss sie sich mit dem Revolver, den ihr Vater stets in seinem Schreibtisch aufbewahrte. ›Ein junges, blühendes Leben, hoffnungsreich und vielversprechend, hat sich vollendet‹, schrieb der Seebote am 4. März 1929. Und: ›Verzweiflung und Seelennot, aus denen das junge Menschenkind glaubte, keinen Ausweg finden zu können, mögen die inneren Beweggründe zu diesem unfassbaren Entschluss geworden sein.‹

Das Ableben von Lies Bauer und Karl Eberhardt wurde in einer Tabelle über gewaltsame Todesfälle der Staatsanwaltschaft Konstanz eingetragen. Zum Fall Karl Eberhardt steht dort geschrieben: ›Eberhardt Karl Theodor … Unglücksfall oder Selbstmord: Unglücksfall, Nähere Umstände bzw. Art der Verübung: E. blieb beim Übersteigen eines Gartenzauns (nachts in angetrunkenem Zustande) am Geländer mit dem Gürtel seines Mantels hängen und ist dabei erstickt …‹.

Über den Tod von Lies Bauer wurde eingetragen: ›Bauer Lies … Unglücksfall oder Selbstmord: Selbstmord (Seelische Verwirrung infolge des tötl. Unglücksfalls ihres angebl. Liebhabers), Nähere Umstände bezw. Art der Verübung: Die B. hat sich mit der Pistole ihres Vaters durch einen Kopfschuss getötet.‹ (Staatsarchiv Freiburg, Bestand F 178/1 Pack 1/I Tabelle P 1929.)

Ausdrücklich möchte ich auch darauf hinweisen, dass eine Ähnlichkeit zwischen den Konstanzer Kandidaten für die Wahl des Oberbürgermeisters 2012 und den OB-Kandidaten im Krimi rein zufällig wäre. Ich habe den Krimi geschrieben, als noch keine Kandidaten für den Wahlkampf feststanden. Auch die Szene, in der es um den Wahlsieg geht, ist rein fiktiv und beschreibt nicht die tatsächlichen Gegebenheiten bei der Verkündung der Konstanzer OB-Wahlergebnisse von 2012.

Ich habe mir auch erlaubt, die OB-Wahl im Buch ein paar Wochen nach vorne zu verlegen – wegen der Blütezeit der Blumen, nach der das Buch benannt ist: Vergissmeinnicht. Und, Blumenfreunde könnten es bemerkt haben, ich habe bei der Beschreibung des Gartens der Elisabeth Meierle einen Fantasiegarten kreiert und nicht darauf geachtet, ob die Blütezeit der genannten Blumen exakt ist. Ich bitte meine Blumen liebenden Leserinnen und Leser um Verständnis.

DANKSAGUNG

Wenn mein Krimi auch fiktiv ist, eines stimmt – die gute und freundschaftliche Zusammenarbeit mit den Kollegen vom Südkurier. Viele haben sowohl an der Entstehung der ›Geheimnisse der Heimat‹ als auch am Werden von ›Vergiss*mich*nicht‹ Anteil genommen und mich auf die unterschiedlichsten Weisen unterstützt.

Die ›Geheimnisse der Heimat‹ und die Arbeit an ›Vergiss*mich*nicht‹ waren für mich ein doppelter Glücksfall, weil ich dadurch an einen Menschen geraten bin, der wohl das ist, was man ein ›Pendant‹ nennt: meine wunderbare Lektorin Claudia Senghaas, die mir schon bald sehr ans Herz gewachsen ist und deren feines Gespür für Bücher, Sprache und Projekte ich sehr bewundere.

Vor allem aber danke ich meiner Familie: meiner Mutter Lena Bast, die alle meine Projekte interessiert begleitet, meinen drei zauberhaften Kindern, die mir unendlich viele Glücksmomente bescheren. Und ganz besonders meinem Lebensgefährten Thomas Braun, der mir den Rücken frei hält, damit ich schreiben kann, und der mir auch dann nicht böse ist, wenn ich bis Mitternacht in die Tasten haue.

Eva-Maria Bast, Juni 2012

Oliver Becker
Schmetterlingstod
978-3-8392-1322-3

»Mit Draufgängertum und seiner unkonventionellen Art bringt Privatdetektiv John Dietz Schwung in die Krimiszene. Ein liebenswerter Antiheld.«

John Dietz hat den Sprung ins kalte Wasser gewagt und in Freiburg eine Privatdetektei eröffnet. Unterstützt von seiner rechten Hand Elvis: einem Papagei. Er hat eine Waffe, einen Computer und jede Menge Enthusiasmus – nur leider keinen Fall. Bis eine frühere Bekannte sein Büro betritt: Laura Winter.

Lauras Schwester ist tot. Überfahren von einem Unbekannten. John Dietz beginnt zu ermitteln – und sticht in ein Wespennest.

GMEINER

Wir machen's spannend